AF403060

Roger Skagerlund

Skräckkabinettet

Raticus

Krypande död

Förlag: BoD – Books on Demand, Stockholm, Sverige
Tryck: BoD – Books on Demand, Norderstedt, Tyskland
ISBN: 978-91-7699-115-2

Hemsida

www.skagerlundbooks.se

*Något stötte emot mig — något mjukt och omfångsrikt. Det
måste ha varit råttorna; den halvflytande, formlösa,
uthungrade massan som förtär de levande och de döda...*

Råttorna i muren
H.P Lovecraft

1

Vädret hade slagit om.

I flera veckor hade det varit soligt och fint och meteorologerna talade om en unik brittsommar som man fick gå långt tillbaka för att hitta maken till.

Nu – när september månad var tre dagar gammal – hade vädret slagit om. Ett fint regn träffade John Zander i ansiktet när han klev ur bilen. I regnet fanns vittnesbörden om den vinter som inte var långt borta.

John torkade sig med handen över pannan och drog sedan ner kepsen djupare över ögonen medan han skyndade över det våta gruset som knastrade under hans grovsulade arbetskängor. När han kom upp på farstukvisten och in under tak, stannade han upp några sekunder och vände sig om och tittade tillbaka mot bilen, hans ögonsten. Det var en två år gammal Jeep Cherokee, grönmetallic med V8 motor som gav föraren en ödesmättad känsla av kraft och makt. Bilen var en lyx, likväl som ett nödvändigt arbetsredskap som användes från tidig morgon till sen kväll – som nu.

Zander slog av vattnet från kepsen, öppnade dörren och klev in i farstun. Där inne skulle Sara vänta med maten, som hon gjort varje kväll under de tolv år de varit gifta. De två yngsta barnen skulle vara i säng, medan Kevin, som var tolv år, förmodligen skulle sitta uppe ännu en stund – fascinerad som han var av de mystiska världarna som presenterades av

Playstation 4 konsolen på den 32 tum stora Samsung-teve som han fått av sina föräldrar på sin tioårs dag.

Zander undrade vad det var för spel ikväll. Förmodligen *Final Fantasy 15,* eller vilket nummer denna ändlösa serie av tevespel nu kommit upp i.

Vid det här laget var Zander fullt medveten om, och kunnig i, alla *Sephiroths* olika illdåd. Alla magiska gudar och ande-besvärjare som dök upp i den ondskefulla värld där magin flödade fritt och trollkarlar stred om världsherraväldet.

Han var dock osäker på i vilket spel nämnda *Sephiroth* varit delaktig. Han trodde det var del sju, men vågade inte fråga.

Gjorde han det skulle han än en gång få sig en ändlös lektion – både muntligt och mer hårdhänt demonstrerat – i vad som kunde hända med den som inte kunde FF-spelens historik.

Zander suckade tungt. Han önskade ofta att Kevin var mer som andra barn och var ute och lekte som han själv gjort när han var i hans ålder, skaffade kamrater och gjorde hyss. Nu fick han istället acceptera att så aldrig skulle ske.

Tevespel och data var allt för Kevin. Som de allra flesta individer med Aspergers syndrom, hade Kevin ett specialintresse som överskuggade allt annat. Kevins intresse var spel. Inte Monopol, Svälta räv eller liknande, utan elektroniska spel.

Han var överförtjust i de konstlade världar som sprängdes fram ur de DVD och BD skivor som han stoppade in i datorn och PS4:an. Zander antog att det var för att där hade han kontrollen. All makt satt i tangentbordet, joysticken eller handkontrollen – vilket det nu var som styrde skeendet på skärmen. Allt följde ett bestämt mönster och överraskningarna var få.

Barn med Aspergers syndrom hade ofta svåra sociala kommunikationsstörningar med omvärlden eftersom en

Aspergerindivid saknade förmågan att fungera i det sociala samlivet.

Kevin kunde inte förstå eller läsa av känslor hos andra. Inte tyda minspel och kroppsspråk. Han var extremt överkänslig för lukter, ljud och kroppskontakt, vilket gjorde att världen var en främmande, hotfull och ondskefull plats. Tryggheten fanns i hemmet och möjligen i klassrummet samt hos böckerna eftersom böcker var som tevespel – enkla att kontrollera. Gillade man inte utvecklingen i en roman, då slutade man helt enkelt att läsa den och slapp ta konsekvenserna av de fiktiva personernas öden.

"Älskling. Jag är hemma."

Han hängde av sig jackan och vände sig om mot kvinnan som kom emot honom. Sara var 32 år gammal, tre år yngre än sin man. 167 centimeter lång och 62 kilo tung, eller lätt om man föredrog att kalla det så.

Hennes korpsvarta hår var ordentligt uppsatt i en hästsvans, enkelt och elegant. De mörka ögonen lyste som av ett inre ljus när de mötte Zanders gröna. Hon kom in i hans famn och kysste honom. Han kände doften från hennes hud och smaken av hennes läppar och lät sig uppfyllas av kvinnan som han älskade över allt annat.

"Emma och Victor sover, men Kevin spelar."

"*Final Fantasy?*"

"Nej. Pappa var över idag. Han hade ett nytt spel med sig. *Raticus* tror jag det hette."

"Din pappa skämmer bort honom. Vad handlar det om?"

"Du vill inte veta."

Sara log. Hon visste att Zander tyckte mycket om sin svärfar, men han var samtidigt lite rädd för den gamle mannen.

Bengt Teodor Alexandersson, Saras far, hade varit 42 år när Sara föddes. Han var nu 74 år, men såg tjugo år yngre ut och cyklade dagligen minst en mil. Ute om vädret tillät, inne på motionscykeln om det inte gjorde det.

Zander beundrade den gamla mannen som hade en ängels tålamod med Kevin som på grund av sitt handikapp kunde få fasliga raseriutbrott för bagateller som betydde noll för andra, men som för honom kunde uppfattas som skillnaden mellan liv och död.

Den gamle tog allt med stoiskt lugn och brukade förklara för Kevin, med det gråtande barnet i sitt knä, att världen bestod av flera olika skikt där olika människor levde. I *Kevinskiktet* bodde bara Kevinauter, men eftersom skiktet var så tunt så trängde det ibland in impulser från de andra skikten som kunde verka skrämmande och direkt hotfulla. De behövde man inte frukta eftersom de trots allt tillhörde ett annat skikt och om han bara höll sig lugn skulle det hotfulla försvinna och han kunde själv fortsätta med sitt.

Ofta lyssnade barnet andaktsfullt och lugnade sedan ned sig och om det någon gång varit ett speciellt jobbigt anfall brukade den gamle komma med ett nytt spel dagen därpå, bara för att visa att han hade rätt. Eftersom Kevin under gårdagen haft inte bara ett, utan två, rejäla raseriutbrott, förstod Zander att mutan kommit under eftermiddagen.

"*Raticus*? Vad är det för spel som heter så?"

"Vill du gå in dit och fråga?"

"Och få en utskällning för att jag kommer och stör? Jag väntar. Han ska snart gå och sova."

"Mmmm... är du hungrig?"

"Lever fiskar i vattnet? Visst är jag hungrig. Det har varit en lång dag."

"Hittade ni felet?"

"Jag tror det. Gamla gubben Bengtsson i Uppmyra berättade att han sett ett ljussken vid kraftledningsgatan i sektor fyra igår kväll och när vi kollade området hittade vi en slocknad brandhärd vid ett av kopplingsskåpen. Kenny fixade det och vi hade hela rasket igång för en timme sedan."

***

En timma senare tittade Zander in i Kevins rum. Pojken hade nu fått på sig pyjamas och låg i sängen.

John tittade på den lilla kroppen som låg med ryggen mot honom och kände en tyngd i bröstet. När Kevin var drygt två år hade de börjat misstänka att allt inte stod rätt till. När han var sex och började i förskoleklass hade det varit ett jobbigt år. Fröknarna hade haft många hårda duster med det motsträviga barnet som med all tydlighet visade att han inte ville vara där.

Året därpå – när Kevin var sju år – hade de fått diagnosen. Aspergers syndrom. Därefter hade det börjat hända saker.

Sara beviljades vårdbidrag för att kunna gå ner till deltid och passa Kevin i hemmet så att han slapp fritids. I skolan sattes punktinsatser in såsom personlig assistent och möjlighet till studieanpassning eftersom Kevin hade ett IQ som i vissa ämnen låg långt över snittet för hans åldersgrupp, medan han i andra ämnen, såsom gymnastik, låg på en sorgligt låg nivå då barn med Asperger ofta har störd motorik och därmed ett stelt och oengagerat rörelseschema.

"God natt pappa. Det är ett jättebra spel. Det handlar om jätteråttor som invaderar jorden och det finns bara en hjälte som kan stoppa skurken... men jag har fastnat på nivå fyra. Skurkledaren är alldeles för mäktig och svår."

"Du tar honom nog i morgon."

"Det trodde morfar också."

"Sov gott nu gubben min. Jag älskar dig."

"God natt pappa."

Zander drog sig tillbaka och stängde dörren. Han tittade aldrig ut genom fönstret. Hade han gjort det kanske han hade sett en rörelse i mörkret, en djupare svärta i det svarta som snabbt hade rört sig över tomten för att sedan försvinna in i undervegetationen.

12

2

Gubben Bengtsson i Uppmyra hette egentligen Bengt Göran Bengtsson och hade fötts på Uppmyra gård som femte sonen till lantbrukaren Anders Bengtsson, gift med Katarina Bengtsson, född Falck.

Hans äldre bröder hade vägrat ta över gården och istället skaffat sig diverse diplom och högre utbildningar, något som Bengt aldrig kunnat då han var född med dåligt läshuvud som det hetat på den tiden.

Bengt hade gått som dräng på faderns gård och sedan tagit över den när pappan hastigt gått bort 1988. Han hade aldrig gift sig och hade inga nära vänner. På bygden blev han lite av en myt och det tisslades och tasslades i stugorna om att Gubben Bengtsson i Uppmyra, han hade nog något lurt på gång.

Bengt hade hört tisslet, men inte brytt sig särskilt mycket om det. Han trivdes inte ihop med folk och så var det med det. Lantbruket hade han sakta avvecklat och nu, när han var 84 år gammal, satt han på en lantgård utan ägor större än att han kunde gå runt dem på lediga tjugo minuter och komma tillbaka till utgångspunkten.

Jorden hade styckats av och sålts till bland annat AB Elkraft som byggt en kraftledning och ett stort ställverk på de gamla åkertegarna.

Bengt löste in checken och tänkte därefter inte mycket mer på det. Han hade det bra och trivdes med sitt liv som på ålderns höst hade blivit riktigt bekvämt.

De enda människor han hade någon kontakt med, och faktiskt stod ut med, var lantbrevbäraren och den där skogvaktaren John Zander som ofta kom förbi och hälsade på under sina inspektionsrundor.

Egentligen var han väl inte skogvaktare, om man nu skulle märka ord. John Zander var anställd av AB Elkraft för att sköta driften av företagets anläggningar i trakten, vilket innebar kontroll av kraftledningar och ställverk samt vårda och sköta utrustningen och reparera det som gick sönder.

Eftersom AB Elkraft även var områdets största skogsägare, kom det sig att Zander även skötte om den biten, vilket renderade honom titeln skogvaktare i Bengt Göran Bengtssons ögon – den titel som förr skattats högt, men som idag i princip knappt någon längre kände till.

Det hade i alla fall känts fullt naturligt att det var till Zander som Bengt vänt sig när han såg ljusskenet på himlen och detta hade också hjälpt Zander och hans tekniker att snabbt lokalisera felet och åtgärda det.

Bengt skrockade medan han hällde upp kvällens första öl – alltid kyld och alltid samma märke. Hur skulle världen kunna existera utan en kyld Carlsberg? Förmodligen inte alls om man frågade Bengt.

Den bärnstensfärgade vätskan skummade sig i glaset som fuktades av kondens. Bengt förde det till sina läppar och smackade belåtet när skummet gled åt sidan och lämnade plats för den perfekta ölsmaken som fuktade hans strupe – underbart.

Något slamrade till i köket och den gamle mannen rynkade på ögonbrynen. Det small till ute i hallen, det lät som om någon vält paraplystället.

Bengt reste sig muttrande upp, tog ännu en klunk av ölen innan han ställde ned glaset på bordet, noga med att placera det på underlägget så det inte skulle bildas ringar som senare skulle vara svåra att få bort.

Ett nytt ljud från köket... det lät som något som raspade mot linoleummattan. Något med klor.

"Vad tusan är det som händer?"

Han gick sakta ut i köket och famlade efter lysknappen. Lågenergilampan blinkade till och jagade sedan undan mörkret från de flesta öppna ytor, men lämnade pölar av svart diffusion i hörnen och under de frilagda delarna av diskbänken. Hans gammelmansögon kisade, ovana vid ljuset och inte alls så snabba på att ställa om som de en gång varit.

Ett ljud under köksbordet till höger. Han tittade dit. Ett nytt ljud från hallen fick honom att rycka till. Något strök emot hans ben, något ludet och snabbt. Han tittade ner, men hann inte se vad det var.

En urgammal skräck började gripa tag i honom. Samma skräck som förfäderna en gång känt när de trevade sig fram över savannen iförda djurhudar och träspjut och plötsligt stod öga mot öga med en sabeltandad tiger.

Han kände det i ryggslutet. En primitiv skräck som letade sig upp mot nacken och fick de små håren där att krulla sig. Han backade ett steg och hörde ett nytt ljud bakom sig. Med förvånansvärt hög fart, om man betänkte hans ålder, snodde Bengt runt. Rent instinktivt riktade han blicken nedåt, eftersom det som strukit mot hans ben hade gjort det högst en eller två decimeter ovanför golvet.

Han fann sig stirra in i ett par ondskefulla, sneda, gula ögon som hatfullt betraktade honom från någonstans inne bland vardagsrummets skuggor. Det som nu sakta kom fram i ljuset som läckte ut genom köksdörren var en mardröm som Bengt inte ens drömt om i sina förpubertala mardrömmar för över 70 år sedan. Det som kom fram var ett brutalt, ondskefullt monster.

Han stapplade förfärat bakåt när ett plötsligt hugg av smärta sköt genom hans bröst och strålade ut i vänster arm.

"Hjärtat." flämtade han och sedan gick monstret till anfall. Rörelsen verkade vara en startsignal till dess marktrupper som nu störtade fram ur de djupa vrårna och kastade sig över den gamle mannen som visserligen dog innan de började äta på honom, men som ändå hann se helvetets förmak glänta på dörren och locka in honom med en benvit, knotig hand.

Snart var liket täckt av svarthåriga kroppar som slet åt sig ångande köttstycken från det som än gång varit en människa.

3

Jeep Cherokeen skumpade fram på den smala och illa underhållna skogsvägen. Att över huvud taget kalla det för väg var ungefär lika missvisande som att säga att en mört var lika fin som en regnbågslax att få på kroken när man fiskade. Det var mer som ett sabla dike – två sabla diken, rättade han sig.

Vägen var inte ens med på de allmänna kartorna. Det var bara på AB Elkrafts platskartor som den var försiktigt utmärkt. Den var den kortaste vägen mellan punkt A och punkt B, där punkt B var en kulvert i anslutning till kraftnätsmast fyra i sektor fyra på de förbannade kartorna. Kartor som visade alla linjer som försörjde de 3 000 själarna i samhället med ström och som sedan exporterade överskottet till andra, mindre elstinna län i landet.

John Zander undrade vad som höll på att hända. I tio år hade man dikat ur, avverkat skog och byggt dessa kraftledningar kors och tvärs i länet.

Kärnkraftsavvecklingen hade lett till en utbyggnad av vattenkraften samt andra förnyelsebara energikällor och uppe på fjället, mitt i den sköra naturen som inte tålde några ingrepp, hade AB Elkraft byggt 120 vindkraftverk, med ansökan liggande hos Länsstyrelsen att få bygga 120 till inom fem år.

Älven var uppdämd och kraftverksdammen hade lagt hektar efter hektar av skog under vatten och gjort mycket av det som var kvar, vattensjukt.

Grundvattennivån hade ändrats och detta sammantaget hade ruckat på den ömtåliga balansen i den fjällnära skogsmarken. Många djurarter hade dragit sig tillbaka och fjällräven hade i stort sett försvunnit, vilket fått till följd att rävens naturliga bytesdjur istället bredde ut sig och rubbade balansen. På senare tid hade även de försvunnit och skogen var numera märkligt tyst. Ett faktum som hade börjat skrämma John på ett sätt som han inte riktigt förstod.

Han svor till när hjulet gled ner i en fördjupning och nästan slet ratten ur händerna på honom. Kulverten han var på väg till var en kopplingscentral för de kablar som kom ner från fjällsidan och som förband 60 av de 120 vindkraftverken med det tre mil avlägsna ställverket. Där hade det rapporterats kabelbrott – det femte den här senaste trettiodagarsperioden, vilket var totalt det sjätte under året, något som gjorde honom konfunderad.

Diket han körde i ledde slutligen fram till en bredare grusväg och han körde lättad upp på den och svängde höger. Kulverten låg fyrahundra meter längre fram.

Han stampade på bromsen. Framför däcken på bilen hade något korsat vägen. Det hade haft samma storlek som en liten katt, men med en lång, kal och skär svans, och det hade varit lika snabbt som en vålnad innan det försvunnit i undervegetationen vid sidan av vägen.

Zander tittade förbluffat ditåt. Hjärnan vägrade tro vad ögonen sett och började redan försöka övertyga sig själv med argument som skulle förklara vad det var för djur, men djupt inom sig visste han vad det hade varit – en stor, djävligt stor, råtta. En råtta som växt sig bra mycket större än vad naturen hade avsett.

***

Vid kulverten var skogen avverkad, marken uppgrävd och planad med grovt grus i storleksordningen en halv fotbollsplan. En jeep stod redan parkerad bredvid betongbunkern som innehöll nedgångsschaktet till kulverten.

Zander ställde bilen bredvid den röda jeepen och hoppade ur. Dörren till bunkern stod på glänt och han misstänkte att det var Axel Alexandersson som rotade runt bland kablarna där inne.

Axel var en 45 årig elektriker med ett väderbitet ansikte som påminde om ovanlädret på en väl använd sko, men som alltid skrattade och var glad. Han gick nästan alltid och gnolade på Fred Astaires *I'm singin' in the rain* och menade att sådan musik inte gjordes nu för tiden. Zander höll med, men undvek i övrigt ämnet eftersom Fred Astaire inte direkt var hans favoritartist.

Några nakna glödlampor lyste upp de grå, omålade betongväggarna och gjorde att han kunde se de fjorton trappstegen som ledde ner i kulverten under marken. Försiktigt gick han ner och trampade i vattenpölar som bildats på trappavsatsen.

Väl vid foten av trappan ledde en kort gång ut till själva kulverten som innehöll dels elkablarna och dels vattenrören från vattentäkten som tills helt nyligen hade försett samhället med dricksvatten.

Efter en geologisk undersökning hade kommunen rekommenderats att hämta sitt vatten någon annanstans ifrån då geologerna menade att den närbelägna gruvan kunde läcka ut miljögifter i grundvattnet. Sedan närmare ett år tillbaka var Brunna inkopplat på ett extern vattenverks ledningar, något som blivit en dyr investering för kommunen.

John såg sig om efter Axel, utan att se honom, men då han fått ett utslag på att det var brott mellan femman och fyrans plint, gick han till vänster. Här sluttade gången lätt nedåt och han huttrade till då temperaturen inte var högre än sex grader.

Ett tiotal meter in i gången böjde den tvärt åt höger och efter böjen kom fyra trappsteg. Här lyste inte de nakna glödlamporna längre och Zander tog upp sin ficklampa och tände den. Den skarpa strålen skar som en kniv genom mörkret och spred ett spöklikt vitt sken som fick skuggorna att dansa över de av fukt drypande väggarna.

Ljudet av droppande vatten ekade i de kala valven och plötsligt drabbades Zander av klaustrofobi.

Känslan av instängdhet och att väggarna kröp upp på honom fick denna välkända arbetsplats att påminna mer om ett fallfärdigt mausoleum än om en vanlig kraftverkskulvert. Känslan var lika obehaglig som den var oväntad.

Gåshuden spred sig längs ryggraden och fick honom att huttra i sina varma kläder. Aldrig förr hade Zander sett spöken mitt på ljusa dagen, trots att han tillbringat åtskilliga timmar i hål i marken som påminde om, eller var värre, än det här.

Han undrade om det var en fördröjd reaktion på det han trodde sig ha sett – hade sett! Han tvingade sig själv till rättelsen, trots att hans intellekt sa honom att en råtta omöjligt kunde bli så stor.

Ett sken återspeglade sig mot kabelkanalen under taket och han förstod att det måste vara reflektionerna från Axels arbetslampa. Arbetskamraten fanns på andra sidan kröken, i färd med att jobba med elskåpet.

Zander rundade hörnet och tvärstannade mitt i steget. Den syn som mötte hans ögon var som hämtad ur någon episod av *Skymningszonen* eller *Weird Tales*.

Det han såg var en rättsmedicinares mardröm. Zander vände sig bort och tömde sitt maginnehåll över den grå, fuktiga, betongen och plötsligt kändes inte kulverten som ett mausoleum längre.

Nu var det en satans krypta.

***

Kevin såg upp från spelet. Det ryckte i ena kindmuskeln och han lade huvudet lätt på sned, som om han lyssnade efter något avlägset ljud.

"Pappa?" sade han frågande innan han återgick till spelet.

Allt var lugnt i villan.

Allt var lugnt i skogen... eller var det verkligen det?

Trettio meter från gårdsplanen rörde sig ett djur i undervegetationen. Rörelsen fick gräset att darra. En kråka kraxade i en grantopp. Rörelsen upphörde. Stillheten var tillfällig. Ett nytt prasslande och sedan det korta pipet från ett bytesdjur som föll i jägarens käft.

4

Mikael Gunnarsson och Lisbeth Plyhm stannade till och tittade upp mot fjällsidan.

Utsikten var hisnande. De hade precis kommit fram till trädgränsen och framför sig hade de nu rent kalfjäll. Regnet hade tillfälligt upphört och en blek septembersol kämpade sig igenom det gråa molntäcket. De värmande strålarna fick vattnet på bladverket omkring dem att ånga, vilket skapade en trolsk stämning.

Mikael krängde entusiastiskt av sig ryggsäcken och Lisbeth följde hans exempel.

"Vilken syn, eller vad säger du?"

"Absolut. Den är helt underbar."

"Värt att ta ett kort på kanske?"

"Mer än ett skulle jag tro"

Hon plockade fram den digitala systemkameran ur packningen och kontrollerade att det satt ett 16 gigabytes minneskort i det avsedda facket. Sedan slog hon på kameran och såg landskapet återspeglas i displayen. I snabb takt knäppte hon ett tiotal kort av fjället – både med och utan Mikael i förgrunden. I tysthet försökte hon komponera bilderna så att de skulle ge maximal utdelning när hon senare skulle bildförbättra dem. Några bilder skulle med säkerhet säljas till bildbanker på internet.

"Sådär. Dokumenterat och klart."

"Stoppa inte ner kameran än."

"Varför inte?"

"Jag såg ett djur i vegetationen bakom dig. Det kanske tittar fram igen och det vore väl kul att ha på bild."

Hon vände sig om. Det prasslade i buskarna.

"Jag tar seriebildstagning. Då får vi se om vi får något bra."

"Titta! Nu kommer det…"

Mikael tystnade när djuret kom fram. De gula, ondsinta ögonen, den svarta pälsen och den nakna svansen var karakteristika han inte kunde ta miste på ens som börsmäklare från Stockholm.

I Kungsträdgården hade man av och till haft problem med denna arts brunhåriga kusin och han hade med egna ögon sett dessa aggressiva brunråttor, men detta var den mer fruktade och mytomspunna arten – *ratus ratus*, svartråttan!

Råttan blottade tänderna och anföll. Lisbeth hade bara sett djuret genom kamerans display och därför inte uppfattat vad det var som kom emot dem. Nu tittade hon upp i samma sekund som råttan bet sig fast i hennes ankel.

Smärtan var plötslig och intensiv. Med ett skrik kastade hon ifrån sig kameran och försökte göra sig kvitt djuret som gnagde på henne.

Smärtan strömmade upp i vågor genom benet och fick ögonen att tåras och när hon förlorade balansen såg hon Mikael som tycktes upplöst i sina konturer, men sedan såg hon att han var täckt av svarta, slingrande kroppar med skära svansar. I samma ögonblick kände hon en kall nos mot strupen. En nos som letade efter den bultande, varma halspulsådern.

Hon bad en tyst bön om att få dö snabbt och utan smärta. Hennes önskan uppfylldes inte och hon levde fortfarande när djuren började äta på henne. När döden kom var det som en öm älskares omfamning som slöt henne till sig och befriade henne från denna världs lidande.

I närmade en timma myllrade svarta kroppar runt de två liken innan de skingrades och försvann tillbaka in i den fjällnära skogen. Tillbaka ner i undervegetationens dolska trygghet och tillbaka till jakten. Jakten som var så viktig för dem nu när deras naturliga omgivningar inte längre erbjöd det skydd som de en gång gjort.

Några av dem var sjuka som följd av nedsmutsningen, men de flesta av dem hade vuxit sig starkare. Starkare, större och mer vildsinta än någonsin tidigare under historiens gång...

***

Jonas Svensson trampade på och hade fått upp bra fart på cykeln i den långa, flacka nedförsbacken in mot Brunna.

På bägge sidor om vägen trängde sig skogen på och kastade skuggor över den bitvis krackelerade asfalten. Den här vägsträckan låg inte som prioritet ett på vägverkets lista över underhåll eftersom det fanns en nyare väg längre västerut.

Just därför erbjöd den gamla länsvägen en sådan frihet från bilar och stress. Jonas försökte alltid att cykla den här vägen när han gav sig av från Brunna för att träffa Elin som bodde fjorton kilometer utanför kommungränsen. Elin, som han nyss träffat och blivit blixtförälskad i. Hon var allt han någonsin drömt om och minnet av deras senaste möte fick honom att le.

Plötsligt kändes det som om han kört på en trädstam. Framhjulet slog tvärstopp och styret slets ur hans hand när cykeln krängde över ända och han gjorde en luftfärd som slutade med en omild kraschlandning på asfalten.

Ansiktet skrapades upp och plastlåset till hjälmen slets sönder. Hans kropp tumlade runt två varv innan han blev liggande stilla mitt på vägen.

Halvt medvetslös försökte han kämpa emot dimmorna som lägrade sig över hans syn. Smärtreceptorerna i kroppen berättade att han hade ådragit sig flera frakturer på handled, underarm, revben och förmodligen även okbenet i ansiktet.

Kämpande mot smärtan försökte han fiska upp mobiltelefonen för att ringa efter hjälp, men innan han hann så långt skar en ny smärta genom ryggen – något hade bitit honom!

Jonas försökte rulla runt för att mota undan vad det nu var, men då sköt nya smärtstötar igenom honom och han skrek ofrivilligt till.

Ett nytt hugg fick hans ögon att tåras och genom den tårdrypande blicken såg han ett, två, tre monster som krälade upp ur diket och kom emot honom. Samtidigt var det något bakom honom som begravde sina tänder i ryggmuskeln och slet till. Han kände hur något gav efter och när smärtan slog till var det stopp. Kroppen klarade inte mer och stängde av.

Jonas var inte vid medvetande när råttorna nådde fram till honom. Snart kunde man inte se vem han en gång varit när gnagarna slet ångande köttstycken från kroppen och fyllde sina magar.

5

De kala väggarna var inte längre dunkla.

Polisen hade satt upp strålkastare som jagat undan varje tänkbar skugga och lagt brottsplatsen under en mördande belysning som visade varje makaber detalj i det hänsynslösa mordet.

Poliskommissarie Robert Rydh tittade på liket en gång till innan han vände sig till mannen som stod bredvid honom.

"Nå, vad tror du?"

Rättsläkaren Timothy Blank var närmare två meter lång och vägde 80 kilo. Avsaknaden av hår på huvudet fick honom att se nästan utomjordisk ut, ett intryck som förstärktes av de kraftiga, uggleliknande glasögonen.

Robert tänkte ofta att om Blanks vägar någon gång skulle korsas av Steven Spielbergs, skulle med stor sannolikhet en furstlig summa pengar få mannen att ställa upp som rymdvarelse i en uppföljare till *E.T.* eller *Närkontakt av tredje graden*.

Detta hindrade honom dock inte från att ha ett grundmurat förtroende för mannen och när han inte spekulerade i eventuella filmkontrakt som läkaren kunde tänkas ha potential att få, undrade han istället ofta vad som fick en sådan kompetent person att välja att jobba här, mitt ute i obygden och inte i Stockholm där inkomsten skulle vara vida större än den var här.

Sanningen var dock den att Timothy Blank älskade den lugna rytmen i sitt jobb och kunde omöjligt tänka sig att byta den mot ett högbetalt stress– och magsårs-framkallande arbete i kungliga huvudstaden.

Blank tycktes studera kroppen i någon minut, innan han dröjande kom med svaret.

"Av kroppens kondition att döma samt kroppsdelarnas avlägsnande, tyckts det som mannen har utsatts för ett massivt djurangrepp, snarare än en mänsklig mördare."

"Herregud! Vilket djur i den svenska faunan kan attackera, döda och stycka en människa på detta sätt? Säg inte att vi har en supermuterad lokatt som går lös på fjället?"

"Jag kan ju inte säga något säkert förrän jag har fått undersöka kroppen ordentligt på bårhuset, men jag kan just nu inte hitta vare sig blåmärken, kniv eller skottskador på kroppen. Däremot gnagmärken. Något har ätit på kroppen och av mängden blod att döma så levde personen när styckningen inleddes, för hjärtat har pumpat ut blodet över hela ytan."

"Det behöver man inte vara någon Einstein för att förstå. Stackars man"

"Uhm... jag skulle vilja prata lite med mannen som hittade honom."

"Zander? Vi kan väl gå ihop och göra det. Jag har också en del frågor, men han skjutsades till läkarstationen för att få något lugnande. Han var rejält chockad."

Blank slängde ytterligare en blick på kroppen.

"Jag förstår honom."

***

Kevin reste sig och pausade spelet. Något kändes fel. En känsla i kroppen som fick hans hjärta att slå extra slag. Något extrasensoriskt inslag, en rytm som bara han kunde uppfatta. En doft som bara en känslig Aspergerindivid kunde få korn på.

Han kände sig rädd.

Det var inte ofta Kevin kände sig rädd. Frustrerad, arg och otålig var känslor han var väl bekant med, men inte rädsla.

Aspergerbarnen saknar ofta den förståelse för omvärlden som krävs för att de ska kunna förstå och känna innebörden av ordet fruktan.

Att vara rädd innebar att man måste förstå konsekvenser av ett handlande och konsekvens var ett svårbegripligt ord för Aspergerindividen som sällan hade förståelse för att det egna handlandet innebar konsekvenser. Däremot förstod han frustration och ilska över den ondsinta omvärld som inte tycktes bry sig om och förstå honom. Centrum i sin egen varseblivning var ofta en beskrivning som stämde in på Aspergerindivider.

Men nu var Kevin rädd! Han förstod dock inte rädslans ursprung, men det var något i luften. Luften tycktes darra av... ondska.

Han var som en känslig mottagare som tog emot på just den frekvens som detta onda tycktes sända på.

Darrande lade han ifrån sig handkontrollen och gick in till sin mor i köket.

***

Zander darrade också och av nästan samma anledning som sin son, fast av en annan orsak. Chocken och fruktan snörde ihop hans strupe och gjorde andningen tung och väsande.

På darrande ben hade han tagit sig tillbaka upp ovan jord. Varje sekund livrädd för att se ett par ondsinta, gula ögon i mörkret, men ingen attack kom och väl instängd i bilens konstlade trygghet hade han fått fram sin Samsung smartphone och med darrande fingrar lyckats slå polisens larmnummer.

När denna samhällsgärning var utförd körde han därifrån. Han ville inte vara kvar en sekund extra på denna plats och valde att invänta polisen vid stora vägen istället, där en bred, asfalterad yta medgav högre flykthastighet och större trygghet om de små svarta mördarna skulle komma tillbaka.

När polisen kom hade han förklarat situationen, visat dem vägen, men vägrat följa med ned i kulverten.

En bekymrad polis i skinande ny uniform hade satt sig på förarsätet i Jeepen och förklarat att det var bäst han körde honom till läkarstationen. Zander hade för en gångs skull inte protesterat och nu låg han alltså på en säng och pratade stilla med en sköterska som just gett honom ett milt lugnande medel.

"Mår du bättre nu?"

"Bättre? Jag kommer att ha mardrömmar i resten av mitt liv så jag tror inte jag någonsin kommer att må bättre."

Han huttrade till.

"Någon gick nyss över min grav och han hade kåpa och lie. Jag... jag kan inte förklara."

Han slöt ögonen.

"Ring min fru och berätta var jag är. Hon måste ta barnen och åka bort från skogen."

Sedan somnade han och i drömmen följdes han på avstånd av en svart varelse med ögon som brunnar av eld och tänder som rakknivar. Monstret kom aldrig närmare, men det sackade heller inte efter. Det följde honom och iakttog honom med hatisk beslutsamhet.

Zander grät stilla i sömnen. Han var rädd, mycket rädd.

6

Kloakledningar har alltid varit ett tacksamt ämne för mytbildning, samtidigt som de stinkande tunnlarna som finns under varje modernt samhälle hjälper till att hålla detsamma rent och skinande.

Tunnlarna är dock även ett naturligt, underjordiskt transportsystem för de varelser som människan sedan urminnes tider lärt sig att hata och avsky. De slingrande, svarta massor som under årtusendenas lopp spritt så många farsoter – som digerdöden – bland människor.

Där, djupt nere under marken, har de kunnat frodas utan att störas av människan. Människan har varit medveten om dem och försökt döda dem genom fällor, gift och ibland genom att placera ut jägare som haft råttan som bytesdjur, men inget har hjälpt.

När naturens balans har varit i ordning har råttan stannat där nere, men nu var balansen rubbad.

Skövlingen av den fjällnära naturen, bytesdjurens ändrade vanor och rovdjurens flykt, hade stört råttans mönster. Därtill kom ingreppen och byggnationerna. Elektriciteten som sprakade i sina ledningar. Allt detta hade tvingat råttan att ändra sitt beteende, drivit ut den på jakt utanför sitt gamla revir.

Människan hade också förorenat vattnet den drack och habitatet den levt i och under generation efter generation hade råttan muterat. Den första generationen hade påverkats på ett onaturligt sätt och växt sig större, aggressivare och utvecklat nya beteendemönster. Deras DNA hade delvis brutits ned medan förändringsprocessen accelererade. Sedan – efter några generationer - hade balansen i råttornas DNA sakta återställts, men var då kraftigt omprogramerat.

Mutationerna hade ändrat råttorna på flera plan. De var inte bara aggressivare och mer intelligenta än sina förfäder, utan väsentligt mycket större och hade fått en längre livscykel.

De första generationerna styrde nu den yngre avkomman och deras hat mot människan brann som en evig eld i dem.

***

Robert Rydh svängde in bilen på parkeringen och valde den ruta som låg närmast entrén till läkarstationen. Ett samhälle av den här storleken hade oftast inte råd med vare sig stora påkostade byggen eller extravaganta löner till duktiga läkare, men Brunna var det undantag som bekräftade regeln.

Eftersom AB Elkraft var en stor aktör på orten, med många anställda som hade riskabla arbeten och som måste ha tillgång till en väl fungerande vårdapparat, hade man valt att samarbeta med kommunen angående företagshälsovården.

Istället för två separata och halvdana vårdinrättningar, hade AB Elkraft sponsrat kommunen, vilket lett fram till ett för Sverige - om inte unikt - så i alla fall ovanligt projekt. Man hade slagit samman sitt behov av företagshälsovård med kommunens behov av vård för sina invånare.

Resultatet av detta var en vårdcentral med mer än trettio permanenta vårdplatser, egen röntgenavdelning, kemilabb med mera, samt sex heltidsanställda och erfarna läkare. Till det tillkom en stab av sköterskor som skötte om kommunens invånare på ett kostnadseffektivt och omtyckt sätt. Lösningen var bra för AB Elkraft och ännu bättre för kommunens invånare som nu hade en sjukvårdsapparat som inte led av glesbygdens förbannelse.

Totalt sett innebar det alltså att det lilla samhället hade en mycket väl fungerande hälsovård och om det mot förmodan skulle krävas tyngre vård, som exempelvis en mer komplicerad operation än vad kirurgen lokalt kunde hantera, fick man anlita centrallasarettet i Luleå, femton mil söderut. Enklare kirurgiska ingrepp klarades av på ort och ställe.

Rydh klev ur bilen och tog ett djupt andetag. Vinden var svag, men luftfuktigheten gränsade till duggregn och han kände kylan som förvarnade om att vintern lurade bakom kröken.

Det var kanske tio meter till entrédörrarna. En sträcka som lät den gående passera in under ljuset från två gatlyktor, vilka när mörkret föll, lät entréområdet bada i ett hav av gulvitt ljus. Detta ljus flödade ännu inte, men mörkret kom krypande i den råkalla eftermiddagens sista, döende glitter.

En kastvind fick Rydh att vackla och han tog stöd mot bilens kylare.

"Det blåser upp. Vinden kommer nedrasande från fjället."

"Det blir en kall natt." Timothy tittade upp mot fjället som reste sig över samhället likt King Kongs tvillingtoppar i nyinspelningen med Jessica Lang från 1976. "Jag hoppas jag kommer att få tillbringa den i mitt vardagsrum, framför den öppna spisen."

De båda männen skyndade in genom varmluftsslussen i entrén och lämnade samtidigt kylan bakom sig. Bakom dem gick dörren igen med ett pysande, men en svart gestalt, stor som en kattunge, hann slinka in före dörrarna stängde vägen.

Som om den visste att de båda männen var dess fiender, höll sig råttan i skuggan och skyndade åt motsatt håll när människorna vek av till vänster i den tredelade hallkorridor som bredde ut sig innanför entrén. Kylan hade gjort råttan trög och den frös, samtidigt som den var hungrig.

Sjukhusets olika dofter hamrade mot dess luktsinne och gjorde den förvirrad. För ett ögonblick slets den mellan två behov – värme och mat.

Värmen vann!

Den letade upp ett varmt och mörkt ställe där den kunde vila och tina sin kropp innan den gav sig ut på jakt.

***

Timothy tittade på skyltarna på ren reflex. Han visste var han skulle, men en djupt rotad vana fick honom att alltid titta på skyltarna så att han höll i färskt minne vad där stod. Läkaren var en rutinbunden vanemänniska och han hade i det tysta självdiagnostiserat sig som Aspergare eftersom alla tecknen stämde. Läkarvetenskapen var hans specialintresse.

"Vi går till övervakningen. Vår käre Zander vilar sig i en säng där efter att han fått lugnande medicin... vet du om han och offret stod varandra nära?"

"De var arbetskamrater... och kliniskt sett... i en ort av den här storleken, står vi väl alla varandra nära?"

"Sant, det är bara det att jag trivs bättre med mina böcker än med människor och utanför jobbet tar jag det lugnt... med det sociala alltså."

"Ingen fru?" Rydh tittade på rättsläkaren. Visst hade de i tjänsten haft med varandra att göra förr, men de hade aldrig träffats privat och inte heller talat om privatlivet eftersom Rydh kände att Timothy ofta distanserade sig och hade lättare att tala om det kliniska istället för det privata. Han respekterade läkaren för dennes integritet.

Timothy skruvade besvärat på sig.

"Har aldrig varit gift. Var förlovad en gång, men… hon dog. Leukemi, svår sådan och kemoterapin bröt ner henne på ett sätt som var fruktansvärt att se. Antar att min vilja att börja om på nytt stoppades där. Anna, min fästmö, dog sakta inför mina ögon under två år av plågor. När hon dog… det var första gången jag sett henne le efter det att hon fick beskedet. Döden var en befriare… det är det jag tröstar mig med i mina böner. Efter det ägnade jag mig åt studierna och flyttade sedan hit. Lugnt och avskilt från storstadens stress."

Timothy verkade nästan generad av erkännandet och den långa monologen och slöt sig tillfälligt igen.

Rydh kände att han fått ett sällsynt förtroende. Han förstod mycket väl mannens smärta, likväl som vad det var som drev honom. Med ens verkade det inte så konstigt att han nobbade alla välavlönade arbeten i de större samhällena. Han hade vad han behövde här. Det var en insikt som nästan gjorde Rydh en smula avundsjuk.

Han slog bort känslan. Avundsjuka var ovärdigt och trots allt hade han sin Lena i livet och tillsammans hade de två underbara döttrar som både gick på Gulbergets Skola – den ena i sjuan och den andra i nian.

De kom fram till en dörr med texten: "Övervakning – endast personal."

"På ett större sjukhus skulle det heta intensivvårds-avdelning, men så specialiserade är vi inte här." Timothy log. "Vi övervakar med akuta intensivinsatser om så krävs."

De klev in genom dörren och kom in i ett övervaknings-rum. Rummet var fyllt av monitorer och mot väggen, intill dörren, stod en akutvagn.

Rummet var kanske fem gånger fyra meter i storlek och var hjärtat i avdelningens patientövervakning. Därifrån kunde man snabbt ta sig till de sex vårdplatser som var knutna till rummet via fiberoptisk kabel som tillät personalen att övervaka eventuella patienter som var bundna till övervakningsmonitorerna.

Dessa kunde kontrollera hjärt- och lungfrekvens och om en patient behövde defibrillatorn kunde en första hjärtstimulering igångsättas från övervakningen genom de defibrillatorer som kunde anslutas direkt på patienten vid behov. Vidare kunde man videoövervaka, om patienten ansågs behöva visuell övervakning.

Rydh såg att det bara var två monitorer igång. Båda visade sovande patienter och monitor två visade John Zander som lugnt låg tillbakalutad i sin säng

Timothy såg sig om och lät blicken fara över monitorerna på ett sätt som var lika rutinmässigt som Rydhs ögon skulle ha farit över en brottsplats första gången han klev in på den. Han nickade mot en manlig sköterska som just för tillfället pratade i telefon innan han vände sig mot den andra personen i rummet.

"Hej Helen. Hur mår vår patient, John Zander?"

Sköterskan vinkade och log innan hon tittade ner på monitorn.

"Han sover nu. Fick lugnande för ungefär en halvtimme sedan. Han var mycket upprörd och rädd. Ville vi skulle evakuera hans familj."

"Har ni meddelat dem?"

"Får inte tag på dem. Ingen svarar på telefonen."

Rydh kände en kall kåre löpa från nacken och ned längs ryggraden. Han vände sig mot Timothy.

"Har ni en kommunkarta här någonstans?"

"Visst, flera stycken."

"Var?"

"Ambulansen har en, akuten och givetvis finns det en här..."

"Fram med den. Fort!"

När kartan låg utvecklad på bordet satt Rydh fingret på den.

"Här skedde överfallet och här..." han drog fingret i en rak linje söderut, "här bor Zander. Säg att det som attackerade och dödade mannen i kulverten fortsatte söderut. Då skulle detta något mycket väl kunna vara framme vid familjens hem nu."

"Men vi vet ju inte..."

"Jag är polis. Jag känner att det är något på gång och det kände Zander också. Vi måste åka hem till honom, och det nu. Jag har haft onda aningar om det här ända sedan vi fick in larmet."

7

Kevin Zander gick ut i köket där hans mor höll på att baka.

Köket ångade av överskottsvärmen från spisen och från flera övertäckta plåtar steg doften av nybakade bullar och spred en lugnande och hemtrevlig stämning i det lantliga huset. Kevin rynkade på näsan.

"Vad är det som luktar?"

"Bullar." Hans mor log och strök undan en hårslinga ur pannan. Handen lämnade ett vitt märke av mjöl ovanför ena ögonbrynet.

"Det luktar konstigt. Tycker jag om bullar?"

"Du gjorde det när du var mindre. Jag minns hur du satte i dig en hel plåt alldeles själv."

"Gjorde jag?" Han grimaserade. "Är det säkert? Du luras inte?"

"Nix. Du käkade upp halva bullbaket som jag gjort till din treårsdag. Jag fick göra en sats till och baka om alltihopa. Efter det hade du ont i magen."

"Jaha... är det säkert att det inte var *Sephiroth* som gjorde det?"

"Ja, du hade inte upptäckt *Sephiroth* än. Du höll bara på med *Herkules* då. Du var så frustrerad av att du inte klarade det och ja, du var ganska arg."

"Okej. Var är pappa?"

"Han jobbar."

"Är det säkert?"

"Du vet att han alltid jobbar när du har varit i skolan."

"Det har hänt något otäckt. Var är Emma och Victor?"

"De är på fritids och dagis. Vi ska hämta dem så fort som den där plåten i ugnen är klar. Vad är det som har hänt?"

"Pappa är rädd. Det har hänt något otäckt." Kevin bytte fot och började trampa så som han ofta gjorde när han kände frustration över att orden inte räckte till. När behovet av att uttrycka sig var större än var hans ord kunde beskriva blev han ofta sådan.

Han började om.

"Jag hörde pappa... jag tänkte på honom..."

"Somnade du?"

"Nej, tyst. Du avbryter mig."

Kevin började trampa ännu mer och höjde sina knutna nävar och slog på dörrposten.

"Du lyssnar inte. Du bara avbryter mig, hela tiden!"

"Förlåt Kevin. Vi börjar om. Vad sa du om pappa?"

"Nej, nu har du förstört alltihopa. Jag kan inte berätta om pappa för du bara avbryter mig hela tiden. Du avbryter mig. Avbryter mig hela tiden. Bara avbryter mig. Tyst!"

"Jag är tyst nu, Kevin."

"Du har förstört allt. Måste jag följa med och hämta dem?"

"Hämta...? Emma och Victor menar du?"

"Ja! Jag vill stanna hemma. Jag vill spela. Jag vill inte hämta dem. Kan jag inte få stanna hemma?"

"Nej Kevin. Du vet att..."

"Jag vägrar. Du får betala skadestånd. Jag vill ha tillbaka tiden jag förlorar. Jag vill ha kompensation för att jag inte får spela."

Sara suckade. Ett misstag och nu höll Kevin på att elda upp sig till raseri. Hon såg på barnet som nu travade runt i cirklar, frustrerad och arg. Han hade börjat prata om sin far, men sedan avletts in på ett annat spår och nu hittade han inte tillbaka vilket bara spädde på ilskan. Hjälplöst såg hon på när explosionen kom.

"JAG VÄGRAR! JAG VÄGRAR FÖLJA MED!"

Nu vrålade Kevin och kastade sig på golvet som en treåring och skrek vilt. Sara kunde bara dra djupt efter andan för att försöka finna den inre styrka som behövdes för att klara sig igenom ett av dessa ständigt återkommande raseriutbrott.

Sakta vände hon sig om och tittade in i ugnen. Bullarna såg nästan klara ut. Ett par minuter till bara.

Hon reste sig upp, samtidigt som hon slängde en blick ut genom fönstret. Något strök förbi utanför. Det var snabbt, i stort sett inte mer än en skugga och det försvann in i undervegetationen innan hon hann uppfatta några detaljer.

"Jaha. Nu har vi räven inpå knuten igen. Fan också."

I bakgrunden ylade Kevin och återkallade Saras uppmärksamhet. Hon såg aldrig de andra skuggorna som skyndsamt ilade över gårdsplanen.

***

Emma Zander var en söt och ovanligt intelligent nioåring, som med sina blonda lockar stod i skarp kontrast mot sin mors svarta hår.

Hon hade dessutom begåvats med ett par himmelsblå ögon och en liten uppnäsa som lät ana att hon var en påstridig ung dam som inte gav sig i första taget.

Hon hade hela den fasta beslutsamhet som bara syskon till ett Aspergerbarn kunde uppvisa. Hela sitt liv hade hon levt i skuggan av sin äldre bror och var van vid att han tog den plats som hon själv skulle ha behövt och därför var hennes envishet väl befogad. Den envisheten var henne väl behövlig i hemmet, men kunde i skolan ställa till vissa förtret när både lärare och kamrater tyckte att hon bredde ut sig aningens aning för mycket – som nu.

Jens Gordon, son till ortens järnhandlare och allt annat än en ängel, hade gjort sig lustig över hennes blonda hårsvall och menat att hans pappa, som tydligen visste allt, gjort gällande att alla blondiner var dumma nöt.

Emma, som inte alls kände sig som ett dumt nöt och inte heller accepterade att bli kallad detta av en fet gris som Jens, hade klippt till.

Nu var kanske inte Emma någon match för en tungviktare som Jens, men smällen hade kommit överraskande och träffat rätt på den ömtåligaste punkten i ansiktet, nämligen självaste näsan. Med denna blodig och tårar sprutande ur ögonen, hade unge Gordon uppsökt fröken och ondgjort sig över den elaka Emma.

Fröken, som inte var dummare än att hon misstänkte hur det hela hängde ihop, hade baddat näsan och sedan sökt upp Emma och nu satt de och talade om vad som hänt och om hur fel det var att slåss.

Emma hade redan innan fröken kom, stålsatt sig inför den väntade konfrontationen och förklarade att hon inte var något nöt och att hon visst hade rätt att försvara sin heder.

Fröken hade haft svårt att kontrollera anletsdragen vid den sista kommentaren, eftersom den lät malplacerad i munnen på en nioåring. Tålmodigt hade hon förklarat att visst, försvara sin heder hade varje människa rätt till, men man kanske inte behövde slå sin antagonist blodig för det.

Emma suckade resignerat och sa att när det gällde den feta grisen Jens så borde hon kanske ha använt en fettsug istället för knytnäven. De intensivt blå ögonen hade mött frökens bruna och trotsigt sett in i dem utan att vika en millimeter. Fröken – som hade mångårig vana av barn - insåg att detta var en diskussion hon nog inte skulle vinna.

Stilla hade hon sagt till Emma att det nog var dags att ringa hennes mamma så att hon kunde hämta henne lite tidigare. Då fick hon en chans att lugna ner sig i hemmet och behövde inte ha Jens i sin närhet ytterligare en timma.

I sitt stilla sinne tänkte hon dock att den unga flickan hade rätt. Jens Gordon var född till översittare och skulle så förbli och det var nog inte alls dumt att han fick sig en omgång eller två emellanåt, men eftersom sådana tankar stred såväl mot skolans policy som mot skollagen, behöll hon tankarna för sig själv.

***

Sara Zander hade just tagit ut den sista bakplåten ur ugnen när telefonen ringde. Hon tittade på klockan som hängde över köksdörren innan hon nappade åt sig den trådlösa luren som från väggen intill.

Kevin hade äntligen lugnat ner sig och gått tillbaka till sitt rum. Det tycktes som om han glömt varför han hetsat upp sig och var åter försjunken i *Raticus* spelet.

"Zander."

Hon lyssnade på rösten i luren och höjde ögonbrynen när hon fick höra om sin dotter, proffsboxaren.

Sara var inte förvånad. Hon avskydde Jens lika mycket som Emma gjorde och skulle med glädje ha utdelat snytingen själv. Men eftersom det var hennes heliga plikt som förälder att uppfostra sina barn efter filosofin att aldrig gripa till våld annat än som en sista förtvivlad utväg, måste hon detta till trots tala med sin dotter på ett sätt så att hon förstod att dylikt beteende inte var acceptabelt.

Hon lade på luren och suckade. Skulle hon hämta Emma tidigare kunde hon lika gärna hämta upp Victor också. Med ett djupt andetag gick hon in för att övertala Kevin att följa med.

41

8

På morgonen var bageriet hett och doftade av nybakat bröd, men nu på eftermiddagen hade det svalnat, även om doften hängde kvar som en arom som kom direkt ur väggarna.

Sten Nilsson var 58 år och hade ärvt bageriet efter sin far, Arvid Nilsson, som jobbat intill sin död för tjugo år sedan.

Firman hade varit i familjens ägo i exakt hundra år och Sten sörjde över att den traditionen skulle dö med honom eftersom ingen av hans barn ville ta över. De båda sönerna hade flyttat söderut mot mer lovande jaktmarker än de som kunde erbjudas i den Norrländska ödemarken.

Sten antog att det var en intelligent handling eftersom firman gick ihop sig precis och inte lämnade några furstliga summor över till sin ägare. Däremot hade paret Nilsson alla sina lån betalda och inga egentliga skulder tyngde dem. Därför kunde de fortsätta att vara en institution i det lilla samhället ännu några år, tills den dag kom då Herren skulle kalla dem till sig, bort från denna jämmerdal.

Utifrån serveringen hördes det dämpade sorlet av eftermiddagens gäster. Hans fru Katarina stod bakom disken och han hörde henne tala med gamla fru Berg som var bättre än en kvällstidning för den som ville höra skvaller.

Själv var Sten ointresserad av den sortens konversation och därför ägnade han sig istället åt att städa bageriet och förbereda för nattens bak.

Plötsligt hörde han ett ljud han inte kände igen. Det lät som ett väsande, som en katt som varnade en annalkande fiende, men någon katt fick ju inte komma in i bageriet och han trodde heller inte att det var en katt.

Han tittade åt det håll varifrån ljudet kommit, men den stora ugnen var i vägen. Tveksamt gick han in i rummets mitt och såg sig om efter något han kunde peta med under ugnen. Han såg en långskaftad mopp som han tidigare plockat fram för att svabba golvet med.

Efter att ha beväpnat sig med moppen gick fram till ugnen. Den var en mastodont som hade över trettio år på nacken, men den fungerade perfekt. Mycket tack vara ett kärleksfullt och kontinuerligt underhåll.

Åter hörde han ljudet och sedan något annat som han inte över huvudtaget kunde identifiera. Med en bekymrad rynka mellan ögonbrynen gick han ned på knä och tittade in under ugnen.

***

Fru Berg hade just gått ut genom dörren när Katarina Nilsson hörde skriket. Det lät som vrålet från en människa som just sett Döden i vitögat och som insett att mannen med lien var ute efter just honom.

Förskräckt insåg hon att skriket bara kunde ha kommit från hennes man som var ensam inne i bageriet. Snabbt vände hon och sprang in i de bakre utrymmena och öppnade dörren till själva bageridelen.

Först förstod hon inte vad hon såg. En myllrande massa av svarta kroppar och däremellan något som liknade en människa. Benen sparkade och kroppen tycktes darra i konvulsioner. Plötsligt gick det som en elektrisk stöt genom kroppen innan den blev stilla och bara det svarta myllret rörde sig.

Hon tog två steg in i bageriet och stannade sedan. En av de svarta kropparna vände sitt spetsiga huvud mot henne. De gula ögonen betraktade henne hatiskt. Nosen var röd av blod och ur munnen hängde ett ångande köttstycke.

Katarina retirerade skrikande bakåt, men den första råttan var redan på väg mot henne och fler följde efter den.

Hon hann aldrig stänga dörren. Råttan kastade sig över henne och fick henne att tappa balansen. Efterföljarna skyndade förbi och tog sig ut i serveringen där de kastade sig över de nyfikna gästerna som vid ljudet av skriken hade samlats för att se vad som försiggick. Innan någon hunnit fatta vad som hänt hade de vildsinta gnagarna anfallit människorna.

9

Rydh och chefsläkaren satt i bilen när larmet kom. Det var Monica på stationen som gick ut med ett larmanrop som sa att något hände inne i centrum. Man hade fått larm från Nilssons Bageri på Stora gatan och även om det var oklara uppgifter, verkade det som att människor dött.

Rydh kvävde en svordom och la om ratten i en gir som skickade bilen tillbaka i samma riktning som den kommit. Det tog dem två minuter att nå fram till bageriet och synen som mötte dem var som hämtad ur en scen från Helvetet.

Blodiga människor vacklade omkring, till synes planlöst, medan andra låg onaturligt stilla. Alla rutor i bageriet var krossade och minst en människa hängde som en trasdocka över de vassa skärvorna.

Rydh ställde sig på bromsarna och tittade chockat på det han såg. De hade knappt hunnit ta in scenen framför sig innan en svart varelse störtade ut mellan de blodiga kropparna. Den stannade upp på gatan där den satte sig upp på bakbenen och sniffade i luften. Sedan – som om den förstod att det fanns ett hot - vände den sina gula ögon mot männen i bilen och väste ilsket mot dem.

Djupt inom sig, i det genetiska rasarvet, visste Rydh vad han såg, men hans moderna, förnuftiga hjärna, vägrade acceptera hans ögons vittnesbörd. Förhäxat stirrade han och råttan på varandra innan polisinstinkten tog över.

Utan att egentligen tänka slet han upp dörren och drog sitt tjänstevapen i samma rörelse, men samtidigt som mynningen svängde mot målet, skuttade råttan iväg och kulan missade.

Darrande tittade Rydh efter missfostret innan han vände sig mot läkaren.

"Heliga Guds moder. Vad ända in i helvete var det där?"

Timothy klev sakta ur bilen och tittade misstroget i den riktning som råttan försvunnit.

"Jag är ingen veterinär, men jag kan ändå svära på att det var en stor, satans, djävla kloakråtta."

"Råtta? Det där var fan i mig ingen råtta. Det var ett helvetesmonster! Nu vet vi vad som dödade mannen i kulverten."

"Och vad som attackerade och dödade de här stackars människorna"

Timothy skyndade iväg för att försöka hjälpa de blodiga och skadade människor som omgav dem. Rydh grep radion och ropade:

"Bil fyra-åtta till centralen. Vi har gigantiska mördarråttor lösa. Jag repeterar. Gigantiska mördarråttor."

"Upprepa fyra-åtta. Sa du råttor?"

"Ja – stereoidråttor av gigantiskt format. Det går inte att trovärdigt beskriva vad jag såg. Vi har minst fyra döda och flera skadade som jag ser härifrån. Skicka ambulans och förstärkning. Jag repeterar. Minst fyra döda, flera skadade. Behöver förstärkning. Hämta hjälp från granndistrikten om nödvändigt. Vi kanske måste evakuera hela samhället."

"Uppfattat fyra-åtta. Förstärkning på väg."

I fjärran hördes ljudet av snabbt annalkande sirener och Rydh visste att problemen nog snabbt skulle växa. Han gick, med pistolen kvar i handen, efter Timothy in i det som kommit att bli ett slakthus istället för ett bageri. Samtidigt anlände den första ambulansen.

Inne på bageriet möttes han av något som tycktes som hämtat ur en skräckfilm där det mesta av budgeten hade ätits upp av blod och lemlästade kroppar.

En man i fyrtioårsåldern låg på rygg innanför dörren och där hans strupe en gång suttit fanns nu bara ett stort hål. Den avskurna halspulsådern hade pumpat ut blodet över golv och inredning och en tjock stank av metall låg i luften.

Rydh gjorde sitt bästa för att kliva runt blodet, men misslyckades och den tjocka vätskan sög fast i hans skosulor med ett sugande, klafsigt ljus som fick honom att må illa.

I den lilla korridoren bakom disken låg en död kvinna och han misstänkte att det var Katarina Nilsson. Det mesta av hennes ansikte var sönderslitet av gnagarna, kläderna var blodiga och fyllda av revor där råttorna kalasat på kroppen.

Han behövde bara slänga en enda blick in genom den öppna dörren till bageriet för att förstå vad som hänt hennes man.

10

Kevin tittade ut genom sidorutan i bilens baksäte. Inom sig kände han oron som steg och sjönk i takt med hjärtslagen.

Efter att mamma hade lyckats muta honom att stänga av spelet och följa med för att hämta syskonen, hade oron kommit tillbaka. Han tänkte på sin far och när han slöt ögonen kunde han se pappa framför sig.

Pappa var rädd, men samtidigt lugn, som om han sov. Kevin undrade om det betydde att pappa var död. Det ville han inte att pappa skulle vara. Han hoppades att han sov. Han *måste* sova för annars borde han inte kunna plocka upp hans signaler.

Bilen brummade och ljudet irriterade honom. Det var ett obehagligt ljud och han tyckte inte om det. Pappas bil var roligare. Den var som en av de där monstertruckarna som han hade i ett av sina spel.

Mammas bil var en gammal rostig Opel av obestämbar årgång som hade sett sina bästa dagar för länge sedan. Kevin tyckte hon skulle byta, men hon menade att de inte hade råd och att den dög till det hon behövde den till.

Han tänkte på pappa igen och kände den svårförklarliga oron stegras på nytt. Han tyckte plötsligt att han hörde hjälten i sitt senaste spel som skrek:

"Raticus. Raticus. Akta. Akta."

Skurkledaren var en supermuterad råtta som hette *Raticus*. Tillsammans med sin armé av rymdråttor angrep de jorden för att överta den från människorna, vars sista hopp stod till hjälten Penelope Green.

Penelope hade psykiska krafter som kunde styra råttornas hjärnor och få dem att angripa varandra istället, men råttorna hade tagit Penelopes barn till planeten *Morfeos* där de tänkte offra dem till råttguden *Ratus*.

Givetvis kunde inte Penelope låta detta ske. Hon hade därför jagat efter rymdråttorna i sitt intergalaktiska rymdskepp *Övervintraren*.

På *Morfeos* hade hon träffat på en underjordisk motståndsrörelse som kämpade mot *Ratus dyrkarna*. Motståndarna hade gett Penelope en mängd nya vapen som hon kunde använda i sin kamp för att krossa *Raticus* och rädda sina barn.

Det var så långt i spelet som han kommit, men det var häftigt. Otroligt grafiska rymdstrider hade utspelat sig i rymden ovanför jorden när flottan med råttor hade angripit jordens försvarare. Kevin log av lycka vid tanke på spelet.

Aldrig för en sekund slog det honom att historien var tunnare än soppa som kokats på en spik. Istället hade spelets spänning gripit tag i honom så pass att han nästan trodde sig vara Penelope Green själv. *Övervintraren* var den häftigaste rymdspeeder han sett sedan Han Solos *Millenium Falcon* från *Stjärnornas Krig*.

Han slöt ögonen och hörde åter Penelopes röst som varnade för råttornas anfall. Ensam hade hon i en drömsyn sett en invasionsarmada som gled genom den kalla rymden, men *Jordalliansen* hade ignorerat hennes varning och anfallet hade kommit som en överraskning för rymdflottans generaler.

Bilen stannade med ett ryck och han öppnade ögonen. Skolan var lika grå och trist som vanligt och det var med tjurigt trots i blicken som han klev ur när mamma öppnade dörren åt honom.

Plötsligt spände han öronen och lyssnade. Någon skrek långt borta. Skrikaren var rädd, precis som pappa varit och skriket hade en anstrykning av panik i sig. Han tog sin mor i handen och kände hur något inom honom vaknade till liv och började påkalla hans odelade uppmärksamhet. Detta något hade han tryckt undan i många år, ända sedan hans far trött sagt att *fjärrsyn* inte fanns på riktigt.

***

Gulbergets Skola hade byggts redan 1910 och sedan byggts ut 1938 och 1996. De nuvarande lokalerna inhyste samtliga klasser 1 – 9, plus förskolan och fritidsverksamheten. Rektor var Inga-Lill Stenberg och hon trivdes med sitt jobb.

Hennes meriter kom alla från skolans värld och hon hade jobbat med barn så långt tillbaka hon kunde minnas. Rektor hade hon varit i tio år nu och pensionen närmade sig snabbt. Lite för snabbt tyckte hon själv eftersom hon inte alls kände sig redo att gå i pension.

Vid 64 år fyllda såg hon tio år yngre ut och kände sig som en trettioåring inombords. Hennes entusiasm och glädje när hon var med barnen kunde bara överglänsas av hennes lysande intellekt. När hon första gången träffat Kevin Zander hade hon direkt förstått att pojken med stor sannolikhet hade Aspergers syndrom och när detta sedan befästs på papper hade hon genast satt in de åtgärder som hon kunde för att underlätta hans skolgång.

Syskonen hade hon också hållit en skyddande hand över eftersom hon visste att deras situation hemma var svår med en bror som hade sådan svår Asperger som Kevin.

Själv hade Inga-Lill uppfostrat två söner med svår autism och hon hade även en yngre bror med Aspergers syndrom, vilket borgade för att hon visste vad som gällde.

Nu satt hon på sitt kontor och njöt av stillheten. De yngre barnen befann sig i annexet där fritids höll till och de äldre barnen hade dagens sista lektion.

Framför henne på skrivbordet låg en rapport till skolverket angående skolans verksamhet, något hon måste sammanfatta en gång per termin. Utöver detta var skrivbordet tomt eftersom hon tyckte om att ha ordning omkring sig.

Inombords log hon åt det plakat som satt på väggen bakom henne. Det var en lärarkollega som på skämt gett det till henne för ett år sedan och hon hade skrattat åt det och med glädje satt upp det på väggen. Där stod: *"Om ett rörigt skrivbord är tecken på en rörig hjärna. Vad är då ett tomt skrivbord tecken på?"*

Ett ljud ute i korridoren fick henne att rycka till. Någon skrek. Skrik var ju inte direkt ovanligt på en skola, men den här sortens vettskrämda vrål hörde man inte ofta. Beslutsamt reste hon sig upp och gick med bestämda steg fram till dörren och tittade ut i korridoren.

Det var den sista medvetna handling hon kom att utföra i livet.

***

Victor Zander var sin fars son. Sina fem år till trots, utstrålade han en lugn auktoritet som få jämnåriga satte sig emot.

När hans storebror fick sina utbrott, förblev Victor lugn. Hans mörka lugg, som hela tiden föll ned i ansiktet, gav honom en buspojkes utseende och hans humor fick ofta många äldre barn att vrida sig av skratt.

På byn sades det att Victor var föräldrarna Zanders belöning för att de klarade av Kevin, men ingen sade detta direkt till vare sig Sara eller John då de visste att dessa inte skulle uppskatta orden.

Många trodde att Victor skulle gå långt när han blev vuxen och hans fröknar följde intresserat utvecklingen hos det barn vars storebror tidigare satt skräck i dem.

När Sara kom för att hämta honom mötte han henne iklädd en skyddande rock som sa henne att sonen satt och målade med vattenfärg.

"Jag hämtar Victor lite tidigare idag. Emma var i bråk igen och det var lika bra att ta hem henne."

"Var det med Jens som vanligt?"

"Självklart. Det behöver du väl inte ens fråga om."

Victors fröken hette Carlotta Hanson och var 28 år gammal. Hennes ansikte ramades in av de mest fantastiska lockar som Sara någonsin sett.

Carlotta var enda dotter till samhällets präst och en varmt troende människa som älskade barn lika mycket som hon älskade sin Gud. Sara skulle i normala fall ha varit tveksam till att låta en sådan troende människa ta hand om hennes barn, men efter att ha sett Carlotta klara av Kevin och hört henne berätta om sin inställning till tron, hade alla hennes tvivel kommit på skam.

Carlotta ansåg att tron var något personligt och enbart mellan henne och Gud. Om någon ville diskutera religiösa spörsmål med henne var vederbörande alltid varmt välkommen, men hon var aldrig den som försökte omvända någon.

Detta gjorde att Saras respekt för Carlotta var otroligt hög och till och med Kevin tycktes älska henne.

"Hej Carlotta."

"Hej Kevin. Hur mår *Kevinauten* idag då?"

"Bra, men jag måste rädda världen innan *Raticus* tar över."

"Det gör du rätt i. Rädda en liten del åt mig med."

"Du kan få dela min del."

"Får jag? Du är allt en riktig gentleman du."

"Ja... men jag föredrar nog en hjälte istället."

Carlotta skrattade och vände sig till Emma som trotsigt stod vid sin mors sida.

"Hur är det med dig då Emma-tjejen? Var du i slagsmål med Jens nu igen?"

"Ja. Den där..."

"Emma!"

"Ja! Jag ska vara snäll, men jag blir så himla arg på honom."

"Han är en dumming."

Inflikandet kom från Victor som nu krängt av sig rocken och börjat sätta på sig kläderna.

"Ja. Han är dum, men det ger inte Emma rätt att slå honom blodig. Om jag känner hans pappa rätt så kommer han att vara på John som en kardborre och du vet ju hur John reagerar när han stöter på herr Gordon."

"Pappa blir tokig!" sa Victor glatt. "Mamma, förresten. Vet du att en helikopeter störtade på en kyrkogård i Norge och räddningsmanskapet har hittills hittat tvåtusen döda och de gräver fortfarande?"

"Victor! Var har du lärt dig det?" Sara flinade.

"Det var Robert som berättade. Han sa att i Norge är de inte riktigt kloka. Är det så?"

"Nej min älskling. Det är ett skämt. De säger likadant om oss svenskar."

"Men vi är ju kloka. De är inte alls kloka där borta."

Carlotta och Sara skrattade innan Carlotta sa:

"Det har hur som helst gått bra idag. I morgon ska vi till biblioteket och se på teater så Victor ska ha tjugo kronor med sig."

"Visst, bra att du påminde mig. Det hade jag glömt!"

"Mamma. Varför springer den där farbrorn så konstigt?"

Victor hade gått fram till fönstret och tittade ut över skolgården. När Sara kom fram och drog undan gardinen såg hon något som hon inte kunde tro var sant.

Tio meter bort hade Robert Bössarm, skolans vaktmästare, kastat sig ut genom ett fönster och nu vacklade han blodig och sönderskuren fram över skolgården.

På hans rygg hängde något som inte hörde hemma där. Det var ett djur och även fast Sara såg den skära svansen, de gula ögonen och den svarta pälsen, kunde inte hennes hjärna förstå vad hon egentligen tittade på.

Råttan hade bitit sig fast i Roberts nacke och gnagde på köttet mellan skulderbladen. Robert vacklade ytterligare någon meter innan han föll ihop och blev liggande.

"Åh, herregud."

"Vad är det?"

"Ett monster."

Sara vände sig om, alldeles vit i ansiktet. Kevin tittade fascinerat ut genom fönstret.

"Det är *Raticus*", flämtade han. "Han har kommit för att ta över jorden."

"Var är barnen?"

"Jag har bara tre kvar och de är i ritrummet", svarade Carlotta bestört.

"Vi måste få ut dem härifrån. Skynda dig att hämta dem."

Någonstans i huset krossades en ruta. En flicka skrek panikartat i falsett.

11

Råttan var förvirrad.

Den var omgiven av främmande, fräna lukter, men också lukter den kände igen. Bakom alla de starka, främmande dofterna, fanns den underbara doften av död.

Det var som om de andra lukterna låg som ett täcke över doften av död. De maskerade, men kunde inte dölja den och ju mer råttan rörde sig framåt genom tunneln med det släta underlaget som gjorde det svårt för klorna att få fäste, ju starkare blev doften av död i den svala luftström som pressades emot dess kropp.

Till slut kom den fram till ett hinder. Tunneln tycktes ta slut framför det som blåste ut den svala luftströmmen på råttan och de bröder och systrar som fanns i råttans följe. Luften bar med sig den komplexa mixen av dofter, men en solid vägg spärrade deras väg och hindrade dem från att nå fram till den underbara doften av död som gömde sig på andra sidan väggen.

Ilsket fräste de och klöste mot hindret. Hungern gnagde i deras inälvor och de måste nå fram till det som luktade. Med en gemensam beslutsamhet gav de sig i kast med att skapa en väg genom det massiva hindret som krossades under starka gnagartänder.

***

Ljudet fick Greger Alm att titta upp.

Han lutade sig mot moppen och lyssnade. Normalt var han inte lättskrämd, men att städa på bårhusavdelningen i källaren fick alltid kalla kårar att krypa längs ryggraden på honom. Rasminnet och den primitiva skräcken för det okända gjorde att det kändes onaturligt att befinna sig så nära de döda. Med de färska liken som låg på bårar i kylfacken i ena kortväggen, kände han den primitiva fruktan som var ett arv från förfäderna, komma smygande.

Han hade jobbet på vårdcentralen i mer än tio år, alltsedan man byggt den med finansiellt stöd från AB Elkraft och några av de andra stora aktörerna på den lokala arbetsmarknaden.

Att vara en kombination av fastighetsskötare och lokalvårdare skänkte honom en viss stolthet. På så vis basade han över en styrka på fem man som skötte allt från reparationer till att bränna organiskt avfall från sjukvården och han tvekade inte att rycka in och göra smutsjobb emellanåt. På så vis behöll han kontakten med verkligheten, samt respekten från dem han var satt att leda.

Att ha sina anställdas respekt var viktigt för Greger. Hans far hade varit grovarbetare hela sitt liv och Greger mindes den galla som fadern spytt över sina chefer. Det snällaste han någonsin hört fadern säga om en chef var att vederbörande var en inkompetent idiot och Greger ville inte att hans underlydande skulle tala på samma sätt om honom när de satt vid frukostbordet och pratade med sina barn och äkta hälfter.

Respekt var något man förtjänade. Det fick man inte till skänks med en titel. Något som många chefer hade missförstått genom alla tider.

Ljudet hördes igen.

Det var något som lät från ett av kylfacken. Han stod stel och tittade på de skinande skåpdörrarna i rostfritt stål, samtidigt som hans förnuft försökte smälta innebörden av tanken som slagit honom. Någon hade blivit felaktigt dödförklarad och låg nu i kylfacket och försökte förtvivlat klösa sig ut ur det klaustrofobiska utrymmet. Hans första tanke var att tillkalla en läkare, men det skulle ta för lång tid. Han måste själv hjälpa den stackaren som låg instängd på andra sidan.

Med en beslutsam min ställde han ifrån sig moppen och gick fram till luckan där han tryckte ned handtaget.

Något stort och svart kastade sig mot luckan och tvingade upp den så fort låset släppte sitt grepp. Vad det nu var som funnits i facket så inte var det en människa. Ljudet av klor mot linoleummattan hördes och de svarta varelserna halkade i skurvattnet och tappade balansen. Ilsket fräste djuren och vände sina spetsiga huvuden med hatiskt gula ögon mot Greger.

Under två evighetslånga sekunder stirrade Greger in i demonernas blickar och kunde se helvetets eldar flamma i dem. Sedan kastade han sig skrikande mot dörren för att fly ut, men i paniken kunde han inte hitta handtaget. Hjärnan vägrade att fatta hur konstruktionen dörr och dörrhandtag hängde ihop och plötsligt kände han en ilande smärta i vaden.

När han tittade ner såg han ett av monstren som hängde fast i hans ben och med ens började hjärnan fungera igen, men det var inte den moderna människans logik som nu trädde in, utan den primitiva Cromagnonmänniskans.

Vilt såg han sig omkring efter ett vapen. På ett rullbord låg en steril bricka med instrument som behövdes vid en obduktion. Det var bensåg, skalpell och peanger. Greger snappade åt sig en skalpell och svepte ut med det vassa instrumentet och skar upp sidan på råttan.

Monstret pep och släppte taget. Greger backade undan mot väggen och kände hur det pulserade av smärta i såret.

Den skadade råttan pep ilsket och snodde runt som om den jagade sin egen svans innan den stannade upp och fixerade människan med sina hatiskt brinnande, gula ögon.

Greger höll upp skalpellen framför sig likt en präst som inför åsynen av en vampyr, krampaktigt försöker skydda sig med hjälp av sitt krucifix.

Råttorna framför honom, han såg nu att det var minst sex stycken onaturligt stora bestar, fixerade honom med sina brinnande ögon. Greger tyckte sig ana en viss tveksamhet, som om anblicken av instrumentet som skadat en av dem skrämde de övriga. Han gick på darrande ben mot dörren, utan att släppa monstren med blicken för en sekund. Hans hand fumlade efter dörrhandtaget, men kunde inte hitta det. Snabbt tittade han ner och lade handen på den skinande knoppen. Då anföll råttorna.

Ett av monstren landade på hans bröst och han kände sylvassa klor som skar genom skjortan och rev honom blodig. Med ett tjut av lika delar skräck och smärta, högg han skalpellen i råttans huvud och den släppte taget och föll till golvet.

Nästa best var den redan skadade som kom emot honom som skjuten ur en kanon. Gregers högernäve sköt ut och fick en fullträff på monstret som föll till golvet, men sedan var motståndet över. Tyngden från de kvarvarande råttorna tvingade ner honom på knä. När hugget som öppnade halspulsådern kom var han i princip redan död och hans kropp föll framstupa och blev liggande bredvid de två råttor som han lyckats döda. De kvarvarande åt sig mätta på hans kött innan de gav sig på dörren och började gnaga sig ut. När dörrbladet gav vika så att råttorna kunde pressa sig ut, lämnade de efter sig något som numera liknade ett slakthus snarare än ett bårhus.

***

Värmen hade fått råttan att kvickna till. Nyfiket sniffade den på luften och satte sig sedan i rörelse.

Någonstans bakom sig hörde den ljudet av röster, men den ignorerade dem. Istället koncentrerade sig råttan på den framförliggande korridoren. En trappa tilldrog sig dess intresse och lekande lätt slank den uppför trappstegen till dess den kom till en övre hall. En dörr med frostat glas stod på glänt och råttan skyndade sig in.

Framför sig såg den en Tvåbent som stod stilla och studerade något den höll i handen.

***

John Zander slog upp ögonen.

Först kunde han inte förstå var han var, men sedan kom minnet sakta tillbaka. Han såg sig omkring. Han befann sig i ett sjukhusrum.

Rummet var kanske tolv kvadratmeder stort med sängen som den dominerande möbeln. Intill fönstret stod ett litet soffbord och en någorlunda bekväm besöksfåtölj. Till höger om dörren fanns ett plåtskåp för patientens kläder och ett handfat med tillhörande spegel. Väggarna bröt dock från sjukhusmonotonin genom att de var klädda med en ljust blommig tapet och behängda med två tavlor. Den ena var en kopia av den berömda *Grindslanten* och den andra var ett stilleben i olja på duk.

Zander såg sig omkring och hittade det han sökte – larmknappen, med vilken han kunde kalla på personalen.

Fumligt grep han tag i sladden och tryckte på knappen. En lampa över dörren började omedelbart lysa och han antog att någonstans i korridoren utanför lös en liknande lampa på något kontrollbord.

Det tog bara tio sekunder innan dörren öppnades.

"Jaha. Ni har vaknat nu. Hur mår ni?"

Sköterskan var en man i trettioårsåldern med tjockt brunt hår, klarblå ögon och ett imponerande överarmsmått med tillhörande lagårdsdörrar till axlar.

Sin storlek till trots utstrålade han en behaglig värme, även om John misstänkte att han kunde utstråla iskallt våld om situationen tvingade honom till det.

"Jag måste härifrån. Måste hem till min familj."

"Det går inte. Ni har varit nedsövd och det dröjer några timmar innan verkan av medicinen släpper helt och under den tiden vill vi ha er kvar för observation så ni inte reagerar negativt med farliga biverkningar."

"Det går inte! Förstår ni inte det? Råttorna kommer... jag måste hem till min familj!"

"Polisen har redan hämtat er familj. Ni kan vara lugn. Inget kommer att hände dem. Vila nu så ni får tillbaka krafterna."

"Har polisen...? Är de trygga?"

"Fullkomligt trygga. Ta det lugnt! Vill ni ha något?"

"Jag är törstig."

"Kan ordnas. Vad vill ni ha? Jag är en oöverträffad mästare i att öppna Coca-Cola burkar."

Sköterskan flinade och leendet smittade av sig på Zander.

"Cola blir bra."

När dörren stängts sjönk han tillbaka mot kudden och drog ett djupt andetag. Han antog att han kunde lämna över det hela i polisens händer. När allt kom omkring hade anfallet varit långt ute i skogen. Risken för att råttorna tog sig in till samhället var försvinnande liten.

***

Leif Berggren, den manliga sköterskan som just lugnat John, gick fram till läskautomaten och la i ett mynt. Det rasslade till i rännan och han kunde fiska upp en burk iskall Coca-Cola.

Han tittade fundersamt på burken några sekunder innan han vände sig om för att gå tillbaka till patienten.

En skugga i periferin av hans synfält fick honom att vända sig åt det hållet. I samma stund tog råttan språnget och bet sig fast i Leifs strupe. De sylvassa gnagartänderna sjönk in i hans adamsäpple och krossade det. Varmt blod forsade ner i Leifs lungor vilket fick dem att kollapsa. Utan att få fram ett ljud knöt Leif nävarna och började hamra på monstret, men kroppen var redan döende och de flesta slagen saknade kraft.

Det sista han såg innan mörkret sänkte sig över honom, var den gula elden i råttans ögon. En eld som skulle följa honom på den sista färden in i evigheten.

***

Råttan sörplade i sig av blodet som sprutade ur den öppnade artären i den tvåbenta varelsens hals. Varelsens nävar dunkade mot dess kropp som en sista protest innan livet flydde, men den kände smärtan från de första slagen, innan den döende kroppen tappade sina krafter.

Råttan mindes hur de Tvåbenta alltid hade jagat honom och hans artfränder och hatet drev den att gå till förnyad attack mot det redan döende bytet, samtidigt som den ignorerade smärtan från slagen.

Ivrigt drack den av det varma blodet som fyllde dess mage och spred värme i dess kropp. Tänderna tuggade i sig av köttet till dess den nådde benen i nacken, men vid det laget låg kroppen stilla och hade för länge sedan slutat att kämpa.

Råttan släppte greppet och ragglade undan. Ett av de första slagen som utdelats medan den Tvåbenta fortfarande hade kraft att lägga bakom attacken, hade krossat flera av dess revben och smärtan sköt nu som pilar genom dess kropp.

Råttan pep ynkligt, tittade på den döda varelsen på golvet och släpade sig sedan undan. Någonstans hördes ljudet av en dörr som öppnades och steg mot det linoleumbelagda betonggolvet. Råttan föll omkull, kom på fötter igen, men föll på nytt. Den här gången blev den liggande.

Ljudet av steg kom närmare. Någon visslade. Råttan pep, slöt ögonen och drog ett sista andetag.

De krossade revbenen hade punkterat en lunga och orsakat massiva inre blödningar som nu tog sin tribut och monstret dog på golvet, tre meter från sitt sista offer.

12

Sara Zander skyndade in i lekrummet med Carlotta tätt efter. I dörren tvärstannade hon och stirrade förhäxat på vad hon såg.

Dagiset var byggt enligt en standarmall som tycktes ha varit förhärskande under slutet av 1960- talet. Först kom man in i ett kapprum, därefter kom en anslutande korridor som man kunde förflytta sig mellan de olika avdelningarna genom.

Därefter kom ett större kapprum med anslutande toalett och sedan två stora, i rad liggande lek- och matrum med anslutning till kök och vilrum.

I det inre lekrummet löpte en rad av höga fönster längs ena väggen och i den andra väggen, kortväggen, fanns en altandörr ut mot gården och det var fönstret i denna dörr som krossats.

På golvet innanför dörren låg en blodig jätteråtta som tycktes ha fått strupen uppskuren när den kastade sig genom glaset. Dess ben sparkade kraftlöst och elden i de gula ögonen höll redan på att falna, men utanför på gården såg Sara redan nya råttor som samlades.

De tre barnen, två flickor på fyra respektive fem år samt en pojke som var jämngammal med den äldsta flickan, stod tryckta mot den motsatta väggen och stirrade skräckslaget på monstret på golvet.

Carlotta flämtade till och grep tag i flickorna.

"Kom barn. Kom fort!"

Hon drog med sig barnen ut i det angränsande rummet i samma stund som nästa råtta kom flygande genom det trasiga fönstret. Sara backade genom dörrhålet, grep tag i skjutdörren som skiljde de två rummen åt och drog igen den. Sekunden därpå dunsade en tung kropp in i dörren från andra sidan.

"Kom."

Carlotta påkallade hennes uppmärksamhet.

"Vi måste ta oss härifrån."

De tog tag i de minsta barnen och föste de större framför sig. Sara ropade på Kevin.

"Kevin. Kom gubben. Vi har bråttom."

"Det är *Raticus* mamma. Han har kommit för att ta över jorden."

"Han kommer att ta över oss om vi inte skyndar härifrån, så kom igen nu."

Hon föste Kevin och Victor framför sig medan Emma skyndade tätt efter. De kom ut i korridoren mellan avdelningarna.

"Köket." väste Carlotta. "Bara ett fönster och det går att barrikadera. Fort!"

Någonstans krossades ännu en ruta medan de sprang genom korridoren. Carlotta ropade in på de avdelningar som de passerade för att försöka lokalisera överlevare.

Första avdelningen var tom, men på nästa kom en fröken utspringande med fyra barn som ömsom grät och ömsom skrek.

"Herregud!" vrålade hon. "En råtta. En råtta äter på Gunilla."

Sara tittade in och såg ett par ben som spasmodiskt sparkade när signalerna från hjärnan sakta avtog och musklerna reagerade i protest mot den kommande döden. Resten av kroppen var barmhärtigt nog dold bakom en dörr.

"Vi vet. De attackerade oss med. Skynda till köket."

Tillsammans sprang de in i personalområdet som hade alltför många fönster. Sara såg att ett av dem var krossat och hon såg också blodspår på golvet. De rundade ett hörn och kom in i en kort korridor som på vänster hand rymde toalett, kontor och personalrum. På höger hand låg kök och förråd.

Carlotta slog upp dörren till köket och de skyndade in. Sara drog en lättnadens suck när hon hörde dörren slå igen bakom dem.

Köket var ganska stort, kanske totalt 45 kvadratmeter, men indelat i olika avdelningar. Där fanns bara ett fönster och det satt i en ytterdörr. I övrigt var köket delvis kaklat och försett med tapeter över de väggar som inte var i direkt kontakt med själva tillagningen av mat.

Carlotta rusade fram till ett av de två stora kylskåpen som stod vid ena väggen.

"Hjälp mig skjuta det här framför dörren."

Sara hjälpte henne att baxa ut skåpet från väggen medan den andra fröken drog ur stickkontakten. Tillsammans sköt de skåpet mot ytterdörren och täckte den enda vägen som råttorna kunde ta sig in, men nu var de själva fångar.

***

Timothy tittade upp från en av de attackerade människorna.

"Den här dog just. Jag kunde inte hejda blodflödet!"

Rydh slängde en blick mot honom när han slöt den dödes ögon.

De hade räknat till sex döda och sex skadade, de flesta hade skurit sig illa när de i panik kastat sig igenom bageriets stora skyltfönster. Det var bara tre som dödats direkt av råttorna. Resten hade skadats under den tumultartade flykten och sedan varit lätta offer för gnagarna.

Flera ambulanser hade anlänt och polisen höll på att spärra av gatan. Rydh höll pistolen i sin högra hand och började gå mot tobaksaffären som låg vägg i vägg med bageriet. Affären var utrymd, men inte genomsökt och nu tänkte han göra det.

Han klev in över tröskeln och såg sig om i butiken. Allt verkade lugnt, men det fanns flera hyllor som gnagarna kunde gömma sig under och bakom. Försiktigt gick han ner på knä och tittade in under hyllorna närmast golvet, utan att se något.

När han resten sig upp hörde han ett ljud från det intilliggande rummet. Affären bestod av två avdelningar. Den egentliga tobaksaffären, samt en tillbyggnad som bestod av onlinespel för spelarna där det fanns teve-apparater och mängder med möjligheter att göra av med sina pengar.

Han slickade sig om de torra läpparna och kände handsvetten som gjorde handflattorna oljigt hala. Sakta och med pistolen redo gick han in i spelrummet.

Det var stilla. Fyra Thomson teve-apparater visade sifferrader och en milt surrande luftkonditionering höll luften i rörelse. Rydhs ögon spanade runt rummet och försökte se dess helhet på en gång.

Han tog tre steg in i rummet och hörde sedan ett väsande bakom sig. Hans reaktion var mer en handling än en tanke.

Han duckade och snodde runt samtidigt som han såg en otydlig skepnad som skuttade mot honom från en hylla som fanns under teve-apparaterna, där papphållare för tipskuponger trängdes med travprogram.

Han sköt och skottet ekade öronbedövande i det lilla utrymmet. Skärmen på en teve genomborrades av kulan, men råttan som anföll honom träffades inte.

Rörelsen gjorde dock att varelsen missade Rydh och istället landade på golvet där den fräsande snodde runt för att på nytt gå till anfall. Men nu hade Rydh hunnit samla sig och kula nummer två fann sitt mål och sprängde sönder huvudet på råttan som kastades bakåt och blev liggande i en blodig hög.

"Vi kommer in. Skjut inte!"

Två uniformerade poliser med dragna vapen kom in genom dörren och tittade på råttan, den enda de sett.

"Åh fy fan, vilket monster."

"Hur många sådana där springer det löst?"

"Vet inte." Rydh tittade upp och mötte de uniformerade polisernas förfärade blickar. "Men de är inte rädda för oss människor längre. Tvärtom verkar de se oss som en vandrande lunch-buffé."

Tillsammans sökte de igenom resten av lokalen, men utan att hitta något och på vägen ut plomberade de dörren.

När Rydh kom fram till sin bil hördes två pistolskott och några människor som skrek, sedan ytterligare ett skott.

"Det kom från ICA." Polisen vid hans sida drog på nytt sitt tjänstevapen och sprang sedan iväg de femtio meter som skiljde dem från ICA Fjället, som låg längre ner på gatan. Rydh följde efter och hörde samtidigt fler skott och nya skrik.

Nere vid affären rådde kaos. Flera uppskärrade poliser höll på att knuffa ut människor på gatan och en polis stod innanför dörrarna och sköt med sin *Sig Sauer* P226 in i lokalen mot mål som Rydh inte kunde se.

Plötsligt kom en svart och onaturligt stor varelse smygande fram ur skuggorna och kastade sig mot mannen, men polisen såg råttan, riktade mynningen mot den anfallande besten och kramade iväg ett skott.

Råttan träffades i buken och vred sig runt och föll till golvet där den blev liggande medan polismannen backade ut på gatan.

"De förbannade råttorna gömde sig i charken och anföll personalen när vi klev in för att evakuera dem."

Nu hördes ytterligare skrik och någonstans öppnade ett automatvapen eld. Rydh fick känslan av att befinna sig i en krigszon.

"Vem fan skjuter med AK-4?"

"Det lokala hemvärnet. Deras lokaler ligger ju strax utanför citykärnan."

"Bara de inte får total eldpanik och börjar skjuta på folk istället för råttor."

"Jag kollar upp det."

Rydh sprang bort till sin bil och hoppade in i den och körde iväg. Hemvärnets samlingslokal låg i en gammal nedlagd bank och det forna bankvalvet innehöll nu det lokala hemvärnets vapen- och ammunitionsförråd.

När han kom fram såg han män i m/90 kamouflage-uniformer som sökte igenom gatan och den park som låg i anslutning. Just när han stannade bilen öppnade en av dem eld mot något som Rydh inte kunde se från där han befann sig.

Han klev ur bilen och ropade till sig en man med kaptens gradbeteckning på uniformsjackan.

"Vad händer?"

"Råttor. Stora feta djävla mutanträttor. Vi hörde det över Rakelenheten och hade just börjat ladda vapnen när de angrep oss. Förlorade två man, men vi fick några av dem också."

"Går ni alltid runt i uniform?"

"Nej. Vi skulle ut på övning. Har du glömt att vi annonserat att vi skulle öva i staden idag?"

Det fick Rydh att komma ihåg att samme kapten, han trodde att han hette Axel Robertsson, hade diskuterat med hans överordnade att de skulle ha en tre dagar lång incidentövning med strid i bebyggelse under början av september.

Nu hade övningen blivit verklighet och männen, som normalt sålde bilar eller lödde kretskort, hade fått ladda skarpt och börja jaga råttor.

"Finns det en chans att vi kan samordna våra insatser?"

"Absolut! Vi röjer det här kvarteret och gör sedan ett svep söderut. Kan ni röja norrut?"

"Vi gör så. Har ni era Rakelenheter med er?"

"Vi har Rakel i våra Pb 8 bilar."

Rydh nickade uppskattande och slängde en blick ner på sin egen Rakelenhet och sa sedan.

"Vi håller kontakt över kanal 8 och sedan går vi metodiskt tillväga och röjer hus efter hus. Ingen går ensam, utan alltid minst två man, alltid. Då kan man ha sikt både framåt och bakåt."

"Lita på hemvärnet. Normalt övar vi för att möta fiender som skjuter tillbaka. Trevligt med en fiende som inte har den förmågan. Vi hör av oss om något händer, men be dina killar att inte få panik och skjuta vår hund, Han Solo. Han har förbannat fin nos och nu har han ju något att lukta på."

"Är det din tax, du menar?"

Kapten Robertsson skrattade.

"Han Solo må vara liten, men han har som sagt en fin nos. Eftersom den nuvarande fienden verkar vara i samma storlek blir jag lite nervös att någon skjutglad snut med en MP-5 ska trycka av några skott mot fel mål."

"Jag ska säga till om det. Ta det försiktigt nu bara och identifiera målet innan ni skjuter ni också. Er militära ammunition slår lätt igenom en husvägg och kan träffa någon medborgare på andra sidan."

"Vi lovar ordningsmakten att inte skjuta några medborgare."

Kaptenen fyrade av ett snett leende mot Rydh som nickade och la i en växel och körde därifrån.

13

Ljuden utifrån korridoren hade tystnat.

John klev upp ur sängen och kände att han var darrig i benen. Det lugnande medel han fått höll sakta på att klinga av, men efterverkan av det gjorde honom matt.

Försiktigt öppnade han dörren till plåtskåpet och bad en tyst bön att hans kläder fanns där inne – det gjorde de.

Snabbt fick han dem på sig innan han gick fram till dörren, sköt upp den på glänt och tittade ut.

Korridoren var upplyst av ett hårt lysrörssken som kastade reflexer från det blanka linoleumgolvet. Det var cirka fem meter från hans dörr till ingången till avdelningen och utanför den dörren låg en hall som svalde ytterligare två eller tre korridorer. Han undrade vad han skulle göra när han hörde ett skrik. Snabbt slank han ut genom dörren och tillryggalade de fem metrarna på ett par sekunder.

Vad han fick se i hallen gjorde honom lätt illamående.

Sköterskan som lugnat honom, låg nu på golvet badande i sitt eget blod. En burk Coca-Cola hade rullat in mot väggen och låg där som ett anklagande finger mot honom som fått sköterskan att gå ut för att hämta den.

På andra sida hallen låg en död råtta och tryckt mot väggen stod en likblek, kvinnlig läkare som John kände igen från BVC som barnläkaren som brukade ta hand om hans barn medan de ännu var tillräckligt små för att falla under BVC:s ansvar.

"Den är död." Hans röst skar sig och han tvingade sig själv att svälja medan han gick mot läkaren. "Den är död." sa han igen.

Kvinnan ryckte till som om hon först nu fått syn på honom.

"Är du säker?"

"Mycket. Och han…?" Han nickade mot kroppen på golvet.

"Han är död han med." Nu tycktes hon komma ihåg sin läkared och gick fram till kroppen och letade efter pulsen.

"Han är mycket död. Vad är det som händer här? Varifrån kommer det där monstret?"

"Vet inte, men naturen har nog bestämt sig för att ge igen lite för allt dumt vi gjort. Kom! Vi måste kolla om det finns andra som behöver hjälp."

Kvinnan nickade och Johns blick sökte sig till namnbrickan på hennes rockbröst. Där stod att hon hette Helena Brink och var barnläkare.

"Du har inte sett fler råttor, Helena?"

"Nej, men vi fick larm om att det var skadeoffer på väg in efter en djurattack. Jag var på väg till ambulansintaget när jag…"

"Var hade den här djurattacken ägt rum?"

"City. Mer vet jag inte."

John kände hur kalla kårar spred sig längs hans ryggrad. Om råttorna tagit sig in till city, då kunde de finnas i hela staden och dess omgivningar. Behovet av att söka upp sin familj och skydda dem gjorde sig på nytt påmint.

"Jag måste hämta mina barn."

Han sprang iväg mot vad han gissade var utgången, samtidigt som han sökte i fickorna efter bilnycklarna, hittade dem och bad en tyst bön om att det inte skulle vara för sent.

***

Carlotta lyssnade vid dörren och vände sig om mot de andra.

"Råttorna är utanför. Jag tror…" hon tystnade efter att ha tittat på de vettskrämda barnen. Istället för att fortsätta gick hon fram till dem och tog deras händer.

"Vet ni vad? Eftersom vi nu sitter här i köket så kan vi ju lika gärna dra nytta av tillfället och länsa frysen. Jag vet att det finns glass där och glass är ju aldrig fel, ellerhur?"

De tårögda barnen besvarade hennes leende och tillsammans gick hela skaran bort mot frysen. Carlotta var särskilt noga med att se till att även Kevin följde med och kom in i gruppen. Över barnens huvud sökte hon ögonkontakt med Sara och den andra fröken, som Sara nu fått veta hette Annika Nilsson. Hennes ögon uttryckte inte enbart hopp.

Sara gick fram till dörren och lade örat mot den. Ljudet hon hörde var ett ljud som fick det att krypa längs ryggen. Det var det omisskännliga ljudet av gnagande.

Råttorna höll på att ta sig in.

***

Nere i byn hade det första kaoset börjat ersättas av något som liknade organisation.

På något sätt hade Rydhs chefer lyckats få fram ett antal turistbussar som nu körde människorna ut från samhället och bort till en förmodad säkerhet på annan ort.

Över radio hade de fått tag på fler bussar från omgivande samhällen och dessa var nu på väg för att hämta fler evakuerade människor. Samtidigt var fler poliser på väg in, samt en grupp från Arméns jägarbataljon i Arvidsjaur som varit på övning i området när de fått larm om att bistå ett litet norrländsk samhälle som fått problem med gnagare.

Tyvärr var profilen lågt hållen och jägarkaptenen hade fnyst föraktfullt när han tagit emot det.

Vad var det för veklingar som inte kunde klara av sina gnagarproblem själva utan att behöva kalla på Försvarsmaktens elitsoldater? Han ansåg att uppdraget låg långt under deras kompetensnivå och att det var ett hån mot honom själv och hans män att behöva rycka ut på detta.

Inom en timma skulle kaptenen drastiskt ha ändrat uppfattning om gnagarproblemet, men än så länge levde han i förvissningen om att det värsta de skulle kunna stöta på var en skabbig fjällräv.

Rydh själv hade hittat komradioapparater på lagret till en av butikerna som försåg jägare med utrustning och när han kontrollerat med butikens ägare hade denna bekräftat att apparaterna var så pass starka och avancerade att de skulle kunna stå för sambandet för samtliga inblandade som inte hade tillgång till Rakel. Därför åkte han nu omkring och delade ut dem till poliser och militärer som ett komplement till den befintliga kommunikationsutrustningen.

Runt om i staden hördes automateld som blandades med ljudet från enstaka pistolskott och ibland det kraftigare ljudet av en hagelbössa när den tredje gruppen – medborgargardet – klev in på scenen.

Just medborgargardets intåg hade dock medfört en del problem eftersom de till en början saknade ledning och klev rakt in i militärens eldsektor, vilket vållade viss förvirring. Nu var detta dock uppstyrt och gardet hade en helt egen söksektor att leta i.

Själva sökandet spred sig ut från centrum i en solfjäder och det gick långsamt eftersom varje hus måste sökas igenom sakta och metodiskt för att sedan plomberas så att andra förstod att det var klart.

Rydh åkte därför ut före grupperna och körde runt i samhället. Det var vid detta sökande i sökandet som han kom förbi skolan.

14

John Zander tvärnitade vid infarten till skolan, chockad över vad han såg i det natriumgula ljuset från lamporna som lyste upp den öde skolgården likt en teaterscen.

På marken låg ett flertal människor och av storleken att döma var det inte enbart lärare som fallit offer. Han räknade snabbt till fem kroppar, varav minst två var barn och invid dessa låg två större kroppar, som om lärare eller möjligen föräldrar, försökt skydda barnen när råttorna angrep. Det femte offret låg avskiljt från de övriga och John tyckte det såg ut att vara skolans vaktmästare som han i tjänsten haft en del att göra med.

Hans blick sökte sig till lågstadiedelen av skolan, men såg inga kroppar där. Inte heller lyste det i fönstren och han bestämde sig för att den delen av skolan antingen var övergiven eller redan attackerad och utslagen.

Sakta lät han Cherokeen rulla fram till dörren och makade sig sedan ut på passagerarsidan för att spara några meter.

Han lät bildörren stå öppen när han gick upp på stentrappan och ryckte i ytterdörren. Den var låst.

John vände sig om och tittade ut över skolgården. Den stora ytan var tom så när som på de döda kropparna och det var tyst som i graven. Han huttrade till eftersom liknelsen kändes makaber, till och med när den inte uttalades.

Lågstadiet var en tillbyggnad som kommit att uppföras efter själva huvudbyggnaden som idag rymde mellan- och högstadium.

Den låg ett trettiotal meter från huvudbyggnaden och på andra sidan skolgården fanns ännu en byggnad som inrymde dagis, fritids och förskola.

Johns ögon smalnade när han tyckte sig se en svart skugga som strök förbi längs det andra husets yttervägg. Skuggan följdes av ännu en och sedan en tredje.

Denna tredje råtta var den största av dem alla och den drog sig ut från ytterväggen och satte sig på baktassarna och lyfte huvudet i luften som om den vädrade. Under några sekunder stirrade människa och råtta på varandra över ett avstånd om drygt sextio meter. Sedan pep råttan, ett ljud som av vinden bars över avståndet och nådde John ungefär samtidigt som besten där borta fick sällskap av flera av sina artfränder. De stirrade samtliga mot John. Sedan satte de sig i rörelse.

John reagerade instinktiv och sprang de få stegen till bilen och kastade sig in och drämde igen dörren bakom sig. Sekunderna senare dunsade det till mot bildörren på förarsidan.

Han tog ett djupt andetag och försökte kämpa ned den panikångest som höll på att byggas upp inom honom.

Cherokeen var en utmärkt bil med förstärkt underrede, som tålde hårda tag i oländig terräng. Det fanns ingen chans att råttorna skulle kunna ta sig in i kupén till honom.

Däremot skulle de kunna skada bromsrör eller kablar i motorrummet, något som effektivt skulle sätta bilen ur körbart skick och sedan fick han snällt finna sig i att sitta och titta på monstren genom rutan. Det var inget lockande alternativ. Därför vred han om startnyckeln och drog ett omedvetet lättat andetag när V8:an spann igång som en gräddstinn, nöjd katt.

Ångesten dämpades dock inte. Hans barn fanns där borta och det svärmade av råttor kring byggnaden. Han måste försöka få ut dem därifrån utan att vare sig han eller de kom till skada.

***

Kevin såg sig omkring i köket.

Det var skinande rent, men verkade ändå på något vis hotfullt. Det påminde om en av nivåerna i *Raticus* där Penelope Green fångades ombord på *Raticus* moderskepp.

Pojken slöt ögonen och föreställde sig scenen i huvudet.

"Penelope som kom in genom den trycksäkra dörren. Till höger var det vita rummet och på andra sidan... Penelope ville inte tänka på det. Där fanns slakthuset! Där dödade Raticus sina mänskliga byten och hängde dem så som människor hänger djurkadaver i sina fryshus innan köttet tillredds.

Det vita rummet var vägen ut. Hon visste att det bara var en tidsfråga innan hennes jägare fick upp hennes spår. Hon gick in i rummet och dörren slog igen bakom henne. Hon var fångad..."

Kevin suckade. Han hade fastnat på den nivån och kunde inte ta sig ut ur det vita rummet och nu satt han fast här också.

Det fanns kusliga paralleller mellan spel och verklighet och begreppen började flyta samman för honom.

En bild dök upp i hans huvud. Det var hans far. Pappa blev attackerad av *Raticus* soldater och de slet köttet från hans ben, men fadern vägrade ge upp. Plötsligt dök Penelope

Green upp med ett elektrongevär som brände råttorna till aska. Hjältinnan sträckte ut en hand mot hans far vars sår mirakulöst hade läkt. Han hörde ett mullrande ljud...

"Herregud! De tar sig genom väggen. Det är bara tunna gipsskivor."

Den panikslagna rösten tillhörde Annika Nilsson, den andra avdelningens fröken. Han såg upp på henne. Hon backade undan från väggen bredvid dörren och stirrade som förhäxad på listen vid golvet. Listen rörde på sig, som om något tryckte på den från andra sidan.

Kevin tänkte på Penelope. Han undrade vad hon skulle ha gjort och han visste det. Pojken såg sig om. Bakom honom fanns en tillredningsyta och högt upp på väggen, långt utom räckhåll för små barn, hängde knivar och andra vassa redskap.

De hängde utom räckhåll för femåringar, men Kevin var tolv år och lång för sin ålder. Han förmådde precis nå upp till en förskärare och petade ner den.

Med kniven i handen gick han fram mot väggen.

***

Sara Zander stirrade på listen, tillfälligt oförmögen att handla och hon märkte att även hon hade backat undan i primitiv skräck när hennes äldste son passerade henne. Han gick fram till det begynnande hålet i väggen och bände bort listen med en enorm förskärare.

Hon skrek till när en skär nos tittade fram genom ett fem centimeter stort hål och sedan flämtade hon när det skinande knivbladet blixtrade till i ljuset från lysrören i taket och begravdes i den där nosen.

Det hördes ett smärtfyllt skrik från råttan, men bladet hade stötts med en sådan kraft att det gått rakt igenom nosen och fastnat i linoleummattan på golvet.

"Die you bastard!"

Kevin reste sig upp och vände sig om. Sara gillade inte den lystna glimten i hans ögon som hon såg när sonen tittade på henne.

"Jag fick honom."

"Det finns fler."

"Ja, men pappa hinner hit innan de kommer igenom. Han är här nu."

"Vad? Hur vet du...?"

"De kommer igenom där borta också!"

Carlottas vrål drev Sara tillbaka till verkligheten. Emma började gråta och klamrade sig fast vid sin mor medan Victor storögd tittade på det nya hålet som uppenbarade sig intill det förra.

"Hitta något att täcka för med!"

"Vad? Allt är väggfast."

"Tändvätska, mamma." Kevin pekade ovanpå ett skåp och Saras blick följde det lilla fingret. "Det står tändvätska där. Vi kan bränna de djävlarna."

Sara reagerade inte ens på svordomen. Hon var redan på väg mot skåpet och sträckte sig upp.

"Tändstickor?"

"Jag har."

Annika halade fram en tändare som Sara nappade åt sig när hon sprang fram mot hålet som snart skulle släppa igenom råttan som bearbetade det.

Hon slet upp locket och sprutade en stråle tändvätska i ögonen på monstret och drog sedan en sträng över golvet som hon tände på.

De gula lågorna steg upp och spred sig omedelbart till hålet som blev ett flammande inferno. Råttorna pep förskräckt. Under tiden hade Carlotta sprungit bort till ytterdörren och hakat av kolsyresläckaren som hängde där och med denna släckte de elden som spred sig upp över väggen.

***

John körde runt dagiset och brydde sig inte i att han totalförstörde gräsmattan. Inte heller lät han sig hejdas av trådstängslet. Istället spejade han efter ett sätt att ta sig in utan att bli uppäten, men det var råttor överallt.

Belåtet noterade han hur flera stycken krossades under bilens tunga hjul.

"Det måste gå att ta sig in."

Ljuset från strålkastarna skar som laserstrålar genom det mörker som de fattiga natriumlamporna inte förmådde att förjaga. I dess ljus lyste råttorna upp och kastade groteska skuggor som svävade likt helvetets demoner mot väggar och träd.

John kunde lätt föreställa sig scenerna ur *Dantes Inferno* där Dante når den sjunde och sista nivån i Helvetet och ställs inför alla de kval som de förtappades själar tvangs utstå i evigheternas evighet. Han kunde mycket väl tänka sig att Helvetet på Jorden uppstod ur något sådant här, då de godas styrkor tvangs vika för Mörkrets infernaliska arméer.

Råttorna var inget annat än det straff som människan förtjänat genom sin rovdrift av naturen, hennes utnyttjande av de ändliga resurser som jorden tillhandahöll och hennes skamlösa nedsmutsning av luft, vattendrag och skogar.

Människan hade med sin uppfinningsrikedom lyckats skapa krafter som skulle kunna döda planeten flera gånger om. Man spydde ut giftiga ämnen i luften, man tömde ut tungmetaller i jorden och förorenade vattnet. Med sina kraftverk skapade man elektromagnetiska fält som slog ut de naturliga fälten som skapades av planeten själv och under sådana omständigheter kunde primitiva livsformer med en kortare livscykel än människans, snabbt mutera.

Råttor var asätare och levde i marginalen av Moder jords fauna. Föroreningar som togs upp av deras bytesdjur, anrikades och spreds i deras kroppar. De elektromagnetiska fälten från de allt fler och starkare ledningarna, slog ut deras naturliga immunförsvar och dödade de svagare individerna, till fördel för de starkare som växte och producerade nya generationer som tog del av ännu mer föroreningar och ännu mer strålning som muterade dem ytterliggare inför nästa generation.

Han borde ha förstått och slagit larm tidigare när han märkte att det naturliga djurlivet i den fjällnära skog som han var satt att vårda, plötsligt började försvinna. Han borde ha reagerat när han själv känt huvudvärken komma krypande efter en dags arbete i de elektromagnetiska fälten under kraftledningar och ställverk.

John Zander kände sig konstigt nog skyldig. Det var en ilande känsla, en irriterande röst i hans bakhuvud som viskande, likt en krälande demon, pekade på hans skuld. Rösten sa att detta var straffet för hans försummelse. Han skulle aldrig mer få se sin familj i livet. Råttorna skulle ta dem.

"ALDRIG!"

Zanders röst skar som en kniv i smör genom tystnaden i kupén. Han kände ilskan komma krypande och undrade för en kort sekund om han som Bruce Banner, skulle förvandlas till ett grönt, ylande monster, men istället skärpte ilskan hans perifera seende och gjorde honom mer mottaglig för något, utan att han visste vad.

Den irriterande rösten som viskade om skuld, tystnade och ersattes istället av Kevins röst som ropade i tystnaden.

"Köket pappa. Köket."

Det var en spökröst. En primitiv koppling av synapser i hans hjärna som psykologer kallade för det undermedvetna, men till lika fullt en reell verklighet.

Zander snodde runt ratten och styrde den stora jeepen rakt mot köksavdelningen. Nu visste han var de var. Nu skulle han rädda dem.

15

Rydh såg strålkastarna på jeepen.

Från att ha stått stilla, accelererade de nu och svängde runt. Cherokeen skumpade över en sandlåda och körde sönder några buskar innan den försvann på andra sidan byggnaden.

"John Zander. Jag fick ju aldrig min pratstund med dig och nu kvittar det ju. Du vill rädda dina barn och jag ska hjälpa dig."

Rydh tryckte på gaspedalen och bilen körde in på skolgården. Han väjde undan för en livlös kropp, körde på en råtta och noterade att det lät i bilens chassi som om han kört på en blöt timmerstock.

Framme vid dagiset följde han efter jeepen och fumlade samtidigt efter Rakelradion för att begära förstärkning till skolan. Hur fan kunde de ha varit så dumma att de glömt bort att undsätta skolan från första början?

Detta fick honom att fundera på vad mer de hade glömt. Ålderdomshemmet var redan utrymt och förlusterna där var skrämmande. Råttorna hade hittat dit före räddningsmanskapet och de 42 åldringar som vårdades på *Fridens Ålderdomshem* hade inte haft en chans. Den tio man starka personalstyrkan hade fått fly hals över huvud, eller barrikadera sig i rum dit råttorna inte förmådde att ta sig.

38 åldringar hade fått sätta livet till. Tre vårdare likaså, samt en polisman och två brandmän som hade hand om evakueringen.

Rydhs chef hade insett att det hela höll på att glida dem ur händerna och hade ställt nya förfrågningar till försvaret om manskap och skyddskläder.

Samhällets polisstyrka var inte direkt något SWAT-team och det enda av skyddsutrustning som de hade var lätta skyddsvästar samt förstärkningsvapen från Heckler & Koch i form av nio millimeters MP-5:or. Från försvarsmakten hade man istället rekvirerat tunga skyddsvästar, kevlarhjälmar, uniformer, vapen och manskap.

Enda kruxet var att dessa måste flygas in från närmaste militära garnison, vilket var I 19 i Boden, och eftersom det inte fanns något flygfält i närheten, annat än det som hobbyflygarna använde, måste inflygningen ske med försvarets *Blackhawk* helikoptrar och det fanns en sådan på den närmaste basen. Problemet var att det fanns alltid en begränsning i vad till och med en *Blackhawk* kunde lasta, så förstärkningarna tog tid.

Därtill hade Rydhs chef haft svårt att nå fram med sitt budskap. Försvarets budget var hårt ansträngd och Militärområdesbefälhavaren (MiloB) var inte så pigg på att slösa sina knappa resurser på en polischef i en obetydlig, norrländsk byggd som svamlade om jätteråttor som anföll människor.

Det krävdes att han via mail skickade bilder i digitalformat som visade offer och råttor i grym verklighet. MiloB hade då undrat ur vilken katastroffilm som han hämtat inspiration. Svaret hade blivit: *Verkligheten*.

Men nu var trupper och material i allafall på väg in. Jägarna från Arvidsjaur var de första och de förväntades anlända om cirka en halvtimme. Fyrtiofem minuter efter det skulle den första helikoptern komma nerdimpande från himlen med det material som de beställt.

"Rydh här. Behöver personal till skolan. Det vimlar av råttor här och det finns döda kroppar på skolgården. Dessutom kan personer vara instängda. Kom."

"Samband. Det finns inte personal. Hur är läget?"

"Förtvivlat. Det vimlar av råttor. Kom."

"Ska se om jag kan få dit några av soldaterna. Avvakta."

"Jag går in. Repeterar. Jag går in. Över."

Han slängde ilsket ifrån sig radion i samma stund som bilen krängde runt hörnet på byggnaden. Där framme stod Cherokeen med motorn igång och Rydh körde upp bredvid och tittade in.

Kupén var tom!

***

Zander bromsade in jeepen och tittade ut genom fönstret på passagerarsidan. Dörren till köket låg bara några meter bort och han hängde sig på hornet.

Ljudet fick några av råttorna att stanna upp och sätta sig på baktassarna och vädra i luften, men de flesta av kräken ignorerade honom i sina försök att finna vägar in i huset.

Det tog några sekunder, sedan rörde det som blockerade fönstret i dörren på sig och han såg Saras ansikte som tittade ut. Deras blickar möttes och han andades lättad när hon log – det skulle hon aldrig ha gjort om något av barnen kommit till skada.

"Öppna dörren. Jag kommer in."

Han mimade orden och hon nickade att hon förstått. Zander lämnade motorn igång, drog i handbromsen och klättrade över till passagerarsätet och väntade. När dörren rörde sig, slet han upp bildörren, kastade sig ur bilen och in i byggnaden. Det hela tog mindre än fem sekunder och det skallrade i dörrfönstret när dörren slogs igen bakom honom.

Det första han märkte när han kom in var att det luktade bränt. Nästa reaktion var att det var för många människor.

Alla skulle inte rymmas i bilen. Det skulle dessutom ta tid att lasta in tre vuxna – fyra med honom själv – och sex barn.

Råttorna skulle märka dem och anfalla innan de ens tagit sig halvvägs genom hela operationen.

"Pappa."

Det var Kevin. Han kom springande till sin far med andan i halsen.

"Det är skurkledaren *Raticus*, pappa. Han är här på riktigt. Precis som i spelet jag fick av morfar. Han ska ta över jorden, men jag högg honom med kniv och mamma tände eld på honom, men tant Carlotta släckte elden och nu vill skurkledaren äta upp oss allihopa och så visste jag att du skulle komma och rädda oss."

"Såja Kevin. Ta det lugnt. Ingen ska bli uppäten. Kan jag få prata med mamma nu."

"Nej! Jag pratar! Skurkledaren har oss inlåsta i vita rummet. Förstår du inte? Vi blir slaktade om jag inte kan ta oss ut härifrån, men det kan jag inte för jag har fastnat på den här nivån och..."

"Kevin! Det räcker nu."

"Du förstår mig inte..."

"Kevin – kom hit. Ge mig en kram, ta ett djupt andetag och låt mig få prata med mamma. Vi får prata sen du och jag, men nu är läget lite prekärt."

"Vad betyder prekärt?"

"Vi får slå upp det sen... det lät bra att säga, men, ja... det betyder att läget är kritiskt och inte under full kontroll, vanskligt kan man kalla det!"

"Då är det prekärt för oss allesamman..."

"Kom Kevin. Kom och hjälp mig med de mindre barnen."

Det var Carlotta. Hon tog Kevin i handen och lyckades få bort honom från hans far så att Zander kunde komma fram till Sara. Han tog hennes händer i sina och höll dem i flera sekunder innan han sa något.

"Jag trodde jag förlorat er."

"Inte än, men om vi inte kan ta oss ut snart så vet jag inte."

"Alla får inte rum i bilen."

"Jag vet det. Du får ta barnen. Vi andra får klara oss på något sätt."

"Jag kan inte lämna dig här."

"Vill du hellre lämna Kevin, Emma eller Victor?"

John skulle just till att svara när ett bilhorns brölande signal hördes utifrån och fick honom att vända sig om.

***

Rydh tutade.

Först hände ingenting, men sedan skymtade han ett ansikte i fönstret i dörren. Det var en ung kvinna som tittade ut. Hon sneglade genom rutan för att kunna se honom där han stod med sin bil snett framför Zanders jeep som blockerade dörren.

Hon vände sig om mot någon i rummet innanför, förmodligen för att tala om vad hon såg innan hon på nytt vände sig och tittade ut.

Rydh såg sig om. Det fanns råttor här, men de verkade, om inte omedvetna, så i alla fall ointresserade av bilen. Han tog ett beslut.

I baksätet låg ett laddat hagelgevär med pumpmekanism och pistolhandtag. Detta nappade han åt sig. Ur handskfacket tog han fram en låda extra hagelpatroner som han tömde ut i fickorna. Den tomma kartongen slängde han på golvet.

"Nu djävlar ska ni få, råttkräk", muttrade han och kastade sig ur bilen.

En råtta uppmärksammade honom direkt och vände sina gula ögon mot honom. Rydh sköt från höften och råttans huvud exploderade. Nya råttor vände sig om och han sprang fram till dörren. Där sköt han ytterligare två skott innan han kastade sig in. Den unga kvinnan – Carlotta Hansson såg han nu – smällde igen dörren bakom honom och han tumlade av bara farten rakt in i John Zander.

"Hoppsan."

"Just det. Hade ni beställt råttgulasch här?"

"Nej, det var nog grannen."

John skrattade och riktade blicken mot hagelspridaren.

"Fint verktyg du har där. Det kan vi nog få användning för."

"Jo jag tänkte det... att ni skulle behöva lite hjälp."

"Pappa, pappa." Viktor trängde sig fram till John och tittade med lysande ögon på hagelbössan. "Pappa – vet du att en man var ute och red på sin häst när de råkade bli påkörda av en polisbil. Hästen blev så illa skadad att polisen drog sitt vapen och gav kraken ett nådaskott i huvudet. Sedan vände han sig till mannen som ridit hästen och frågade honom om han var skadad. "Nej", sa mannen med darr på rösten. "Jag har aldrig mått bättre."

Rydh brast i skratt och gick ner på knä och tittade pojken i ögonen. Viktor mötte polisens blick med ett okynnigt leende lekande i mungipan.

"Du är en rolig liten kille du. Var har du lärt dig den där?"

"I skolan. Är det där ett riktigt vapen?"

"Ja."

"Får jag hålla det?"

"Nej. Det är farligt, så du får allt bli lite äldre först."

"Hur gammal då? Som Emma?"

"Äldre!"

"Som Kevin då?"

"Kevin är också för ung."

"Men jag är äldre än vad jag ser ut."

"Du får nog nöja dig med leksaksgevär i några år till, men fortsätt att berätta historier du."

"Ja, ja."

Viktor suckade och vände sig om och gick bort till sin syster som inte hade släppt sin bror med blicken under hela samtalet.

"Aldrig får man göra något kul. De vuxna säger alltid att man är för liten, utom när man gråter. Då är man plötsligt för stor för att gråta. Jag förstår mig inte på er vuxna. Jag ska göra som Pippi och äta *inte-bli-vuxen-piller*."

Rydh reste sig upp och såg roat efter den lilla knatten som nu kommit fram till sin syster som lade armarna om honom och gav honom en kram.

Över Viktors axel sökte hennes blick upp Rydhs och blinkade åt honom, samtidigt som ett lätt leende syntes. Rydh kunde se henne framför sig om tio år och misstänkte att friarna skulle stå i kö. Upplivad av mötet med barnen vände han sig mot John Zander.

"Vi måste få ut alla till bilarna och komma härifrån innan råttorna hittar en väg in."

"Det har de redan gjort." Sa Sara, "Men vi har stoppat dem tillfälligt. De kommer snart försöka igen."

"Då tycker jag vi gör så här. Gunilla och tre av barnen i min bil och resten i Jeepen. Du kan få in folk i skuffen, eller hur?"

"Inga problem, men du måste täcka oss med hagelspridaren."

"Jag har en automatpistol också. Kan du hantera en sådan här?"

"En *Sig Sauer* P226. Inga problem. Har själv vapenlicens för en Glock 17 med 9 mm ammunition. Inom Försvarsmakten kallas den för Pistol 88 och den ger något större hål än den här ärtpistolen, men den här skall väl duga i närstrid."

"Är du försvarsanställd?"

"Jag var yrkesofficer i fem år innan jag tröttnade på en krympande budget och urholkad förmåga. Jag står fortfarande kvar på listan och uppbär sålunda fortfarande alla licenser, men *Glocken* är privat egendom. Tyvärr hjälper den oss inte så mycket där den ligger hemma i kassaskåpet."

Rydh tittade med förnyad respekt på John som tycktes växa i hans ögon. Det var tydligt att den lugna mannen var en ledare och som sådan kunde han nog komma till nytta under de närmaste timmarna. Han skulle just säga något när något av barnen skrek:

"Råttorna kommer! De kommer in genom hålen!"

16

Han hette Alexander Palm och var 38 år gammal.

Gradbeteckningen på hans kamouflageuniform angav att han hade kaptens grad och bågen på hans vänstra överarm förkunnade att han tillhörde arméns jägarbataljon – ett av den svenska försvarsmaktens specialförband.

Vapnet han höll i sin hand var en AK-5C med bananmagasin som rymde trettio patroner 5,56 millimeter. I stridsvästens fickor bar han ytterligare fyra fulladdade magasin, tillsammans med skyddsmasken samt fyra handgranater.

Under transporten hade han fått en lägesuppdatering från MiloB och just nu stod han framför sin grupp med trettio stridsberedda soldater, komplett med krigsmålning och sa:

"Vårt mål blir att understödja de polisiära insatserna i Brunna. Vi skall säkerställa att civilbefolkningen kan evakueras under ordnade former samt att söka upp och likvidera fi."

"Kapten."

"Ja. Karlsson, vad är det?"

"Vem är fi?"

"Enligt den rapport jag just fick från MiloB, är fi inte en *vem* utan ett *vad*. Det är tydligen en muterad form av svartråtta, *Rattus Rattus* på latin. Den är mycket aggressiv och har dödat ett flertal ortsbor. Vi skall använda samtliga till buds stående medel för att bekämpa råttan."

"I detta nu flygs mer material och fler soldater in från Boden och Arvidsjaur, men vi kommer att vara den första militära elitenheten på plats. Dock – jag repeterar dock, finns det både polisiära och civila jägare som redan jobbar med problemet på plats, samt en grupp gamla hemvärnsmän. Vi kommer att strida i tättbebyggt område och det finns vid eldgivning risk för oplanerade omkring-liggande skador. Därför skall elden vara väl riktad och sparsam... jag vill inte veta av någon jäkla eldpanik. Visa att vår snåla försvarsbudget används på bästa tänkbara sätt och att vi är *the best of the best!* "

"JA KAPTEN!"

"Vi kommer att tilldelas mål och uppgift när vi anländer. Ankomst... ETA, fem minuter! Kontrollera er utrustning och era vapen. De kommer att komma till användning. Slut. Frågor på det?"

"NEJ KAPTEN!"

"Det är gott, soldater."

Alexander satte sig ner på sitsen som krängde ikapp med trupptransportbilens rörelser och gjorde det som han sagt åt sina soldater - han kontrollerade att vapnet var laddat och att inget skräp fanns i loppet. Han var redo och smålog för sig själv.

Trots det han fått höra från MiloB hade han svårt att tro på det. Den där djävla svartråttan – var inte den utrotad? Han hade för sig att det var just svartråttan som hade hoppat av det där olycksaliga skeppet i Bergens hamn någon gång i mitten på 1300- talet och som sedan hade spridit den fruktade Digerdöden över de skandinaviska länderna såsom den spridit den i resten av Europa. Då hade den varit ett hot, men nu...? Måste man tillkalla militär för att utrota råttor? Var det inte sådana problem som man hade Anticimex till?

Han fnös, men höll masken. Arton år inom Försvarsmakten hade lärt honom det.

I Konungariket Sverige var det fult att säga att man höll sig med en Krigsmakt, eftersom det skulle kunna reta den stora grannen i öster. Försvarsmakt lät finare, även om slutprodukten var densamma.

Arton år hade också lärt honom att order gavs av högre befäl och utfördes av lägre och ifrågasättande av högre befäl fick på inga villkor förekomma inför manskapet, som till syvende och sist var de som skulle utföra själva hantverket – det vill säga dödandet.

Manskapets moral var avhängigt befälens roll och jobbets resultat var avhängigt manskapets moral. Så hade det varit sedan Gestilren 1210 och så var det än idag.

Alexander älskade sitt jobb och den frihet det gav att hela tiden utmana sig själv till det yttersta. Trots att han närmade sig de fyrtio och var nära nog dubbelt så gammal som de yngsta medlemmarna av hans stridsgrupp, höll han sin kropp i perfekt trim och sprang aldrig mindre än fem kilometer varje morgon, men ofta sju.

Hans träningsprogram var minutiöst upplagt och löpningen kompletterades av cykling, bågskytte, pistolskytte och vapenkunskap på alla de vapen som fanns i den svenska arsenalen. Även kompletterande övning i hantering av många av NATO:s vapen, samt de vapen man i ett skarpt läge skulle kunna möta i händerna på skrikande terrorister ingick. Han kunde plocka isär och sätta ihop både Uzi och AK-47:or i ett mörkt rum.

Att hans fiender numera var skrikande terrorister hade de senaste årens terrordåd fått honom att inse. Det började med attacken mot USA den 11 september 2001 och hade fortsatt med en rad andra attacker, både i och utanför Europa.

Risken att han skulle stå öga mot öga med en soldat ur *Röda Armén* hade sjunkit drastisk efter Sovjetunionens upplösning, men hade samtidigt öppnat upp för den nya terrorismen istället. Det gjorde det mer troligt att *Daesh* skulle slå till mot Sverige än att Ryssland skulle göra det.

Det var möjligt att ett terrorangrepp mot Stockholm, Göteborg eller Malmö inte i första hand skulle dra in Norrbottens Regemente i en konfrontation, den äran skulle mer sannorlikt tillfalla SOG. Det skulle dock ske först efter att den Nationella Insatsstyrkan skulle få göra bort sig och kosta tid och kanske även människoliv. Alexander hyste en stark misstro mot samhällets civila vapenbärare, det vill säga polisen, och litade enbart på män och kvinnor som bar samma uniform som han själv.

Ådalen 1931 hade belagt militära svenska förband med förbud mot polisiära insatser eftersom ingen statsminister ville ha svenska arbetares blod på händerna en gång till. Visserligen hade det under senare år skett ett närmande mellan polisiär och militär verksamhet, vilket bland annat lett till ökad samövning, men i ett skarpt läge var det alltid polisen som gick in först.

Alexander suckade stilla. Han hade två FN-perioder bakom sig. Båda hade varit förlagda till Afghanistan och det han sett där hade satt sina spår och även skärpt hans beslutsamhet att vara redo den dagen då larmet gick och idag hade alltså larmet gått.

För första gången skulle han med skarp ammunition ge sig ut i strid på svensk jord och även om det var mot en ovärdig motståndare, var det ändå ett militärt uppdrag och skulle utföras med militärisk kyla och precision.

Lastbilen stannade med ett ryck och först nu hörde han skriken och eldgivningen. Hans tränade öron uppfattade genast att den kom från både militära och civila vapen.

***

Den gröna militärlastbilen hade kommit dundrande runt kröken och så när kört in i hemvärnsgruppen som i blind panik drog sig bakåt. Deras ammunition var nästan slut och de släpade på sårade kamrater medan de civila jägarna gav skyddande reträtteld, men det stoppade inte den svarta massan av råttor som klättrade över varandra för att nå fram till bytet först.

Hemvärnskaptenen var död och den fänrik som stått näst i tur att ta över ledarrollen var ett av de livlösa bylten som släpades fram över asfalten i sin stridsväst.

Gruppen leddes istället av en ung korpral utan egentlig erfarenhet av ledarskap i strid och allt hans panikslagna hjärna lyckades få fram var ett: "Reträtt!"

Råttorna hade formligen vält fram som en tjock flod av flytande lava ut ur en gammal kulvert i en industrifastighet. Ingen hade sett dem komma och plötsligt var de överallt.

Kaptenen försvann under en krälande svart massa och fänriken, som försökte bistå honom, attackerades svårt och hans belägenhet blev inte bättre av att en av de otränade hemvärnsmännen öppnade eld med sin AK-4 och träffade fänriken i benet med två skott.

Två molotovcocktails som kastades av de civila jägarna hade tillfälligt skingrat råttorna så att man kunde dra sina skadade kamrater ur eldlinjen, men fienden hade snabbt samlat sig och gått till förnyad attack.

Ute på gatan fick människorna ett kort övertag i den öppnare terrängen, men råttorna var fler till antalet och ägde ingen fruktan, bara hat när de gick emot sin urgamla fiende.

Det var rakt in i detta tumult som trupptransportfordonet nu hade brakat med full fart och det var mot detta fordon som de sårade nu drogs, alternativt släpades, medan soldater i full krigsmundering vällde ut likt lämlar, utstötande de mest horribla stridsvrål.

***

Kapten Palm var beredd, men ändå inte.

Det plötsliga stoppet och eldgivningen hade direkt slagit till stridskontakten inom honom, men när han som första man hoppade ur trupptransporten och reglade ner baklemmen, fick han syn på de skadade som drogs mot bilen.

Han hade sett skottskador förr, men aldrig människor som blivit levande uppätna. En uniformerad hemvärnsman gick ned på knä intill bakdäcket på lastbilen och sköt med sin AK-4 mot något som Alexander inte kunde se. Sedan vände han sig mot två kamrater som drog sårade över asfalten i deras stridsselar och sköt mot de svarta skuggor som följde dem.

Alexander såg kulorna träffa och detta väckte honom ur den sekundlånga handlingsförlamning som fångat honom. Han osäkrade sin AK-5C och sprang fram till hemvärnsmannen, höjde sitt eget vapen och sköt mot den svarta, slingrande massan som närmade sig.

Det måste ha varit över tusen råttor som likt en tsunami vällde fram över gatan. De som träffades av kulorna kastades in i massan och försvann när nya fyrbenta mördare ryckte fram och tog deras plats för att sedan i sin tur träffas.

Jägarna bildade snabbt skyttegrupper som bekämpade råttorna. Alexander gav tecken till handgranater och femton spränghandgranater kastades in i den håriga massan av svarta, ludna kroppar.

Detonationerna var öronbedövande och resultatet omedelbart. Kroppar slets itu och spred blod och köttslamsor. Råttorna skingrades och de framryckande skyttegrupperna kämpade ner de individer som fortsatte, avskilda från den splittrade huvudgruppen.

Lika plötsligt som de dykt upp, lika plötsligt var de borta och efterlämnade lemlästade och panikslagna människor.

Alexander konstaterade att han på två minuter hade gjort av med tre magasin och han insåg att fi nog inte var så ovärdig trots allt.

Plötsligt försvann stridsdimman och han hörde åter ljuden omkring sig. Vinden fick trädkronorna att svaja och dess grenar kastade skuggor som rörde sig groteskt i det gula natriumljuset från gatlyktorna. Människor jämrade sig, men ingen skrek.

Alexander tänkte tillbaka på slagfälten i Affe, där sårade och döende människor hade legat i leran när hans stridsgrupp nått fram. Inte heller där hade någon skrikit. Det enda som hörts var jämret från människor som var så illa skadade att luften i deras lungor inte räckte till mer.

Ett slagfält är kusligt tyst när striden dött och bara efterlämnat förlorare och så var det också här. Ändå hade striden bara pågått i några få minuter.

Han rätade på ryggen när en korpral skyndade fram.

"Kapten. Skaderapport."

"Låt höra."

"Vi har en död och två skadade av de våra. Om hemvärnsmännen kan jag inte säga mer än att det är ett under att någon lever."

"En död. Vem?"

"Mikael Tennander, kapten. Han blev biten i strupen och dog direkt. De skadade är Per Hermansson och Vincent Toll. Hermansson blev biten i armen och Toll har ett fult jack i låret. Gabrielsson ser över dem just nu."

Alexander drog in andan. Råttorna hade kanske förlorat striden tillfälligt, men de hade, detta till trots, tillfogat dem skador som var värdiga vilken beväpnad motståndare som helst.

Han vände sig mot lastbilen och stegade fram till en hemvärnsman med korprals beteckning.

"Jag heter Palm, kapten för dessa Jägare. Vem har befälet hos er?"

"Jag, kapten. Vår kapten är död och med stor sannolikhet även vår fänrik."

"Hur många döda och skadade har ni?"

"Jag tror vi kan räkna till åtta döda och tio skadade av totalt 26 man."

"Okej. Jag tar befälet över er grupp till dess högre ort bestämmer annat. Avdela tre man att stanna hos de skadade som skydd. Transportera dessa i vårt fordon till en sjukvårdsförläggning. Resterande ansluter till vår grupp. Vi går till fots till sambandspunkten, om sådan är upprättad."

"Ja kapten. Sambandspunkten är polishuset i anslutning till idrottshallen. Cirka tre kilometer härifrån. Sjukhuset ligger en kilometer norr om punkt A. Jag avdelar tre man som åtföljer de skadade och döda. Resten ansluter till er. Förslag kapten."

"Ja?"

"Vi har vår lokal en kilometer härifrån. En gammal bank, så vi har ammunition till både våra och era vapen. Vi skulle nog behöva fylla på."

"Vi har ammunition i bilen, men bara till AK-5:orna. Vi gör som du säger, för kommer råttorna igen så behövs varenda patron. Klar."

Korpralen skyndade iväg för att utföra sina order och Alexander såg hur tre av hans egna män höll på att lasta av ammunitionen och hjälpa de andra att lyfta upp de döda och skadade på bilen. Han slöt ögonen...

Vinden sveper in från väster. På avstånd syns de otillgängliga bergen och skogarna. I fond mot den vyn, ett litet samhälle.

Det är höst och marken är täckt av lera. I leran syns avtryck av stövlar, många stövlar och nedtrampade tomhylsor. Han tittar upp mot byn och kramar sitt vapen.

Skyddsvästen känns tung att bära, men han är glad att han har den. Vinden som kommer från väster bär med sig stanken av död. Rapporterna talar om att talibanerna har varit här och i deras spår brukar det bara gå att finna död.

Han vet inte vad byn heter, är bara övertygad om att han inte kan uttala namnet. Den smala grusvägen är omgärdad av diken. På håll ser han en gren som sticker upp. När de kommer närmare ser han att det inte är en gren... det är en liten, vit barnhand. Diket är fyllt av lik. Kvinnor och deras barn. Inga män. Männen har avrättats någon annanstans.

Han faller på knä. Magen vänder ut och in på sitt innehåll. Liklukten blandas med stanken av spyor. I ögonvrån ser han flera av sina kamrater som gör som han själv."

Alexander öppnade ögonen. Det sju år gamla minnet sveptes bort som en varmfront inför ett annalkande lågtryck, men han visste att det skulle komma tillbaka.

Det kommer alltid tillbaka.

Idag mindes han vad byn hette, men han föredrog att aldrig tänka på namnet. Byn fick bara heta byn och på så sätt avpersonifierade han minnet som ofta fått honom att må illa.

Han mindes än idag barnens uttryck av förvåning när de rycktes bort mitt i livet. Ett uttryck som frös fast i deras ansikten när döden kom till dem bara för att de var barn till föräldrar som tolkade profeten Mohammeds ord på ett annat sätt än vad Talibanerna gjorde

Talibanernas grymhet stod inte Hitlers Gestapo långt efter. Hitler hade sitt Treblinka och Talibanerna hade sina egna läger med ännu mer svåruttalade namn.

Han hade aldrig kunnat förstå hur människor kunde bli så fanatiska i sin tro, att de gladeligen kunde begå vilka övergrepp som helst mot människor som trodde annorlunda.

Att döda en beväpnad fiende på slagfältet var en sak, men att döda ett barn i armarna på sin mor och låta kropparna ruttna under solen, det var något helt annat.

Alexander hatade dessa jihadister. Talibaner, Al Quaida, Al-Shabab, Daesh eller vilka det nu kunde vara. Dessa individer var ohyra och ohyra gjorde man sig av med. Precis som dessa råttor som han nu stod inför.

17

Zander stod på biltaket och siktade med *Sig Sauer* pistolen, sköt, riktade om och sköt igen. Någonstans till vänster om honom dånade hagelbössan.

Nedanför honom slog bildörren igen när Sara, som sista kvinna, kastade sig in i bilen. Bakom henne dunsade en råtta in i plåten med ett dovt ljud som fick Zander att rikta sitt vapen nedåt och skjuta kräket i ryggen.

"Slut på ammunition."

"Jag också. Nu drar vi. Polisstationen."

Zander lade sig ner på taket, efter att ha stoppat vapnet innanför livremmen i svanken, och dunkade i rutan. Sara svarade med att starta motorn och lägga i en växel.

Han höll sig krampaktigt i takräcket när bilen backade undan, ut på gräsmattan där Sara vevade på ratten, la i ettan och körde tillbaka mot skolgården. Bakom dem gjorde Carlotta samma sak med Rydhs bil medan även han låg platt på taket.

Med en stor tillfredsställelse hörde Zander hur flera råttor mosades under de breda hjulen och han kramade desperat om takräcket när Jeepen sladdade runt hörnet och ut genom hålet i staketet och stannade.

Utan att förlora en sekund kastade han sig ner, ryckte upp dörren och dök in bakom ratten när Sara hasade över till passagerarsätet. I ögonvrån såg han Rydh upprepa proceduren. Han vände sig om och tittade på sina tre barn samt Annika Nilsson som trängt ihop sig i baksätet.

"Det här går fint. Nu åker vi till polisstationen."

Bilarna satte sig i rörelse igen. Från skolan till polishuset var det lite över en mil och Zander hade inte en aning om vad som skulle möta dem under den milen, men han visste dock att pistolens magasin var tomt och han längtade efter sina egna vapen, men de fanns hemma i vapenskåpet och det var inte tal om att åka dit nu.

Istället lät han Rydh köra om och följde sedan efter den civila polisbilen. I baksätet berättade Victor just en historia om en gås och en gris och de andra skrattade ansträngt åt slutklämmen som de alltför väl redan kände till. Ingen ville såra Victor som verkligen höll på att utveckla sitt sinne för humor, något som var en välsignelse för stunden.

Zander vände sig mot Sara och log.

"Jag var rädd för att ni var borta."

"Det var som sagt nära, men vi grejade det den här gången också."

"Pappa." Det var Kevin. "I *Raticus* kom råttorna från rymden. Gör de här det också?"

"Nej Kevin, det gör de inte. Det är högst jordbundna varelser, men jag har aldrig sett dem så här stora eller så här ilskna förr."

"Vi behöver Penelope Green. Hon skulle komma med ett fusionsgevär och desintegrera kräken."

"Jag tror inte vi har så många fusionsgevär i vår arsenal, men automatkarbiner ska vi nog kunna skaka fram."

"Eldkastare?"

"Vad jag vet har inte svenska försvaret eldkastare. Det är ett så kallat inhumant vapen, så det är inte tillåtet."

”Napalm?”

”Samma sak där, men napalm är egentligen bara bensin och förtjockningsmedel och det går snabbt att blanda till. Det gjorde vi när jag var officer. De värnpliktiga fick krypa i en napalmtunnel för att lära sig hålla huvudet nere.”

”Vad har vi i arsenalen då?”

”Hemvärnet har AK-4:or och de reguljära trupperna har AK-5:or och handgranater och granatgevär, kulsprutor och liknande.”

”Vi kommer att bli uppätna. Penelope Green hade mycket tuffare vapen än så, men råttorna fick fast henne i alla fall.”

”Ja, men Penelope hade inte det som du har.”

”Vaddå?”

”En beskyddande pappa. Vi hittar nog på något som fixar biffen skall du se.”

Han återgick till att koncentrera sig på vägen och i baksätet tittade Kevin tyst ut genom sidorutan. I sina tankar tänkte han på Penelope som slogs mot skurkledaren och han undrade om pappa kunde göra som hon. Han bestämde sig för att pappa kunde. Trots allt hade han ju inte vetat att tjejer gjorde sådana saker som Penelope gjorde. I *Final Fantasy* var det visserligen flickor med, men det var ju ändå grabbarna som stod för det häftigaste krigandet, eller…? Han var tvungen att erkänna att mamma hade varit en riktig *bad ass* borta vid skolan och hon hade stigit flera grader i hans gradering på *bad ass* skalan. Med två så tuffa föräldrar skulle de kanske klara sig ur det här med livet i behåll, utan att bli mat åt råttorna.

Kevin log ett stilla leende.

Hans pappa hade räddat dem från *Raticus* soldater och hans pappa skulle nog se till att råttorna fick ångra att de börjat bråka med honom.

***

Timothy Blank rätade på ryggen.

Hans patient, en 21 årig svetsare som anfallits av svartråttorna när han höll på att laga en trasig rörledning, hade just avlidit av sviterna efter de skador han ådragit sig.

Han var inte den första patient som dött inför Timothys ögon denna dag och han kände hur vanmakten började ge vika för en kokande vrede. Men eftersom han saknade någon att rikta vreden mot, vände han den inåt mot sig själv och utnyttjade den extra energi som vreden gav till att organisera något som i detta läge började likna akut krigssjukvård.

Vårdcentralen hade börjat fyllas på för två timmar sedan och den sporadiska strömmen hade växt till en flod som utvidgade sig till en lavin.

Han hade kommit att se tre kategorier av skador på de patienter som strömmade in. Det var dels de som hade direkta skador gjorda av råttattacker, bitskador framför allt. Där gällde det att stoppa blödningar samt förhindra infektioner eftersom man inte visste vilken smitta som djuren kunde bära på i sin saliv.

Sedan var det de skador som främst drabbat äldre människor som bevittnat eller hört om attackerna. Där dominerade hjärtinfarkter och två fall av hjärnblödning. För de patienterna var det intensivvårdsinsatser som gällde.

Slutligen var det sedan följdskadorna när folk i panik försökte ta sig undan och råkade ut för fallolyckor, trafikolyckor, klämdes eller trampades ner.

Dessa skador var de lägst prioriterade.

Han hade haft dem allesammans och därför rangordnat patienterna efter en form av krigssjukvårdsindelning som hushållade med resurserna.

105

Han själv samt ytterligare en läkare hade utrustat sig med post-it lappar i olika färger som de markerade patienterna med.

Den patient som fick en röd lapp skulle ges vård omedelbart. En gul lapp fick vänta och en blå lapp betydde att personen kanske ännu andades, men inte skulle gå att rädda och att man därför inte skulle slösa tid och resurser när någon annan kunde räddas istället.

Sedan hade han även gröna lappar som sattes på redan döda patienter där det stod vilken tid de dött, alternativt kommit in till centralen.

Alla grönmarkerade staplades sedan undan på ett föga värdigt vis, men det var det enda alternativ som för tillfället fanns.

Först hade kropparna lagts i svarta liksäckar, men dessa var sedan länge slut. Nu svepte man istället in de döda i lakan och bar ut dem till en lastbil som normalt användes till kyltransporter, men som nu fick ta över rollen som likbil. När den väl var full skulle alla kroppar transporteras till Luleå för vidare hantering eftersom Timothy inte ville ha döda människor lagrade där råttorna kunde komma åt att äta av dem. Någon värdighet måste det ändå få finnas i Döden.

Timothy skulle just ge sig i kast med en rödmarkerad patient som blödde ur dussintalet sår när en gråhårig äldre herre steg fram till honom och sträckte fram handen.

"God dag. Mitt namn är Jeremy Goldstein. Ni råkar inte händelsevis vara doktor Blank?"

"Jo det är jag och efter vad jag kan se så blöder ni inte eller uppvisar andra tecken på kroppslig skada, något som min patient här gör, så var vänlig och håll er ur vägen medan jag sköter mitt jobb."

"Jag ber så mycket om ursäkt, men man säger att ni var en av de första att bevittna råttornas framfart."

"Man säger även att Gud skapade världen på sex dagar, men det är också bara dikt och förbannad lögn. Vad vill ni?"

"Jag är professor i biologi vid Uppsala universitet..."

"Uppsala ligger lite väl långt söderut för att ni ska ha hunnit ta er hit så snart efter att detta blivit känt."

"Jag sa att jag var professor vid universitet. Inte att jag kom direkt därifrån. Jag har hållit en föreläsning om den moderna människans inverkan på naturen vid högskolan i Luleå."

Timothy stannade upp och drog in andan för att dels syresätta lungorna och dels få några sekunder på sig att arbeta ned irritationen. Sedan sa han:

"Verkar vara ett mycket intressant ämne, men på vilket sätt passar jag in i den ekvationen?"

"När jag hörde om attackerna här, slog det mig att den mänskliga påverkan på den känsliga naturen här i brytgränsen mellan skog och fjäll kan ha haft en direkt inverkan på dessa djurs beteende."

Timothy slog ut med armen mot människorna som omgav dem och sedan spände han blicken i professorn.

"Nog har något påverkat dem alltid, men för just mig, just här och just nu så är den frågan irrationell eftersom jag har dussintals med skadade människor att ta hand om och ni min gode professor, hindrar mig. Jag föreslår att ni tar er till polisens sambandscentral och söker upp en kriminalinspektör Robert Rydh. Han var med mig och har ni tur får ni även tag på en skogvaktare som heter John Zander och som var det första vittnet."

Därefter vände han ryggen åt professorn och tog sig an sitt arbete. Goldstein såg på läkarens böjda rygg och insåg att slaget var förlorat. Han beslöt sig för att göra som Blank sagt och söka sig till sambandscentralen.

Sakta gick han sig ut på parkeringen och passerade på vägen förbi två beväpnade män som med jaktvapen i händerna patrullerade området för att varna, hindra och slå larm ifall några råttor syntes till.

Goldstein gick fram till en ett år gammal Volvo V70 som var hans enda eftergift till lyx som han ansåg att han kunde kosta på sig.

Bilen var utrustad med allt man kunde begära för att kunna sköta allt arbete från fältet och på så sätt slippa kvalmiga tjänsterum, bland annat en bärbar dator som innehöll hans samlade bibliotek om biologins mångfald.

När han låste upp dörren med fjärrkontrollen, gav bilen ifrån sig ett klickande läte och de mjuka lädersätena välkomnade honom när han gled in bakom ratten. Snabbt knappade han in en begäran till GPS-anläggningen att ladda ner stadskartan och sedan lägga ut en kurs som snabbt och bekvämt skulle ta honom till polisstationen.

När han backade ut från parkeringsrutan föll hans tankar tillbaka på det man visste om svartråttan – *Rattus Rattus* – som kommit invandrande till Sverige någon gång under medeltiden.

Den hade till att börja med brett ut sig över hela landet, men när den aggressivare kusinen, brunråttan eller *Rattus Norvegicus* kommit till landet under 1790-talet, hade populationen snabbt minskat till fördel för den bruna råttan som var en skickligare simmare än den svarta.

Rattus Rattus hade bevisligen funnits så långt upp som i Hälsingland, medan dess förekomst i fjällvärlden var mindre vanlig.

Råttans korta dräktighetstid gjorde att en ringa population snabbt kunde växa till ofantliga proportioner. Med rätt förutsättningar och en livsduglig mutation så skulle något som detta faktiskt vara möjligt, under förutsättning att naturliga predatorer, som vanligtvis höll populationen i schack, hade försvunnit. Jeremy måste få veta om just dessa förutsättningar var uppfyllda här.

Det som störde honom var dock att av de två arterna, var det *Rattus Norvegicus* som var den aggressiva, något som lett till att den snabbt konkurrerat ur *Rattus Rattus*.

Den svarta råttan var normalt sett mycket mindre aggressiv i jämförelse med sin bruna kusin, även om den i ett trängt läge kunde angripa även människor.

Det här beteendet var inte normalt och därför måste mutationen som uppstått även ha påverkat råttans psyke. Jeremy förstod att här fanns utrymme för fördjupad biologisk forskning och kanske, kanske skulle han till slut få ta emot den finaste utmärkelsen som en forskare kunde hoppas på att få ur konungens hand. Nobelpriset!

Han väcktes brutalt upp ur sina funderingar när ljudet av automateld nådde honom, samtidigt som kamouflageklädda soldater kom rusande från en anslutande gata.

18

Alexander Palm visste inte riktigt när det började gå fel.

Möjligen hade situationen gått dem alla ur händerna långt innan hans team ens anlänt till krigsskådeplatsen, vilket var hans mentala benämning på det ställe han befann sig på.

Att slåss mot råttor med automatvapen var lika effektivt som att försöka hejda en framryckande tsunami med en enkel vågbrytare.

Kulorna dödade visserligen kräken, men med ett magasin som rymde trettio patroner, ställt mot en flodvåg av kanske tusen råttor eller mer, behövde varje kula träffa och döda minst fyra kräk innan den förlorade kraft. Något som var osannolikt med tanke på skottvinkeln.

Råttor hade en tendens att föröka sig fort och tydligt var att det fanns fler råttor än vad de tillsammans hade patroner till sina vapen.

De hade tagit sig till banklokalen, som var Hemvärnets samlingsplats, utan problem och där hade de få kvarvarande hemvärnarna fyllt på sina stridsvästar med så mycket ammunition de kunde bära.

Sedan hade de tittat på kartor över samhället och planerat vilka gator de skulle gå för att komma till sitt mål. Så långt var allt väl, men sedan började turen svika dem.

När de hade satt sig i rörelse nedför gatan hade en av soldaterna ur Palms kompani noterat en öppen dagvattenbrunn. Locket var borta och hålet var alltför inbjudande för att kunna motstås.

Råttor älskade mörker och avloppsledningar var utmärkta motorvägar för dem att ta sig fram i utan att bli sedda och eftersom den svarta råttan var utomordentligt duktig på att klättra, var lodräta rör inga problem. Alexander mindes sig ha läst att i ett hus som invaderats av råttor, brukade den svarta hålla till på vinden och den bruna i källaren.

Således hade han gett order om att försegla brunnen medels en handgranat samt att sedan skjuta för locket som låg bredvid.

Soldaten som skulle utföra ordern kom så långt att han osäkrade spränghandgranaten när en ruggig best formligen flög upp ur hålet och bet sig fast med sina långa gnagartänder i soldatens underarm.

Mannen skrek av lika delar smärta och skräck och tappade granaten som rullade iväg mot gruppen på den sluttande gatan och exploderade. Splittret från explosionen dödade en hemvärnsman som fick halsen uppskuren och ytterligare två soldater skadades.

Alexander insåg att utan kevlarhjälmar och skyddsvästar skulle fler ha dödats, alternativt skadats eftersom han själv träffades av splitter, men klarat sig då det tog i västen.

Sedan hade råttorna kommit.

De hade vällt upp ur brunnen och till en början kunde de kämpas ned eftersom brunnen var en flaskhals som inte tillät hur många som helst att ta sig upp samtidigt, men när ljudet av striden även lockade ut råttor från ett angränsande parti med täta buskar och några träd, insåg människorna att de var i hopplöst underläge och måste retirera.

Alexander hade lett sina män i en strategisk reträtt där hälften skyddade den andra hälften när dessa sprang för att sedan fatta posto för att täcka den första hälften när de drog sig ur stridskänningen.

Detta var en strategi som fungerade i krig mot andra människor, men när man stred mot naturen fanns det vissa brister i resonemanget som helt byggde på att fienden kom mot en från ett håll – inte från alla håll.

Reträtten hade snart övergått i vild panik där alla sprang för att komma bort från råttorna som utnyttjade mörkret att gömma sig i.

I det blekgula ljuset från en gatlykta läste Alexander namnet på en gata han mindes från kartan och förstod att polisstationen låg endast två kvarter bort. Han skulle just ropa till sin närmaste man att denna skulle följa efter när ljudet av skrikande bromsar nådde honom i samma ögonblick som han kom att bada i det vita strålkastarljuset från en bil som stannade bara några centimeter från honom.

***

Den sena eftermiddagen hade övergått till kväll.

Mörkret var kompakt utanför gatlyktornas pölar av ljus, och den bleka månskärvan gav inte mycket ljus till det svarta täcke som var himlavalvet ovanför dem.

I spåren av den panikartade evakuering som ägt rum bara timmarna tidigare och som fortfarande pågick, var de flesta husen vid sidan av vägen tysta, tomma och mörka – något som förstärkte intrycket av att ett krig hade dragit fram, men för människorna i bilarna kunde de lika gärna ha befunnit sig på månens ständigt mörka baksida.

Samhället skars mitt itu av en älv och bron som förband den västra sidan med den östra var likt en upplyst portal i det omgivande mörkret.

Tystnaden och isoleringen var skenbar för de visste att strider pågick runt om i staden. När de vevade ned bilens sidorutor, kunde de höra ljudet av gevärseld samt smattret från de militära automatkarbinerna. De föredrog att ha rutorna uppdragna.

Runt omkring dem syntes spåren av evakueringens hastiga genomförande. Det låg kastade väskor och andra tillhörigheter vid sidan av vägen. Vid två tillfällen hade de sett krockade bilar och vid en fyrvägskorsning hade en rollator legat omkullslagen mitt i körbanan.

"Jag förstår inte", sa Sara stilla. "I morse var allt lugnt. Inga tecken på råttor och sedan – poff! Sedan finns det råttor överallt. Var kommer de ifrån och hur kan de samordna sig i en sådan plötsligt och samordnad attack?"

"Råttor är precis som människor, flockdjur. Flocken håller sig dold och nafsar bara i ytterkanten på civilisationen. Nafs som ingen märker direkt. Jag har ju sett att smådjuren har minskat drastiskt det senaste året och jag har sett spillningen, men inte förknippat den med denna armada av råttor."

"Vi har funnit andra spår i skogen, men ändå valt att inte förstå. Sedan tog kanske maten slut eller något hände inom flocken som fick några individer att röra på sig och så följde andra efter och så satte lavinen igång."

"De attackerade Axel Alexandersson sent igår kväll och jag hittade honom i morse. Om man gräver omkring lite så lär man nog hitta andra perifera offer, som turister, fjäll-vandrare eller andra som ingen saknat direkt eller kunnat sätta i samband med det här området. Kom även ihåg att polisen så sent som tidigare i höstas efterlyste två ungdomar som försvann utan att man hittade dem igen. Råttorna har funnits här länge, men det var först idag som de gick till massiv attack och jag undrar vad den utlösande faktorn var."

"Jag kan inte glömma... de kunde ha dödat barnen."

"För råttorna är det mat och kom ihåg att det är vi – människorna – som har ägnat århundraden åt att försöka utrota dem."

"Jag trodde att den här råttan var utdöd."

"Det trodde jag också. Det var den här råttan som spred Svarta Döden och jag ryser när jag tänker på vad smitta den här kan föra med sig. Lopporna i deras päls spred sig till människorna som smittades av pesten och då, på 1300-talet, fanns inga vaccin. Böldpesten dödade halva Europas befolkning under en mycket begränsad tid."

"Du är en sådan muntergök."

"Förlåt!"

Zander tystnade och det var som om samtliga lät tystnaden omfamna dem som en ömsint älskare. Den sträcktes ut och plötsligt verkade det som om stridslarmet utanför också bleknade bort och allt som existerade var de röda baklysena på bilen framför.

Zander tittade upp mot kyrktornet som reste sig ur natten framför dem. Kyrkan var samhällets högsta och äldsta byggnad, vars tidigaste delar härrörde från sent 1500-tal när kristna finska invandrare hade rest ett enkelt kapell vid sidan av älven och grundlagt en handelsplats som under 1600-talet skulle utökas med en enkel gruvnäring när den svenska staten började bryta koppar ur berget.

Dock visade sig ådern vara mindre omfattande än vad man trott och redan tjugo år efter att man börjat bryta gav man upp. Men än idag fanns det djupa gruvhål som det var Zanders ansvar att se till att de var inhängande så att ingen bärplockare eller något lekande barn kunde falla ned. Det djupaste schaktet var Kung Gustavs schakt och var 180 meter djupt med orter som spred sig kilometervis ut från huvudschaktet.

Länge hade de norrländska samhällena varit befriade från den svenska statens inblandning, men under stormaktstiden hade norrland fått en viss strategisk betydelse när det gällde att stoppa inträngande ryska trupper. Samer och finnar hade varit den dominerande befolkningsgruppen, men invandrande svenskar — särskilt sådana som den svenska staten inte ville ha med att göra, hade börjat dyka upp under 1600- talet och blandat ut både blod och språkbruk.

Det lilla kapellet hade byggts på och idag var kyrkan ett landmärke likväl som ett kulturminnesmärke över tider som flytt. Dess klocka visade på tio över sex och det var mindre än tolv timmar sedan Zander hittat kvarlevorna efter Axel Alexandersson i kulverten, men under dessa tolv timmar hade mycket hunnit hända.

Något dolt minne tycktes dröja sig kvar i hans bakhuvud. Den irriterade honom ett tag, men bleknade sedan bort liksom kyrktornet nu snabbt försvann i backspegeln. I baksätet hade Victor somnat och Kevin började uppvisa tecken på stress eftersom det var enformigt att sakta åka genom de tysta och mörka gatorna.

I Kevins sinne började redan eftermiddagens spänning att blekna och han längtade tillbaka hem till sin PS4:a. Han ville absolut inte åka till någon polisstation, men än var han lugn. Zander såg dock, när han tittade i spegeln, hur sonen började vrida sig på ett sätt som var en förvarning om att det inte skulle dröja länge till innan tålamodet brast.

19

Goldstein öppnade bildörren och klev ut. Soldaten han nästan kört på stirrade på honom som om han vore från en annan planet.

"Vem i helvete...?" började mannen innan han tystnade och skyndade runt bilen där han bryskt tryckte tillbaka professorn in i den. "För satan karl. Håll dig skyddad. In i bilen igen!"

Jeremy hörde ljudet av automateld bara några meter ifrån sig och i samma stund slängde soldaten framför honom upp sitt vapen till axeln och avfyrade två korta eldskurar mot något som Jeremy inte kunde se. Ändå reste sig nackhåren på honom när soldaten snabbt och vant drog ur sitt tomma magasin och tryckte i ett nytt.

De brinnande ögonen under den pottformade hjälmen stirrade på honom. De var inte en grym mans ögon – åtminstone inte en man som fötts grym – utan en man som hårdnat till något han inte var ämnad för.

"unwürdig mensch... jude.

Den tyska soldaten fräste ilsket och spottade på honom samtidigt som han höjde sitt gevär.

"Nein!"

Kvinnan, hans mor, sprang emellan den unge Jeremy och soldaten i samma stund som skottet brann av. Hans mor sjönk ihop på gatan och den tyska soldaten vände sig om när två andra soldater lyfte upp det skrikande barnet och föste in honom i godsvagnen som inte skulle stanna förrän den kom fram till Auschwitz.

Jeremy hade redan skilts från fadern som deporterats till något av de många utrotningslägren för ett halvår sedan. Under detta halvår hade han och modern hållit sig gömda för Gestapo, men idag hade de blivit funna och genast fösts ner från lägenheten likt boskap för att transporteras vidare till Auschwitz.

Orsaken till att Jeremy ådragit sig tyskens intresse var ett fatalt misstag – han hade snubblat och stoppat upp ledet av dödsmärkta judar som skulle vara rökgaser inom en vecka och nu hade han genom döden även skilts från modern. Han var ensam kvar i världen och var bara fem år gammal.

Jeremy blinkade till och återvände till nuet. När skotten mot modern avlossats var det december 1944 och på något sett hade han lyckats överleva helvetet i Auschwitz fram till dess att de allierade befriade lägret i januari 1945.

Efter krigsslutet hade han kommit till Sverige med de vita bussarna och han hade gjort detta till sitt land och sitt hem, men sin judiska tradition hade han vårdat ömt, liksom sina minnen.

Han noterade att svenska försvarets nya kevlarhjälmar i mångt och mycket var alltför lika de tyska förlagorna som sett dagens ljus redan under det första världskrigets helvete, hundra år tidigare.

Soldaten slog igen dörren och skyndade runt bilen, samtidigt som han skrek till andra soldater som började dra sig mot fordonet. Jeremy noterade att flera av dem halvt bars, halvt släpades av sina kamrater.

Bakluckan öppnades och man började lasta in de sårade där bak. Sedan fylldes baksätet och Jeremy hann tänka att blodfläckarna skulle bli svåra att få bort. När den sista sårade hade knuffats in i framsätet böjde sig soldaten – som Jeremy nu såg bar någon form av gradbeteckning – ned och såg in i hans ögon.

"Kör de skadade till sjukan."

"Sjukan är överfull, men det finns en förbandsplats vid polisstationen. Jag hörde att de håller på att upprätta ett fältlasarett där."

"Kör dem dit då och be dem skicka förstärkning till oss. Ammunitionen är snart slut och det är vi också. Åk nu!"

Han slog igen dörren och dunkade med handflatan i biltaket som ett typiskt militärt uttryck för att det var fritt fram.

Klart bakåt – skott kommer, tänkte Jeremy i ett snabbt uppblossande anfall av galghumor. Bilen började röra på sig i samma stund som han i ögonvrån såg en soldat kasta en handgranat mot några snabbrörliga skuggor som rusade förbi under gatlyktornas blekgula ljus.

"Vad är det som driver oss till dessa vansinniga dåd?" Jeremy tänkte högt.

"Jag vet inte vad som driver dig, kompis", flämtade den sårade soldaten på sätet bredvid honom, "men jag vet vad som driver råttorna. Rent och skärt hat. Deras gula ögon... de kommer att förfölja mig i mina drömmar resten av mitt liv."

"Men varför just här och just nu?"

"Vad var det som fick Noah att bygga sin ark?"

"Gud talade om för honom att syndafloden skulle komma och att han skulle bygga arken för att föra ett han- och ett hondjur av varje art i säkerhet undan den kommande översvämningen"

"Gud kanske talade om för råttorna att det var dags att kasta av sig oket eller så bestämde sig Gud bara för att djävlas med oss, vad fan vet jag? De är här nu och de är många."

"En råtthona kan föröka sig med ofantlig hastighet under rätt förhållande."

"Kompis. Under rätt förhållande så dör de flesta ur hennes kullar. De faller offer för andra, större rovdjur – det är så naturen behåller sin balans."

"Ja, men här är balansen rubbad. De större rovdjuren har plockats bort ur ekvationen. Plockats bort eller pacificerats av människan."

Den sårade soldaten stönade och bet sedan ihop käkarna.

"Jag trodde aldrig att jag skulle slåss mot naturen när jag ryckte in. Möjligen att jag skulle fylla sandsäckar och bygga vallar som skydd mot översvämning, men inte att jag bokstavligen skulle strida mot naturen. Det är inte naturligt och vi kan aldrig vinna. Skjuter vi en fyller två nya tomrummet."

"Man kan inte slåss mot naturen med krut och kulor, men väl med list och uppfinningsrikedom och jag börjar få en idé om hur det skulle kunna gå till."

"Underbart kompis, men jag kommer inte att ha någon nytta av den idén. Jag blöder som en gris och måste komma under vård snarast. Är det långt kvar?"

"Nej. Jag ser ljusen där framme. Håll ut."

Djupt inne i Jeremys hjärna hade embryot till en idé börjat formas. Han förbannade sig själv för att inte tanken slagit honom tidigare, ett tydligt tecken på att hans bäst-före-datum hade gått ut. Det var samtalet med den sårade soldaten som väckt upp minnet av den mest självklara av evolutionens alla teser. Den sak som förenade alla planetens ryggradsdjur. Det stora övergripande behovet – behovet av trygghet!

Dessa råttor hade drivits ut från sin trygghet genom någon form av inverkan. Kanske var maten slut, eller så räckte inte längre utrymmet till. Vad det än var så var lejonparten av kolonin nu på jakt, men själva boet fanns fortfarande kvar och säkerligen fanns där någon form av Alfa som styrde över de andra. Om de kunde hitta boet och förstöra det, skulle flocken stå utan ledare, utan trygghet och skulle på så sätt bli enklare att bekämpa. Han började fundera på vad de skulle använda sig av för vapen som var effektivt nog att förstöra kolonins trygga plats.

Rent spontant kom han att tänka på eld, även fast han som jude var naturligt rädd för eld eftersom det var eld som förvandlat sex miljoner av hans trosfränder till rökgaser under andra världskriget. Givetvis fanns det annat också, som flytande kväve, gas eller liknande.

Den stora frågan var dock hur man skulle hitta boet. Alla andra tankar om bekämpning var hypoteser fram till dess att boet var lokaliserat och för att göra det måste man ha lokalkännedom. Om det var någon som borde ha just det så var det den där skogvaktaren som läkaren pratat om, John Zander.

20

Natten hade nu lagt sitt mörka täcke över staden och fördrevs endast bitvis av det gula skenet från ensamma gatlyktor.

Evakueringen hade tömt innerstaden på folk och därmed även tagit bort det ljus som normalt skulle ha lyst från hundratals fönster likt fyrar i natten.

I mörkret jagade en av naturens mest seglivade mördare och fyllde snabbt ut det tomrum som människorna lämnat efter sig. De mänskliga trupper som hade fördelats ut i staden hade nu dragit sig tillbaka till mer lättförsvarade bastioner där man inriktade sig på att överleva till morgondagen och timmarna av dagsljus.

Försvaret inriktade sig just nu på att hålla råttorna borta från två punkter – vårdcentralen och polishuset.

Arméns jägarpluton hade slagit en järnring runt vårdcentralen för att skydda de skadade. Det som var kvar av det lokala hemvärnet hade fått förstärkningar av 10.hemvärnsbataljonen, Lapplands jägarregemente. Dessa hade slagit ännu en järnring runt polishuset som utsetts till stabsplats.

Zander stod vid ett förstärkt fönster och tittade ut i natten och funderade. Kaoset de mött när de kom fram till polishuset hade mest varit ytan på ett något lugnare inre.

De hade inte mer än tagit sig innanför polishusets väggar innan en kapten med en AK-4 hängande i vapenrem över bröstet, hade bett Zander följa med. Det skulle visa sig att det var en professor från Uppsala som efterfrågat honom och tillsammans med Rydh hade de lyssnat på den gamla mannen när han redogjorde för sina tankar kring råttorna. Problemet för Zander just då var att han var alltför trött och uppjagad för att kunna samla tankarna och hade därför bett professorn om att få lite tid för återhämtning innan de började spekulera alltför vidlyftigt om det eventuella boets geografiska placering.

I natten utanför hörde han ljudet av ännu en helikopter som kom in för landning på polishusets tak. Nya trupper och materiel flögs hela tiden in och däruppe i mörkret svävade två Hkp 14 med IR utrustning som kunde förvarna om råttorna närmade sig de gränser som försvarsledningen lagt upp kring de två knutpunkterna.

Alla kända manhålsluckor, brunnar med mera var plomberade och inomhus hade samtliga in- och avloppskanaler täppts till. Rörmokare hade jobbat i timmar för att göra kvarteren runt polishuset och vårdcentralen säkra, eller så säkra som det nu var möjligt.

Nere i kloakerna hade man installerat hemmagjorda napalmbomber som bestod av plasttunnor med napalm som var anslutna till trotyltuber med fjärrutlösare – något som en av hemvärnsmännen kommit på.

Trådlösa övervakningskameror visade utrymmena på en skärmvägg som hastigt installerats i polishusets ledningscentral, varifrån man kunde utlösa bomberna om råttorna skulle komma.

Man hade gjort vad man kunnat och nu fick man bida sin tid.

"Nå, vad tror du. Kommer råttorna?"

Rydh ställde sig bredvid honom och tittade ut i natten.

"Professor Goldstein tror att råttorna letar efter ett nytt bo. Hans hypotes handlar om att deras bo inte längre kunde hysa alla individer och att maten, det vill säga bytesdjuren, tagit slut. Detta skulle i sin tur lett till att en grupp bröt sig ut, något som fick andra att följa efter. Kolonin styrs av en Alfaledare som Goldstein tror fortfarande finns kvar och om vi kan slå ut Alfan, kan vi slå ut kolonins styrning, men det där känner du ju till."

"Vad tror du? Ingen känner de här skogarna så bra som du gör. Någon hypotes om var boet kan vara?"

"För närvarande har jag ingen aning om var boet är. Även om jag har jobbat med det här i några år nu så finns det minst ett dussin platser som skulle kunna vara möjliga alternativ. Vi skulle ha haft gubben Bengtsson i Uppmyra här istället. Han kände till de här skogarna bättre än någon annan. Han levde ju här hela sitt liv."

"Han dog här också. Det har inte du gjort än och det gör dig till något av en lokal expert, trots allt. Sedan får du tycka vad du vill, men vårt hopp står just nu till dig och professorn. Känn ingen press." Det sista lade han till med ett ironiskt flin.

Zander mötte trött polismannens blick och drog på orden när han sa.

"Ja, de förbannade råttorna. De är som Egyptens gräshoppor... vår förbannelse för vad vi gjort mot naturen."

"Vad tror du om boet? Finns det någon mörk och fuktig plats som professorn trodde?

Rydh försökte styra tillbaka samtalet på rätt spår och han såg att Zander fick något drömmande i blicken innan han utbrast.

"Jag är en stor djävla idiot! Vad fan kom jag inte att tänka på det tidigare för?"

"Vad för något? Vad menar du?"

"Gruvorna, för helvete! De där förbannade gamla gruvorna som de holkade ut ur fjället för fyrahundra år sedan. De är både mörka och fuktiga. Kom!"

De skyndade tillbaka in i ledningscentralen där lugnet nu åter lägrat sig en stund. Zander såg Goldstein stå och prata med en kapten från 10.hemvärnsbataljonen som såg ut att ha gått igenom ett helvete.

Han hade skrapsår i ansiktet och blodfläckar på uniformen som var trasig på flera ställen. Ett bandage runt pannan och på ena handen vittnade om att han inte hade kommit spatserande förbi för ett lättsamt samtal. Zander skyndade fram till professorn.

"Ursäkta", sa han. "Tror professorn på att gamla nedlagda gruvschakt skulle kunna utgöra bra boplatser för en koloni av dessa förbannade varelser?"

"Absolut. Om de inte är för djupa så skulle de mycket väl kunna utgöra en perfekt boplats. Finns det sådana häromkring?"

"Ja, det gör det i överflöd. Man bröt koppar här på 1600-talet. Det var ingen särskilt stor åder och man höll bara på i tjugo år, men under den tiden hann man gröpa ur berget en hel del. Det är kilometervis med orter som sträcker sig under utkanterna av staden och in under fjället."

Han gick fram till den elektroniska ledningskartan.

"Här har vi Kung Gustavs schakt. Det är etthundraåttio meter djupt och har sammanlagt 3500 meter med förgrenade orter som sprider sig ut från huvudschaktet. Den största orten kallas *Lützen,* efter den tyska stad där Gustav II Adolf förlorade livet 1632. Det var samma år som ett ras inträffade där och som dödade fjorton arbetare. Det var fem år innan man övergav gruvnäringen här."

Zander drog efter andan och fortsatte.

"Den orten snörptes av efter raset och från Kung Gustavs schakt är det femtiosex meter in till själva rasområdet, men på andra sidan sträcker sig orten ytterligare 250 meter in i berget. Jag pratade med Gubben Bengtsson en gång för många år sedan och han sa att han som barn hittade ett ventilationsschakt ner till just den orten. Det schaktet är bara nittio centimeter i diameter och går in här – hundra meter innanför raset. Jag har det utmärkt på mina skogskartor och det finns skyltar som varnar för hålet, men det är inte plomberat – längre. Det schaktet skulle kunna vara råttornas in- och utfartsled från gruvan."

Han samlade sig och tittade ut över alla de förväntansfulla ansikten som nu stirrade på honom med en gryende förhoppning ristad i sina blickar.

"Det fanns en plombering i form av en lucka, men den togs bort för fem år sedan när man skulle undersöka schaktet och sedan sattes den aldrig tillbaka igen. Man skickade in små robotar för att filma och kom fram till att orten ligger på tjugofem meters djup och befann sig under grundvattennivån fram till 1960- talet då man började dika ur området för att utvinna både skog och annat. Detta sänkte grundvattennivån i just det här område och den ligger idag på cirka fyrtio meter. Om råttorna skulle ha haft sitt bo i den orten och om något hänt som gjort den obeboelig, då skulle de sprida ut sig åt det här hållet."

Han drog med handen över kartan och stannade på en punkt som bands ihop med flera svarta streck.

"Det här är bunkern där jag hittade min kollega och här är gubben Bengtssons hus. Råttorna spred ut sig och nådde staden idag på förmiddan. Vad hände för cirka en vecka sedan?"

"Det började regna!" Det var Rydh som talat.

"Just det. Det började regna efter att ha varit varmt och torrt i flera månader. Vatten trängde ner i schaktet och gjorde det otrevligt där och *voilà* – kolonin satte sig i rörelse. Regnet var den utlösande faktorn, men tillgången på mat lär också ha spelat in."

"Jag tror att du kan ha rätt, men vi kan ju inte veta utan att ha undersökt det. Du sa att man fotograferade schaktet. Varför då?"

"Man ville se om det vittrat och om det fanns några spårämnen."

"Spårämnen?"

"Ja. Man har använt vissa av schakten och orterna, bland annat Lützen, till slutförvaring av miljöfarliga ämnen. Det pågick från andra världskriget, när man inte visste så mycket om spridningsrisker med mera, och ända fram till BT Kemi-skandalen på 1970- talet. På den tiden trodde man att naturen kunde svälja och förtära det mesta. Idag vet vi bättre. Ämnena som dumpades i schaktet var då, och är fortfarande, mycket starkt cancerframkallande. Fotograferingen var ämnad att ta reda på ifall de behållarna hade klarat tidens påfrestningar eller inte."

"Nå, hade de det? Klarat påfrestningarna?"

Zander tittade på professorn och log ett glädjelöst leende innan han svarade.

"Nej, det hade de inte. De flesta behållarna var enkla plåttunnor som rostat sönder efter upp till åttio år i jordens innandöme. Ämnena hade läckt ut och blandat sig i grundvattnet och förgiftat hela gruvan."

"Vilka ämnen pratar vi om här?"

"Vet inte exakt. Det var dels ett lågstrålande radioaktivt material som man gjöt in i blystavar och som i sin tur gjöts in i betongbehållare. Det hade klarat sig tämligen bra, men man kunde detta till trots, mäta upp en förhöjd radioaktiv strålning i schaktet. Sedan var det DDT, fenoxisyror och annat skit som militären experimenterade med under kriget. Ni ska komma ihåg att Sverige inte skrev på *Icke spridningsavtalet* förrän 1968 och inte lade ner kärnforskningsprogrammet förrän 1972. På femtiotalet forskade vi för fullt för att skaffa oss egna massförstörelsevapen. Det resulterade i massor av slaggprodukter och dessa förvaras alltså i *Oscars* ort, som ligger fem meter rakt under *Lützen* orten."

"Vad såg man när man filmade?"

"Inte mycket. En massa rostiga tunnor i en bergkammare, kemiska restprodukter och djurskelett. Båda robotarna gick sönder innan man hunnit utforska allt och sedan gav man helt enkelt upp och rekommenderade oss att inte hämta vatten ur egen brunn. De senaste åren har vi importerat vårt dricksvatten från grannkommunerna. Vad gäller det där schaktet verkar det som att allt glömdes bort. Luckan väger satan och ingen satte dit den igen."

"Där har vi boet. Det måste vara så." Jeremy tindrade med ögonen. "Det är perfekt. Miljöfarligt avfall som påverkar råttornas DNA, vilket leder till mer aggressiva individer och eftersom dessa djur har en så kort generationsutveckling gick förändringsprocessen snabbt och när nu miljöförhållandena ändrades på nytt så drevs de på flykt."

"Vad kan vi göra åt det?"

"Vi måste förstöra boet och alla individer som finns där. Om deras fasta punkt försvinner och Alfaledaren inte längre kan styra dem, blir de lättare att spåra upp och utrota. "

21

Honan var gammal och trött. Hennes liv hade förlängts till att bli onaturligt långt och hon hade gett liv till fler kullar än hon kunde minnas.

Knölarna på hennes kropp gjorde det svårt att se hennes ursprungliga kroppsform och hon hade förlorat nästan all sin päls.

Hon var omgiven av sina livvakter, hennes ungar från några av de första kullarna. De var hårlösa, precis som hon och flera av dem täcktes, liksom sin mor, av cancersvulster som deformerade deras kroppar och gjorde dem lynniga till humöret.

Slagsmål mellan medlemmar av samma flock, var inte ovanligt, men aldrig någonsin att någon råtta gjorde några som helst utfall mot drottningen som var deras mor.

Honan låg på en bädd av halm och gammalt gräs och hon omgavs av krossade och pulveriserade ben från bytesdjur som hennes ungar dagligen släpade fram till henne som offergåvor.

Honan kände elden som brann i hennes kropp, kände sjukdomen som åt upp henne och hennes primitiva medvetande följde tidslinjen bakåt, till när hon för många år sedan hade varit en ung och helt normal svartråtta.

Familjen hade drivits från sitt revir av den mer aggressiva bruna råttan. Föräldrarna hade gått under jorden där hade man hittat en mörk och trygg plats och där hade man slagit sig ner.

Det hade inte dröjt länge förrän föräldrarna hade dött när pälsen trillade av deras skära kroppar och stora knölar blommade upp över en natt.

Även honan hade blivit sjuk. Så sjuk att hon inte kunde jaga och hade därför ätit av föräldrarnas förvridna lik. Inte långt senare hade elden börjat brinna i kroppen och hon förändrades. Istället för att dö, började hon växa och blev mer aggressiv. Några få av hennes syskon hade också överlevt sjukdomen och med dem parade hon sig och gav upphov till den första, förvridna generationen av bleka, hårlösa missfoster. För varje generation som fötts hade mutationen återgått till det normala, bortsett från storleken och aggressiviteten.

Hon hade även parat sig med andra råttor, individer utifrån, men den avkomman hade varit sjuklig och hon hade dödat den. Det var endast med sina syskon som hon kunde få livskraftiga individer och dessa förökade sig sedan med varandra och snart var kolonin ofantligt stor.

De mörka grottorna hade varit ett utmärkt näste, långt bort från deras fiender, men nu hade det ändrats. Flocken hade vuxit sig för stor och bytesdjuren hade för länge sedan lärt sig att området var livsfarligt. Honan förstod att hon inte skulle kunna hålla ihop dem länge till och efter att några av de yngre hade smakat blodet från de Tvåbenta satte sig flocken i rörelse och honan lät dem göra det.

Hennes äldsta hjälpte henne styra flocken som spred ut sig från det nya boet och med hungern rivande i sina inälvor började de attackera det enda bytesdjur som fanns kvar – De Tvåbenta!

***

Rummet kändes trångt, trots att det var gott om plats och Zander insåg att det var den spända situationen som fick honom att känna något som liknade klaustrofobi.

Han stod bredvid ledningskartan med professor Goldstein och framför sig hade han polischefen samt ytterligare fyra män.

Det var polisman Rydh, kapten Alexander Palm och ytterligare två militärer som kommit på eftermiddagen. De hade presenterats som Överste Hans Berg samt Major Niklas Wahlén – båda från ett insatskommando han aldrig hört talas om och deras roll i den uppkomna situationen var att samordna resurser och se till att det som tillfördes gjorde största möjliga nytta.

Jeremy hade just gått igenom vad de visste och vad de misstänkte och själv hade han gett en lägesbeskrivning om hur området kring Kung Gustavs schakt såg ut. Från stadsarkivet hade de fått fram kartor över området som noga studerats och när Jeremy avslutat föredraget, tittade han upp på de båda militära samordnarna.

"Vilket vapen skulle vara mest effektivt om man vill rensa boet?"

"Eld. Fem man med eldkastare, samt ytterligare en pluton som understöder med automatvapen."

"Svenska försvaret har inga eldkastare", inflikade Alexander Palm stilla. "Vi hade en eldspruta m/41 under kriget, men den är sedan länge avvecklad."

"Nej, det är sant, men Nato har och både Norge och Danmark är Natoländer och med det nya värdlandsavtalet i ryggen, skulle vi nog kunna få fram eldkastare den vägen. Jag ska genast ringa min kollega, General Berger vid Atlantkommandot i Norge."

Det var Överste Berg som talat.

"Förresten. Varför eld och inte gas? Gas sprider sig bättre och vi skulle slippa tvingas tränga så långt in i råttans revir, med alla de faror som det för med sig." Berg tittade på Zander som svarade.

"Enkelt. Eld är det enda hållbara alternativet. Gas och kyla kräver mer logistik. Det är inte rimligt att gasfylla en hel gruva... eller kyla ner den för den delen heller. I slutändan måste vi fortfarande veta var boet finns för att kunna rikta insatsen mot den punkten. Dessutom... om vi skulle fylla gruvan med en snabbverkande gas finns risken för läckage genom de otaliga ventilationsschakten, vilket medför en potentiell risk för civilbefolkningen."

"Det finns en risk med eldkastare i trånga utrymmen också", sa Palm stilla.

"Ja, men det blir ni militärer som får göra de riskbedömningarna. Jag kan bara uttala mig som expert på mitt område. Eld är effektiv eftersom den har stor spridning. Dessutom måste vi även rensa kloakerna på något sätt."

"Men om vi går in med eld där riskerar vi att skada korsande kraftledningskulvertar."

"Nej, den risken bedömer jag som ringa eftersom kraftledningarna är separerade från kloakerna, men jag noterar att även kraftledningskulvertarna måste rensas och där kan vi inte gå in med eld. Gas skulle kunna vara ett alternativ där." Zander tittade först på Jeremy och vände sig sedan mot överste Berg.

Jeremy tuggade på underläppen, som om han tänkte intensivt innan även han vände sig till överste Berg.

"Zander har rätt", sa han stilla. "Där måste vi hitta alternativa metoder, men jag föreslår att vi förseglar alla dessa kulvertar för att på så vis stänga in de råttor som finns där. På det viset fördröjer vi deras flykt. Hur snart kan vi ha eldkastarna här?"

"Vid middagstid i morgon. Det är givetvis under förutsättning att jag lyckas få tag på Berger och att han har några eldkastare till hands."

"Utmärkt. Jag förväntar mig att vi även undersöker möjligheten att använda gas. Cyanidgas är snabbverkande och har bra spridningseffekt, problemet ligger i att Sverige inte har gas i lager eftersom vi ratificerat folkrätten och inte använder CBRN stridsmedel. Även där måste vi be NATO om hjälp... om inte Anticimex eller liknade har någon gas i lager. Fram till dess föreslår jag att vi tar igen den sömn vi har förlorat, för i morgon blir det en lång dag."

Med dessa ord upplöstes församlingen och Zander återvände till det rum på översta våningen i polishuset där hans familj fanns. Barnen sov, men Sara var vaken. Hon log mot honom när han kom in.

"Jag avundas dem", sa hon. "Tänk att kunna somna och sova så fridfullt som de gör efter en sådan här dag."

"Barn har ett fantastiskt övertag mot oss vuxna", svarade Zander. "De kan koppla loss sådant här från verkligheten och förvandla det till en dröm. Vi får leva med det. Är du trött?"

"Ja, men det här liggunderlaget lämnar en del övrigt att önska ifråga om komfort."

"Det är i alla fall inte direkt på golvet. Lägg dig ner nu så sover vi så gott det går."

Zander lade ner huvudet på jackan som han knölat ihop som kudde och tre minuter senare sov han djupt. Sara tittade förundrat på honom och kände ett sting av avundsjuka mot sin man som kunde somna så fort under de rådande omständigheterna.

Hon la sig på rygg med händerna bakom nacken och tittade upp i taket. Natten var stilla och endast regnet som hamrade mot fönsterblecket bröt den kusliga tystnaden.

Någonstans där ute förberedde sig deras monstruösa fiende på nästa attack, det var hon övertygad om.

* * *

Han väcktes ur sömnen utan att riktigt veta varför. Rummet var mörkt och han hörde sin familjs lugna andetag och förstod att det bara var han som hade vaknat. Försiktigt, för att inte väcka de andra, reste han sig upp, gick fram till fönstret och tittade ut.

På gatan utanför lyste strålkastare och han såg folk som rörde sig. Klockan var lite över fem på morgonen och det regnade fortfarande.

Medan han sovit hade en barriär av sandsäckar vuxit upp och han såg både lastbilar och schaktmaskiner som arbetade en bit bort. Lastbilarna tycktes ha byggelement av betong i lasten som lyftes av från flaken av grävmaskiner med hjälp av grova seldon.

Med betongelementen byggdes en mur som förlängde och förstärkte den som sandsäckarna påbörjat. Taggtråd krönte toppen av de redan färdiga delarna av barriären.

Skulle taggtråd stoppa råttorna?

Han tvivlade på det.

Istället vände han sig inåt rummet igen och funderade på vad som väckt honom. Ljuden utifrån var försumbara och han trodde inte att det var det som tvingat upp honom ur sömnens grepp.

Han sträckte sig efter den *Glock* som han fått och stoppade ner den i byxlinningen bak i ryggslutet. Två reservmagasin fick slinka ned i jackfickan.

Tyst öppnade Zander dörren och slank ut i korridoren. Den var för tillfället folktom. Ljus från strålkastarna ute på gatan sken in genom fönstret och kastade långa, spöklika skuggor i taket.

Gäspande drog han med handen genom sitt otvättade hår och funderade över vad fasen han egentligen gjorde uppe. Han skulle just vända om och gå in och lägga sig igen när han hörde ett skrapande ljud som tycktes komma inifrån själva väggen.

Zander stannade till och spände öronen. Där hörde han ljudet igen. Det kom inte från väggen, utan från taket ovanför honom. Polishuset var byggt 1969 och mycket lite hade hänt sedan dess, förutom en renovering 2006 då ventilationen förbättrats.

För att dölja de nya ventilationsrören i taket, hade man satt in ljuddämpande plattor, vilket hade sänkt takhöjden från 2,50 till 2,20. Med hjälp av en stol kunde nu Zander lätt komma upp och glänta på en av plattorna och titta in i det dolda utrymmet mellan det egentliga taket och det försänkta innertaket.

Det första han såg var de metallgrå ventilationsrören som var tjugofem centimeter i diameter. Bredvid dem löpte smalare rör och ledningar, men det var från ventilationen som ljudet kom. Det var ett skrapande och släpande ljud. För sin inre syn såg Zander hur små, kloförsedda tassar och långa, kala svansar rörde sig där inne.

Försiktigt lade han tillbaka plattan och klev ned från stolen. Råttorna var här – i ventilationen. Endast Gud kunde veta hur satan de små mördarna lyckats ta sig in där, men där var de i alla fall.

Snabbt skyndade han in i rummet där familjen sov och skakade lätt i Saras axel.

"Älskling, vakna."

"Uhm... John? Vad är det? Jag som nyss lyckats att somna."

"Tyst, tala lågt", viskade han. "De är här. Väck barnen försiktig och tag ner dem på bottenvåningen. Jag måste varsko de andra."

"Här? Var?"

"I ventilationen. För tillfället gör de ingen skada, men snart vill de ut därifrån och då vill inte jag stå ivägen."

Sara kom på fötter och började väcka barnen medan John skyndade sig ner för trappan. Den förste han sprang på var Major Niklas Wahlén som stod och talade lågmält med en sergeant vid fotänden på trappan.

Majoren tittade upp och mötte Zanders blick och om det var så att Zander såg skakad ut, eller om det var majoren som var en god människokännare, visste han inte, men Wahlén vände sig genast mot honom med frågan:

"Vad har hänt?"

"Råttorna. De är här i huset. Jag hörde dem i ventilationen."

"Hur satan har de kommit dit? Vi har ju..." han avslutade inte meningen utan vände sig till sergeanten.

"Varsko gruppcheferna och se till att få samtliga civila som befinner sig i huset att ta plats i bussen. Vi evakuerar dem ASAP! Uppfattat?"

"Ja major."

Sergeanten var en man på dryga tjugo med linblont hår och blå ögonen. Hans nästan överdimensionerat kraftiga axlar skvallrade om att han simmade mycket och treudden på slaget till uniformsjackan visade att han var kustjägare – även om han just nu var långt ifrån kusten.

John hade noterat att av alla militärer som flugits in, tillhörde samtliga något jägarförband. Han förmodade att jägarförbanden var de enda enheterna i Sveriges krigsmakt som hade kunnandet och resurserna för att möta ett omedelbart hot, vilken form nu detta hot kunde tänkas ta.

Majoren vände sig tillbaka till John.

"Var exakt?"

"På övervåningen. Jag väcktes av något och när jag undersökte vad det var hörde jag ljudet igen. Det kommer från ventilationsrören som går under taket."

En man i civil uniform kom fram till dem. Han såg frågande på Zander innan han vände sig till majoren.

"Karl Schmidt, major. Från NSB – Norrbottens Skadedjursbekämpning. Jag kom precis när en av era sergeanter sa att råttorna tagit sig in i huset. Jag har gas med mig."

"Vad för gas?"

"En lättflyktig gas som går direkt ut i blodet och förhindrar syreupptagningen genom att isolera de röda blodkropparna. Dödar genom kvävning. Ingen nervgas, men mycket effektiv vid skadedjursbekämpning. Ingen upptagning genom huden, utan enbart via andningsorganen vilket reducerar nödvändig skyddsutrustning till skyddsmask, och sådan har ju samtliga av era pojkar i sin utrustning redan."

"Plocka fram det du har – nu! Vi evakuerar byggnaden på civila... utom er Zander. Ni är sakkunnig och stannar. Jag ser till att ni och alla andra nödvändiga personer får sig skyddsmasker tilldelat."

Nu startade en febril aktivitet. De civila väcktes och slussades snabbt ut till en buss som kommit under natten och som nu stod och väntade innanför avspärrningen.

John tog ett snabbt farväl av Sara och barnen. Ett visst tumult uppstod när Kevin vägrade att låta sig slussas till någon buss. John var tvungen att tala lugnt med honom och lova att han skulle få välja sig ett nytt spel när det hela var över, bara han följde sin mamma utan bråk. Till sist lät sig pojken övertalas och bussen kunde, med eskort av två militära stridsfordon, köra iväg.

Under tiden hade Karl Schmidt och en medhjälpare plockat fram utrustningen och ingenjörssoldaterna hade redan plomberat de flesta av ventilationshålen, inklusive det på taket.

Nu hörde alla ljuden i ventilationstrummorna. Det rådde absolut ingen tvekan om att ett flertal svartråttor på något sätt tagit sig in där.

Karl Schmidt delade ut gastuber till flera soldater och visade snabbt hur de skulle anslutas till ventilationen. Man borrade helt enkelt ett hål i rören och anslöt ett munstycke som i sin tur anslöts till en slang som kom från tuberna. På en given signal öppnades samtliga tuber och gasen strömmade in i ventilationsrören med ett väsande.

Människorna i sina skyddsmasker väntade spänt. Ljudet av klor som i panik krafsade på metallen hördes under en kort stund, sedan blev det tyst. Efter tio minuters spänd väntan gav Karl order om att behållarna skulle stängas och sedan väntade man. Efter ytterligare fem minuter tog Karl av sig skyddsmasken.

"Så där ja. Efter fem minuter upplöses de aktiva beståndsdelarna i gasen och den blir lika farlig som vattenånga. Effektiv i trånga, kontrollerade utrymmen, men värdelös i större lokaler och jag hörde något om gruvor."

"Ja", sa John. "Vi misstänker att boet är i en gammal nedlagd gruva norr om staden."

"Den här gasen skulle kunna vara effektiv om man visste exakt var boet var, men som ni förstår går det inte att fylla en hel gruva med den. Dels för att den är effektiv i endast fem minuter och dels för att vi inte har sådana mängder i lager. Jag skulle behöva följa med ner i gruvan och ta en högtrycksbehållare med mig. Har ni eldkastare?"

"De är på väg från Norge i detta nu." Överste Berg tittade ut över församlingen. "Jag fick tag på min kollega

Berger i Norge och de skickar fem eldkastare, plus personal som kan hantera dem. Det är amerikansk Natopersonal som lovat att hjälpa oss. De har även överdragskläder av kevlartyg med sig som alla som följer med ner i gruvan kommer att ha på sig. Dessa kan i viss mån även skydda om några råttor tar sig igenom flamridåerna och angriper personalen. ETA... två timmar."

Natoanpassningen av det svenska försvaret sträckte sig bortom JAS *Gripen* med möjlighet att lufttanka och landa på hangarfartyg. Även språket influerades av den möjliga alliansen som vare sig sossar eller borgare öppet ville erkänna, men som alla kände till.

22

Blackhawk helikoptrarna landade på plattan på polishusets tak och Zander såg på när den amerikanska personalen lastade ur flera lådor med flamskyddssymboler på sidan.

Lådorna staplades varsamt på varandra på säkert avstånd från helikoptrarna och när all utrustning och personal var urlastad, steg först den ena *Blackhawk* helikoptern till väders och följdes sedan av den andra.

En man i amerikansk uniform klev fram till överste Berg och gjorde honnör innan han på bred Texasdialekt sa.

"Hörde att ni svenskar har haft problem med råttor. Jag och mitt team har synnerligen effektiva råttfällor med oss och vi vill gärna bli satta i arbete, men först vill jag ha en lägesdragning. Har ni ett stabsrum?"

Berg nickade och slog ut med handen.

"Den här vägen", sa han och gick före. Den amerikanska officeren vände sig mot sina män som gick upp i givakt.

"Gör i ordning utrustningen för transport dit svenskarna vill ha oss. Jag förväntar mig att vi kan ge oss av så fort lägesdragningen är klar."

"Ja, överste."

Zander lämnade taket efter den amerikanska översten i släptåg. Det sista han såg var hur soldaterna började flytta lådorna bort mot trappan, sedan slog dörren igen.

När de kom in i stabsrummet bad överste Berg amerikanen att sitta ner på en stol som skjutits fram. Själv ställde han sig framför en 55 tum stor teve av märket Samsung och sa på engelska.

"Läget är som följer. Igår förmiddag påträffades en linjearbetare död i en kulvert som är belägen här."

Han vände sig mot teven där en karta över omgivningarna nu visades. Med ett finger markerade han var den döda mannen påträffats. Sedan nickade han mot Zander.

"Den döde hittades av John Zander här som tillkallade polis. Till att börja med kunde vi inte riktigt få grepp om vad som dödat honom eftersom skadorna inte stämde överens med något djur som vi kände till. Zander var, av naturliga orsaker, rätt chockad och togs in på sjukhuset där han fick vila ut."

Den amerikanska översten vände sig mot John som nickade, men i övrigt försökte hålla anletsdragen så neutrala som han förmådde. Berg fortsatte.

"Under tiden som Zander fick vård, inträffade flera attacker. Bland annat på ett bageri – här, samt en mataffär - här."

Snabba fingrar visade de båda platserna.

"Sedan var det som en flodvåg som sprängde alla fördämningar och råttorna vällde in som... som en lavaström som förtärde allt i sin väg. Större delen av samhället har evakuerats, men det finns fortfarande ett hundratal civilpersoner kvar här och på sjukhuset. Båda platserna är ordentligt förstärkta."

"Men råttorna tog sig in i ventilationen här, sa ni?" Översten tittade frågande på Berg som nickade sakta.

"Det stämmer. Under morgonen tog sig ett okänt antal råttor in i ventilationen på ett för oss okänt sätt. Vi dödade dem med gas."

"Har ni ett exemplar att visa upp?"

"Jag trodde nog att översten skulle fråga det", sa Jeremy och klev fram, bärandes på en blå kylväska i hårdplast. Han drog på sig ett par plasthandskar innan han öppnade locket och stack ner handen.

När handen kom upp igen, höll den en svartråtta i svansen. Översten flämtade till och drog sig bakåt i stolen.

"Vad ända in i hel... den är ju lika stor som en katt."

"Det är inte det största exemplaret vi sett, men det största som vi kunde hitta i ventilationstrummorna."

Översten reste sig och gick fram till professorn som la den döda råttan på ett skrivbord. Amerikanen tittade på den ur flera vinklar innan han sa.

"Och ni har sett större?"

Jeremy nickade, utan att säga något.

"Vad ända in i Guds namn kan få ett djur att växa så i storlek?"

"En rad yttre faktorer, såsom lågintensiv, radioaktiv strålning som exponerat råttorna under lång tid. Miljögifter lär också ha spelat in. John Zander har berättat att gruvan, där vi tror att dessa monster har bott, en gång användes som dumpningsplats för överskottsprodukter av detta slag."

Översten vände sig mot Zander.

"Och vem, mer exakt är då ni?"

John klev fram och skakade hand med översten. Sedan berättade han om sin roll i det hela. När han var klar slängde översten en sista blick på den döda råttan. Sedan sa han.

"Det här var värre än jag någonsin kunnat gissa mig till."

23

"Tänk att en idé som verkade så god när man satt i ett uppvärmt rum i en trygg kontorsbyggnad, kan verka så idiotisk när man står vid ingången till en kolsvart gruva."

Johns svarta galghumor lös igenom när han uttalade orden som med viss förvrängning nådde de övriga deltagarnas hörsnäckor.

Det var sen förmiddag och Zander hade lett ett team på trettio man till gruvingången och nu undrade han om detta verkligen var hans livs mest briljanta idé. Där inne i mörkret kunde döden mycket väl ligga och vänta på dem.

Efter att ha studerat gamla ritningar över området hade man kommit fram till vilken av de tre ingångarna till gruvan man skulle använda. Denna ingång bestod av en svagt sluttande ort som tvåhundra meter längre in ledde fram till ett schakt och från detta schakt kom man åt den ort där man misstänkte att råttorna hade sitt bo.

Problemet var bara att det var en nivåskillnad på tio meter mellan de båda orterna och eftersom de gamla stegarna för länge sedan hade ruttnat bort, skulle man få fira sig ner med rep. Därför bar varje man en rulle rep på tjugo meter med sig, tillsammans med den övriga utrustningen.

Gruppen på trettio man bestod av tio Natosoldater som i grupper om två hanterade de fem eldkastarna.

Varje tvåmannagrupp bestod av en menig soldat som hanterade eldkastaren, samt ett underbefäl som med en M-4 karbin som vapen skulle skydda soldatens rygg samt ta de avgörande besluten.

De tjugo svenskarna bestod av, förutom John Zander, Karl Schmidt och dennes assistent, Jörgen Krantz, femton av arméns jägarsoldater och två befäl – en löjtnant som var gruppchef samt en fänrik.

Alla bar uniformer, även de civila deltagarna, och uniformen kompletterades med försvarets skyddsvästar med nack- och halsskydd samt förvarets kevlarhjälmar. Mellan uniform och stridsväst bars de svarta kevlardräkter som amerikanerna haft med sig. Det slitstarka materialet var detsamma som användes i skottsäkra västar och John hoppades att det skulle skydda mot råttornas vassa tänder.

Fötterna skyddades av grova armékängor med stålhätta och nithuvuden för bättre fäste på hala underlag. Varje deltagare bar en strupmikrofon och öronsnäcka så att man skulle kunna hålla kontakt med varandra. Alla svenskar bar AK-5:or med tio extra magasin nedstoppade i stridsvästens många Mollefickor. Som avslutning bar de även med sig syrgastuber, fästade vid låren samt en heltäckande mask hängande i västen ifall användningen av eldkastarna skulle äta upp syret i det slutna utrymme som gruvan ändå var.

John undrade hur sjutton han skulle kunna gå, än mindre springa, slåss och klättra i denna utstyrsel som totalt vägde säkert 50 kilo.

Den svenska löjtnanten kom fram till Zander och spanade in i det mörka hålet framför dem. Hjälmlampans ljus åts upp av det svarta intet och tio meter in hade mörkret åter tagit över kommandot. Löjtnanten vände sig om mot de övriga.

"Alla redo?"

"Redo löjtnant."

"Gott. Hur är det med civilisterna?"

John sträckte på sig och sa med gravallvarlig stämma.

"Vi är klara när ni är det, löjtnant."

"Då går vi. Ni först skogvaktaren."

John dolde ett leende när han tog täten och dök in i den svarta gången som tycktes leda direkt till Helvetet. Tätt intill honom följde Karl Schmidt och skuggorna som skapades av deras hjälmlampor, dansade över de ärrade stenväggarna.

"Hur ska jag kunna se någon spillning? Det går ju fan inte att titta ned utan att tyngdkraften tar över", muttrade Schmidt.

"Du har ju även gastuberna att släpa på. Vad väger de där egentligt?" Zander nickade mot de två tuberna med giftgas som satt fastspända på skadedjursutrotarens rygg.

"De är gjorda i aluminium, så de är inte så tunga, men vapen, ammunition, syrgas, hjälm, skyddsväst... Jag känner mig som en Michelingubbe och rör mig nog lika smidigt som en sådan också.

"Så illa är det väl ändå inte. Man vänjer sig rätt fort vid tyngden. Har du inte gjort militärtjänst?"

"Frikallad av etiska skäl. Då ansåg jag att allt liv var heligt."

Zander var tyst några sekunder, som om han grubblade över ett svar, men sa sedan med ett leende.

"Och sedan blev du skadedjursutrotare?"

"Ödets nyck. Jag stod till arbetsmarknadens förfogande och jobbet var fritt med bra lön. Det blev så och nu har det gått tjugo år och mina etiska skäl väger väl inte så tungt längre."

Den svaga sluttningen blev nu något brantare, men Zander visste att den snart skulle plana ut i en mindre bergssal där de skulle stanna till för vila och samla ihop gruppen innan det var dags för den riskabla nedstigningen till nästa nivå.

Mycket riktigt upphörde lutningen när de kom ut i ett bergrum som var kanske tio gånger tio meter.

"Avdelning halt."

Gruppen stannade och löjtnanten räknade in dem. När han fått det till trettio verkade han nöjd och gick fram till John och sa.

"Hur långt härifrån är det till själva schaktet?"

"Runt femtio meter genom den förbindelseorten", John pekade med hela handen. "Sedan börjar det roliga."

"Lugn Zander", log löjtnanten. En höjdskillnad på tio meter är inte hela världen."

"Inte när vi ska ner kanske, men hur blir det när vi är på väg åt andra hållet?"

"Samma princip, men omvänt. Ligger schakten rakt ovanpå varandra?"

"Både ja och nej. Vi har en ort nästan rakt under den vi går in i, men det är inte den vi ska till. Vår ort ligger på rakt motsatta sidan, men den förbinds med en mindre tunnel, så vi behöver i alla fall inte flyga."

"Underbart", sa löjtnanten stilla och borrade in sin blick i Zander. "Jag har pratat med amerikanernas gruppchef och tillsammans har vi beslutat att skicka ned två eldkastar-grupper först, sedan våra egna. Eldkastargrupp fyra avslutar och tar kön. Reträtten skyddas av den femte eldkastargruppen." Han släppte Zanders blick och vände sig mot de övriga.

"Är detta uppfattat? Några frågor?"

Ett unisont nej hördes från gruppen och löjtnanten fortsatte.

"Zander tar täten med eldkastargrupp ett. När vi når fram till schaktet skapar vi fästpunkter för repen och sedan går vi ner i nämnd ordning. Verkställ."

John svalde och tittade på de två amerikanska soldaterna som slöt upp vid hans sida innan de gick in i den sista gruvgången.

De dansande skuggorna på väggarna blev i hans fantasi till avbildningar av gigantiska monster som lurade i mörkret och han var tvungen att uppbåda all sin mentala kraft för att inte osäkra AK-5:an och börja skjuta vilt omkring sig.

När de kom fram till schaktet såg de ett gammalt rostigt järnräcke som varnade för det fria fall på i runda tal etthundrafemtio meter som väntade den som klev rakt ut i tomma intet, oaktat grundvattennivån.

Den amerikanska underofficeren sköt fast tre klätterspikar i sprickor i väggen, sedan förankrade de sina nylonrep där. Övriga gjorde samma sak och snart var de redo att stiga ner i det svarta hålet.

När det blev Johns tur att äntra repet kände han hur kallsvetten bröt ut i pannan, men han tog sig samman och svingade sig ut och gled ner för repet så som han blivit instruerad. Innan han visste ordet av stod han åter med fast mark under fötterna.

Med en tacksamhetens tanke till de unga soldaterna som tagit emot honom, såg han sig omkring. Den här gruvgången var bredare än den de kom ifrån och han kunde ana rester av järnkrampor i väggarna där det en gång suttit facklor som lyst upp jordens svarta innandöme. Det mesta av järnet hade rostat bort genom seklernas gång, men hålen i väggen fanns där fortfarande.

Urlakat vatten droppade och rann längs schaktets lodräta väggar som visade tydliga spår av hur brytningen en gång hade gått till med eldar som hettade upp berget innan kallt vatten hälldes på som fick stenen att spricka. De stackare som jobbade i gruvan kunde sedan relativt enkelt hacka loss stycken av berget innan nästa eld anlades.

Zander anade vilka enorma mängder ved som måste ha gått åt under brytningen. Ved som togs från de omkringliggande skogarna som nästan skövlades totalt innan gruvan stängde.

Med en djup suck klev han längre in i orten för att ge plats åt dem som följde honom på repen. Det tog tjugo minuter innan samtliga hade firat sig ner och stod i orten. Zander tittade ner på sin sju tum stora Samsungpadda där en karta över gruvan hade laddats in. Han visade löjtnanten var de var just nu och förklarade att det var tjugo meter till den förbindelsegång som löpte runt hela schaktet och förband samtliga orter på den här nivån.

Löjtnanten nickade och sällskapet satte av, men kom inte mer än ett tiotal meter innan Karl Schmidt stannade och lyste med lampan mot golvet.

"Här har de varit. Rikligt med spillning och ser ni i det lösare gruset intill väggen? Spår av tassar och släpspår efter deras svansar. Nu får vi se upp... pratades det inte om ett ras?"

"Några meter in i orten ska det ha rasat. Amerikanerna har C4 – plastiskt sprängmedel - med sig. Med det tror de att vi ska kunna röja väg. Det är inget stort ras. Bara tillräckligt för att vi inte ska kunna ta oss fram."

"Är det inte risk för nya ras om de börjar spränga?"

"Inte enligt bergsmännen och ingenjörerna. Det är solitt urberg här."

"Ser du några bergsmän eller ingenjörer i vår grupp?"

Zander skrattade.

"Jag förstår vad du menar. Vi får se hur det ser ut när vi kommer fram till rasområdet."

De fortsatte och kom snart in i den ort som var deras mål och därefter kom de fram till raset. Zander studerade berget och letade efter sprickor, men kunde inte se några och vinkade därför fram de amerikanska soldaterna som med stor noggrannhet började applicera sprängdegen i rasmassorna.

Deras chef förklarade att man nu skulle dra sig tillbaka och sedan skulle sprängladdningarna utlösas via fjärrstyrning medan de själva befann sig på säkert avstånd, utifall inte allt gick som det skulle.

De gick tillbaka in i förbindelsetunneln och när de var tillräckligt långt ifrån rasmassorna, tryckte en av soldaterna på detonatorn.

24

Kevin Zander skruvade på sig där han låg på den obekväma madrassen. Med en frånvarande min i ansiktet tittade han upp i gymnastiksalens tak där lysrören samsades med rep och diverse nedsänkbara bommar.

Han trivdes inte med situationen. Sanningen var att han hatade det som hände honom just nu. Att slitas bort från tryggheten i det egna huset där han visste precis var allting fanns, vilka som varit där och vilka rutiner det var som gällde. Det slet i hans själ så att det kändes som han skulle gå itu.

Raticus hade hittat dem på polisstationen, men pappa hade lett människorna till en seger i det slaget. Hans pappa var en hjälte. Kanske inte lika häftig som Penelope Green med sina rymdvapen, men det var *hans* pappa som nu var med och ledde kampen mot *Raticus* och Kevin visste i sitt hjärta att pappa skulle segra.

Han suckade och vred irriterat på sig. Det luktade illa i gymnastiksalen. Gammal svett och andra kroppsvätskor som han helst inte ville tänka på hade impregnerat atmosfären för alltid. Dessutom luktade det skräck om de människor som omgav honom.

Som Aspergerbarn hade Kevin utrustats med ett utomordentligt luktsinne som kunde känna och identifiera långt fler dofter än de flesta så kallat normalstörda kunde.

Dofterna från en person kunde till exempel tala om för honom hur den personen mådde, om den var frisk eller sjuk, vad den ätit eller, som i det här fallet, kände skräck.

Han fick tusentals impulser till sin hjärna som hela tiden, dygnet runt, bombarderades med onödig information som han inte visste hur han skulle hantera.

Det gjorde att han försökte skärma av sig från omgivningen och inte ta del av det sociala livet mer än nödvändigt.

Kevin visste att man inte talade om för någon att denne luktade svett, eller frågade om man nyss hade haft sex. Det var inte socialt accepterat, men handikappet var grymt så tillvida att det först översköljde honom med en massa information som han sedan inte kunde använda.

En Aspergare förstod inte det sociala spelets regler per definition, utan var tvungen att nöta in och lära sig det som andra föddes med naturligt.

Kevin hatade det!

Människor var så kaotiska. De följde inte någon känd logik utan avvek ständigt och jämt från allt vad logik ville säga. Ett nej kunde vara ett ja och tvärtom och han förstod det inte. När munnen sa en sak och kroppen sa en helt annan sak, skapade detta kaos i hans inre. Det var en plåga att umgås med andra och han gjorde sitt bästa för att begränsa den lilla skara människor som han faktiskt kunde stå ut med.

Kevin hade en favoritfigur i filmens värld och det var Mister Spock från *Star Trek*. Med sina spetsiga öron och sin knivskarpa logik gick han alltid sin egen väg, även fast det retade gallfeber på doktor McCoy.

Kevin ville vara Spock.

Med en suck satte han sig upp och slängde en blick på sina syskon. Emma och Victor sov och deras mor var för tillfället inte där. Han visste att hon sagt till honom att hon hade sett en kaffeautomat någonstans och skulle gå och försöka få sig en kopp.

Kevin förstod inte varför mamma tyckte om kaffe. Det luktade illa och smakade ännu värre. Det visste han från ett tillfälle många år tidigare när han provsmakat av ren nyfikenhet. Det var visserligen inte lika fruktansvärt som den öl hans far ibland drack på fredagskvällarna när veckans arbete var över, men det var tillräckligt illa.

Han lutade huvudet mot handflatorna och tänkte på pappa. Ibland när han tänkte på en person, kunde han se vad den personen gjorde just då och han kunde ibland också känna det som den personen kände. Det var så han nått fram till pappa när de var fångade i skolan.

När han var mindre trodde han att alla kunde göra så, men när han blivit större hade han insett att han var ganska ensam om den förmågan. Morfar kallade honom för *Kevinauten* med särskilda förmågor. Han tyckte om sin morfar.

Kevin blundade, men såg bara mörker. Först trodde han att hans fjärrsyn inte fungerade, sedan såg han ett dansande ljus som verkade komma från en ficklampa som befann sig ovanför pappas ögon, en hjälmlampa kanske.

Han hade sett huvudpersonen i ett spel som hette *Zombiewaste* bära en sådan när de jagade köttätande zombier genom en postapokalyptisk framtidsstad där man behövde alla händer för att hantera sina många vapen. Han tyckte det var häftigt att pappa nu bar en sådan lampa.

Pappa pratade med någon som tycktes stå med ryggen mot honom. Ljuset hoppade när pappa rörde sig. Kevin fnittrade till.

När ljuset stabiliserades igen, vände sig mannen som pappa pratade med om och svarade något som Kevin inte kunde höra eftersom han bara kunde koppla in sig på pappas ögon. Av någon anledning fungerade inte fjärrseendet på hörseln.

Mannen framför honom pekade på golvet och svepte sedan ut med handen mot en mörk gruvgång. Hans far följde handen med blicken och nickade eftersom ljuset hoppade upp och ner.

Kevin slog upp ögonen och släppte länken till pappa. Just nu verkade han vara utom fara och istället började Kevin tänka på hur de hade kommit hit, till den här gymnastikhallen.

Efter att *Raticus* tagit sig in på polisstationen och efter att pappa hade gasat dem till döds, hade det bestämts att de sista civila skulle evakueras. Hans mor, syskon och han själv hade klivit ombord på en turistbuss som laddats till sista plats med människor.

En hel flora av främmande dofter och intryck hade invaderat hans sinnen och inte helt oväntat hade det blivit för mycket för honom och han hade fått ett av sina återkommande raserianfall.

Det hade tagit hans tålmodiga mor närmare en kvart att få honom lugn och sluta hyperventilera, allt medan människorna hade tittat skrämt på honom.

Ingen förstod honom. Ingen *kunde* förstå honom. Ingen visste hur det var att peppras med alla dessa intryck. Han visste till exempel att den gamla damen i sätet framför dem var inkontinent. Han kände den fräna doften av hennes piss. Likaväl kände han svetten från mannen på andra sidan gången och skräcken i den unga flickan bakom dem.

Alla dessa intryck överbelastade hans hjärna och kortslöt synapserna. Det var som ett blixtoväder med tusentals blixtnedslag varje sekund vilka laddade honom med elektrisk ström som fick honom att vibrera, men ingen förstod det. Ingen brydde sig... utom mamma, pappa, morfar och hans syskon. De visste, men de förstod inte. De brydde sig, men kunde inte sätta sig in i hur han kände.

När han väl hade kommit till sans hade bussen redan lämnat Brunna och åkte på den smala länsvägen, i skuggan av fjället och omgiven av tät barrskog, mot närmaste samhälle som låg drygt fem mil bort.

Bråda var lite större än deras egen by och rymde drygt fyratusen människor samt en skola som hastigt hade ställts om till flyktingförläggning.

Samtliga nyanlända hade anvisats en madrass och i gymnastikhallen låg nu madrasserna pressade tätt intill varandra.

Så många människor. Så många intryck.

Kevin ruskade på huvudet och ömsom knöt, ömsom öppnade händerna. Han kände att han höll på att överbelastas igen. Han måste ha mer av den där anti-medicinen som hans mamma fått ut på recept till honom. Han måste ha den nu. Var, var mamma?

Kevin reste sig upp och lämnade sina sovande syskon. Han måste hitta mamma och medicinen.

25

Honan kände vibrationerna i luften och det kände även hennes livvakter som stannade upp och började sniffa. Något hände.

Hon slöt de blinda ögonen och släppte tillfälligt bandet till verkligheten runt omkring sig. Något vibrerade i etern. Honan hade aldrig känt de här vibrationerna förr.

Hon var van vid skräcken från bytet sekunderna innan hennes långa, förvridna gnagartänder sjönk in i dess kött. Hon var van vid vibrationerna från hennes kullar när de tillbad henne, eller besteg henne.

Detta var något nytt. Hon gillade det inte.

Orsaken, källan till vibrationen, fanns utanför hennes räckvidd, men den trängde in i boet. Den hotade henne. Den hotade flocken.

Inget fick hota flocken.

Honan trodde att flockens storlek borgade för att de nu aldrig mer skulle behöva känna sig hotade. Tillsammans hade de dödat de bruna råttorna och sakta utökat sitt revir. Det enda hot som kvarstod var de Tvåbenta.

De Tvåbenta verkade finnas överallt och råttorna hade i generationer gjort allt för att undvika en konfrontation med dem, men sedan hade några Tvåbenta upptäckt medlemmar av flocken vilket lett till att de hade dödats.

De Tvåbentas blod smakade sött. Mycket sötare än något annat djurs blod och ryktet hade gått från individ till individ tills alla i hela flocken visste hur de Tvåbentas blod smakade. Det var då jakten började.

Först hade man angripit ensamma och oskyddade individer som skiljts från sin egen flock och de upptäckte att de Tvåbenta var lätta att döda. Sakta hade flocken blivit modigare... och aggressivare.

När vattnet började falla från himlen och boplatserna på de lägre nivåerna i underjorden översvämmades, hade flocken drivits ut på jakt. En jakt på den sista fienden som kunde hota deras existens.

Vibrationen upphörde lika plötsligt som den dykt upp och råttan sniffade i luften för att se om det fanns några kvardröjande rester, något som kunde skvallra om källan, men allt var stilla.

Belåtet sjönk hon tillbaka i det varma redet och kände att hennes kull också slappnade av. Vibrationen var inget hot trots allt.

***

För en sekund kände Zander det som kalla fingrar som försiktigt utforskade hans hjärna och det var andra gången på kort tid som han haft denna märkliga känsla.

Den kändes inte hotfull, men däremot kändes det som att någon yttre kraft trängde in i hans medvetande och läste honom lika enkelt som han själv gjorde när han slog upp en bok.

För några mikrodelar av en sekund kunde han svära på att han kände doften av kaffe i näsborrarna, men doften försvann lika fort igen och han ruskade på huvudet och rös.

Den krälande känslan försvann och han var tillbaka i gruvan där soldaten med detonatorn åter en gång tryckte på knappen.

Ingenting hände.

"Det kan vara för mycket berg", sa soldaten misslynt. "Det dämpar signalen. Jag får gå närmare."

Zander reste sig upp.

"Jag följer med dig. Du behöver någon som täcker din rygg."

Mannen nickade tacksamt innan de vandrade iväg. Det hoppande ljuset från hjälmlamporna studsade längs de skrovliga stenväggarna vilket skapade stroboskopiska specialeffekter. Soldaten huttrade till och skrattade sedan lite förläget innan han sa.

"Jag har varit i Irak och blivit beskjuten av turbaner med gamla antika AK-47. Jag har blivit minsprängd och fått splitter i kroppen, men aldrig, aldrig har jag varit så rädd som jag är just nu."

"Du är inte ensam", svarade Zander. "En mänsklig fiende kan vi förstå. Även om det som motiverar den är sjukt, så kan vi ändå på något sätt förstå den. De här råttorna kan vi inte förstå. Vi vet inte vad som driver dem och vi kan inte avskräcka dem från att anfalla oss. Omöjligt att uppnå terrorbalans. Det gäller att slåss och i striden finns bara två alternativ. Leva eller dö. Så jag är också livrädd."

"Tack mannen. Jag längtar hem till min flickvän i Houston nu. Hennes föräldrar avskyr mig för att jag är soldat. De tycker att deras dotter borde dejta en advokat eller läkare istället, men hon har gjort sitt val och jag har två svärföräldrar som mycket väl kan planera mord på mig just nu. Jag skulle mycket hellre föredra att äta middag med dem, mot att vandra här i underjorden för att möta svenska mutantråttor. Hur galet låter inte det?"

"Inte galet alls. När jag träffade Sara, min fru, levde hennes mor fortfarande. Tanten var en överklassdam från Stockholm. Hon tyckte inte heller att jag var fin nog åt hennes dotter. Jag brukade kalla svärmor för Isdrottningen när hon inte hörde mig. Hon behandlade mig som luft. När Sara blev gravid med Kevin, vår äldsta, fnös hon bara och tyckte att vi skulle göra abort."

Zander tystnade och tänkte tillbaka på en tid som var så långt borta, men som ändå kändes så nära. Svärmodern som hade satt in en kampanj mot Sara för att få henne att ta bort barnet i magen och sedan lämna honom.

Till slut hade Sara tröttnat och på skarpen sagt till sin mor att hon visst inte tänkte göra abort och att hon aldrig någonsin skulle lämna barnets far. Om det inte passade henne så behövde hon aldrig mer komma upp från Fjollträsk för att hälsa på dem.

Ett halvår senare dog Greta i cancer, en elakartad sådan som upptäckts bara två veckor tidigare. Hon hade aldrig träffat sitt oönskade barnbarn och begravningen hade hållits i kretsen av de närmaste. Två månader efter begravningen hade Saras far, som aldrig haft några problem med John, lämnat Stockholm och flyttat norrut. Han ville umgås med sitt barnbarn och genom åren hade ett speciellt band kommit att utvecklas mellan Kevin och hans morfar. Ett band som John ibland kunde känna sig lite avundsjuk på.

"Hur gick det då?"

Zander drogs tillbaka till verkligheten och slängde en blick på soldaten bredvid sig.

"Tanten dog och svärfar har det aldrig varit några problem med."

"Det kommer väl förmodligen inte inträffa i mitt fall. Svärföräldrarna är hälsofreak och kommer leva för att förpesta tillvaron till dess de fyller hundra. Det lovar jag dig."

Missmodet i mannens röst gick inte att ta miste på och John skulle just säga några tröstande ord när ett ljud nådde hans öron. Det rasslade i mörkret framför dem, ett ljud som bara kunde betyda en sak.

Zander la en hand mot soldatens bröst. De stannade och spände hörseln. Ännu ett rasslande hördes.

Framför dem var det något som rörde sig och ljudet kom närmare.

26

Robert Rydh vägde tyngden från den AK-5C som han höll i handen och bedömde den till någonstans närmare fem kilo med dubbla magasin.

Mörkret hade redan kommit. Portabla strålkastare lyste upp planen framför polishuset och en stor del av de närmaste hundra meterna av gatan i alla riktningar.

Samtliga brunnar och andra hål i marken där råttorna skulle kunna tänkas ta sig upp till ytan, hade för länge sedan plomberats, men ändå hade han en gnagande känsla av att det var något de glömt. Råttorna hade ju bevisligen tagit sig in i polishusets ventilationssystem och för att kunna göra det hade de på något sätt tagit sig upp på taket.

Han fick påminna sig själv om att svartråttan var en mästerlig klättrare och i anslutning till polishuset växte höga lappalar som råttorna rent teoretiskt skulle ha kunnat klättra upp i för att sedan hoppa över till taket. Men det var en mycket planerad handling och han tordes inte tänka tanken på att mutationen av deras kroppar, samtidigt skulle ha ökat deras intelligens.

Hade så skett skulle kampen bli bra mycket svårare. Råttor som medvetet undvek fällorna, gick förbi den förgiftade maten och som kunde smida planer, representerade ett långt större hot än om de enbart var själlösa djur som angrep i desperation.

Han huttrade i septemberkvällens råa kyla. Även om det inte vräkte ner regn så duggade det rejält och oavsett regnkläder eller inte, blev man klibbigt fuktig efter att ha varit ute i flera timmar.

Han slängde en blick på klockan. Den andra gruppen, deras *Strike team,* borde vara framme vid målet nu. Han hoppades att de skulle kunna göra det som de blivit utsända att göra – hitta boet och förstöra det.

Människorna kunde behöva en seger i denna strid som hittills mest handlat om flykt och nederlag. Han strök sig över pannan och sneglade mot kvällshimlen. Månen befann sig mitt emellan två faser och den bleka skäran räckte inte på långa vägar till för att lysa upp natten som utanför det artificiella ljusets käglor var kvävande svart. Där i mörkret, osedda av mänskliga ögon, ruvade de fyrbenta mördarna, tålmodigt väntande.

Efter den för råttorna misslyckade attacken mot polisstationen hade det varit olycksbådande lugnt, till viss del säkert beroende på att i princip alla civila lämnat samhället. Nu fanns där bara poliser, militärer och några få experter... om nu någon kunde påstås vara expert på detta totalt okända.

Rydh suckade och passade samtidigt på att gäspa. När han gjorde det lyfte han också blicken mot träden. Kronorna rörde på sig, men bortsett från det stilla duggregnet var luften inte i rörelse. Han stelnade till och försökte tränga igenom skuggorna med blicken.

En gren slog mot en annan. Det rasslade bland de yttre kvistarna och sedan var det något mer, ett ljud som han inte kunde placera. Ett ljud som lät som ett lågt mummel, men utan att vara det. Ett ljud som drev kalla kårar längs hans ryggrad. Det var ljudet av klor och pälsklädda kroppar som skrapade mot trädens bark.

Rydh backade sakta undan, utan att släppa träden med blicken. Han stötte ihop med en soldat som tittade upp på honom. Automatiskt följde soldaten hans blick mot himlen.

"Tyst", viskade Rydh. "De är i träden ovanför oss."

Soldaten svalde, osäkrade sin karbin och tittade darrande upp mot trädkronorna ovanför dem.

Nu uppmärksammade allt fler hur de två männen bevakade de lövtäckta kronorna. Fler blickar riktades uppåt.

"De är överallt", flämtade en polis och började höja sin automatkarbin. Rydh ruskade på huvudet.

"Skjut inte. Det skulle vara samma sak som att ge dem anfallsorder och då är de över oss som ett oväder."

Männen stod tysta. Prasslet bland trädkronorna upphörde. Det var som om naturen höll andan. Sekunderna tickade fram och sedan bröts tystnaden av ett skrik i smärta och en skottsalva som rev hål i natten.

Som på en given signal var det som att en svart filt lösgjorde sig från träden när råttorna hoppade ner mot sina fiender.

Rydh slängde upp karbinen till axeln och tittade genom rödpunktsiktet. Något demoniskt svart kom in i siktet och han kramade av ett skott. Det svarta rycktes åt sidan och han skiftade mål. En soldat med en enorm puckel på ryggen kom springande i panik och skrek av smärta. Rydh fixerade den svarta puckeln i sin rödpunkt och sköt. Skottet träffade råttan i sidan, men de vassa gnagartänderna var så djupt inborrade i soldatens nacke att den inte släppte taget, trots att kroppen slogs åt sidan av kraften i träffen.

Soldaten vacklade till och föll och Rydh var tvungen att släppa mannen för att ägna sig åt sin egen säkerhet när två råttor kom skuttande mot honom – båda stora som katter.

Nu fanns det ingen tid till finess. Han kramade in avtryckaren och höll den intryckt i två sekunder, samtidigt som han förde mynningen från ena sidan till den andra och sköt bort tjugotvå patroner.

Den ena råttan träffades, men rekylen tvingade mynningen uppåt och den andra råttan klarade sig. Rydh stapplade bakåt när odjuret tog ett skutt och landade på hans bröst där de vassa klorna borrade sig in i stridsvästen och tänderna högg efter hans oskyddade ansikte. Nu fanns ingen chans att använda vapnet och han släppte det och grep tag i den hala kroppen med bara händerna och försökte slita loss den, men råttan hade fått grepp.

Tänderna sjönk ner i skyddsvästens halskrage och han kunde känna den heta andedräkten mot sin kind. De gula ögonen lyste av hat när käkarna öppnades för ett nytt anfall.

För en sekund mötte han råttans blick och de stirrade på varandra. Det kändes som om det ursinniga monstret trängde in i hans hjärna. Han kunde känna dess kalla hat och flammande ilska som en pyrande glöd som sökte fäste i hans medvetande.

Rydh skrek rakt ut och måttade ett slag mot sidan av råttans huvud. Monstret anade rörelsen och mötte handen med öppet gap. Hans knogar träffade de sylvassa tänderna och råttans huvud tog emot snytingen utan att reagera innan käftarna slog ihop runt hans näve där tänderna borrade sig in i hans kött.

Smärtan var plötslig och intensiv.

Råttan skakade huvudet från sida till sida för att slita loss köttet från benen, med stötvågor av smärtimpulser som följd. Då fick Rydhs vänstra hand kontakt med kniven som satt i stridsvästen. Handtaget nedåt, bladet uppåt i sin skyddande canvasslida.

Han drog ut det svartoxiderade bladet och högg det sedan i råttans sida och vred om. Monstret skrek och Rydh fick loss handen. Han drog ut kniven och stötte in den igen. Råttan släppte taget om västen och föll till marken där den låg och vred sig. Han böjde sig ned och naglade fast det spetsiga huvudet mot asfalten med kniven innan han med sin friska hand plockade upp automatkarbinen.

Det var först nu som ljuden från striden som pågick runt omkring honom nådde fram till hans hjärna. Under sin egen strid hade han varit så fokuserad på råttan och sin egen överlevnad att han inget hört och inget sett.

Runt omkring honom skrek människor. De skrek order, skrek i smärta och panik eller bara för att stärka sig själva. Han såg kroppar som låg på marken. Kroppar över vilka en matta av krälande monster rörde sig och åt av de döda. Rydh förstod att de inte hade en chans. Råttorna var fler än människorna, fler än vad patronerna till deras vapen skulle räcka till.

Han grep tag i en kapten och skrek så högt han kunde, för att överrösta larmet runt omkring dem.

"Vi måste slå till reträtt. Vi har inte en chans. Alla in i polishuset."

Kaptenen svarade med en nick. Rydh släppte honom och fick istället tag på en av sina kollegor och tillsammans började de dra sig mot glasdörrarna in i polishuset.

27

Givetvis hade kaffeautomaten varit ur funktion, men en trött vaktmästare hade tipsat henne om att det fanns nybryggt kaffe i matsalen. Vänligt hade han sedan pekat ut riktningen och Sara skyndade iväg.

Hon hade klivit ut i duggregnet, huttrat i sina för tunna kläder, och gått de trettio meterna över skolgården innan hon tog de tre trappstegen upp till dörren och klev in.

Doften av kaffe träffade hennes luktsinne med samma intensitet som någon som vistats i mörker länge skulle uppfatta en plötslig ljusblixt. Den ljuva aromen spred sig genom byggnaden och dolde alla andra dofter, samtidigt som luktspåret visade en tydlig väg fram till källan.

Med långa kliv stegade hon igenom kapprummet och in genom den öppna dörren till matsalen som var tillräckligt stor för att 150 personer skulle få vistas där samtidigt enligt räddningstjänstens plakat vid dörren.

En kort kö av människor, kanske tjugo stycken, ringlade sig fram mot en matvagn där flera fat med bullar och blänkande kaffetermosar stod uppradade. Sara ställde sig sist i kön, bakom en man som hon kände igen som Simon Persson. Simon var en 82-åring som hela sitt liv jobbat i skogen och som av det hårda slitet hade böjts och stukats på alla ledder.

Han stod tungt lutad mot en röd rollator och andades med grunda, flämtande andetag. Sara klappade den gamla mannen på axeln och han vände sig om. Hon såg ett bandage runt en skadad vänsterhand där knotiga, kloliknande fingrar spretade ut från gasbindan.

"Hej Simon. Hur mår du?" frågade hon oroligt. Mannen tittade på henne och tvingade fram ett trött leende innan han svarade med knappt hörbar röst.

"Jag är så... fruktansvärt trött. Det känns som att kroppen... brinner upp inifrån."

Hennes blick for över den böjda gestalten. Granskade ögonen och den markerade haklinjen som av åren hade gjorts något mindre utmärkande. Hon noterade att han tycktes svettas, trots att temperaturen i matsalen inte var mer än max nitton grader. Sara tog ett steg fram och la en sval hand på Simons panna. Huden var glödhet.

"Du har feber", konstaterade hon sekunden innan den gamla mannen vacklade till. Hon försökte gripa tag i honom, men var inte tillräckligt snabb, trots att själva fallet tycktes gå i ultrarapid. Den gamla kroppen slog i golvet med en dov duns. Sara föll på knä, samtidigt som hon ropade på hjälp. Människorna i matsalen vände sig om. Någon plockade upp en av dessa förbannade mobiltelefoner och började av allt att döma att filma dramat som just spelades upp, medan flera strömmade till för att hjälpa.

En kvinna med röda korsets armbindel på högra armen föll på knä och kände efter pulsen, sedan tittade hon upp och skrek.

"Miranda. Hämta hjärtstartaren!" Därefter riktade hon blicken mot Sara, samtidigt som hon rullade över Simon på rygg.

"Kan du hjärt- lungräddning?" Sara nickade och kvinnan fortsatte. "Jag gör kompressioner, sedan blåser du. Tjugo kompressioner, två inblås."

Sara nickade igen och kvinnan började bearbeta Simons bröst under taktfast räknande. När hon kom till sexton började Sara förbereda inblåsningarna. Hon höll för Simons näsa och böjde huvudet lätt bakåt. Vid tjugo böjde hon sig fram, satte sin mun mot Simons läppar och blåste två gånger. Därefter återupptogs kompressionerna i en ny tjugo-två cykel.

Under den tredje kompressionscykeln kom Miranda med hjärtstartaren och började förbereda apparaten. När Sara blåste slet rödakorskvinnan upp Simons skjorta och paddlarna anslöts till bröstet. En inspelad röst sa åt dem att inte röra patienten, därefter gick den första stöten in och apparaten analyserade innan den sa åt dem att fortsätta med kompressionerna.

Miranda tog nu över och den första kvinnan reste sig innan hon skakade loss mjölksyran ur axlarna, samtidigt som hon såg ut över de nyfikna människorna.

"Har någon ringt en ambulans?"

"Jag har", svarade en ung man i tjugoårsåldern. "Den är på väg."

"Bra, men vi måste få plats att jobba, så ni får backa. Någon som har fått utbildning i HRL?"

Några tveksamma händer räcktes upp och de personerna uppmanades att kliva fram och avlösa Sara med inblåsen. Sedan utsågs även ett par personer som fick ta över från Miranda med kompressionerna då dessa var mycket jobbiga efter bara ett par cykler.

Hjärtstartaren hade tydligen laddat om och uppmanade på nytt att inte röra patienten innan den sköt av nästa laddning. Sedan återupptogs kompressionerna. Kvinnan med armbindeln tog Sara åt sidan och sa.

"Känner du honom?"

"Ja, Simon Persson heter han. En kraftkarl på sin tid sägs det, men rejält sliten av ett långt och hårt liv i skogen."

"Kände du hur varm han var?"

"Ja, han var brännhet. Febern måste ha kommit plötsligt för på bussen hit verkade han vara okej. Vad beror det på tror du?"

"Vet inte, men det där bandaget kan ju ha något med saken att göra. Blev han biten av råttorna?"

"Vet inte. Såg honom inte före evakueringen. Det var först nu som jag noterade bandaget, men det finns många bitna..."

"Vi måste lokalisera dem omedelbart, undersöka dem och börja behandla med antibiotika. Om det där bestarna ni beskrivit bär på en sjukdom som sprids via betten kan vi få en epidemi på halsen som kan visa sig vara svårare att få bukt med än vad råttorna någonsin är."

Sara tog till sig vad kvinnan sa. En farsot som spreds var minst lika skrämmande som de svarta bestar som de just flytt från. Mikrobiska mördare dödade lika effektivt som gigantiska råttor.

Hon skulle just säga något när hon fick se Kevin stå i dörren till matsalen. Oförstående tittade han på insatsen kring den gamla mannens kropp och ett frånvarande, men samtidigt fascinerat uttryck, spred sig i hans ansikte. Sara skyndade fram till honom.

28

Rasslet i mörkret kom från flera kroppar som rörde sig över grus och sten på det skrovliga golvet i tunneln. De mörka skuggorna lät dem inte se det annalkande hotet, men ljudet gick inte att ta miste på.

Zander osäkrade sitt vapen och väntade spänt på vad som skulle visa sig i ljuskäglorna från deras hjälmlampor. Av ljudet att döma var det minst ett tjugotal bestar som närmade sig.

Han höjde vapnet. Att vänta var nästan värre än själva striden. Fantasin målade upp scenarion som skulle fått Dante att förargat ha undrat varför inte han hade tänkt på det när han skrev *Den Gudomliga komedin*. Fantasin var varje mans värsta fiende och kunde drastiskt sätta ner stridsförmågan redan innan det första skottet i striden hade avlossats.

Han tog ett djupt andetag och försökte mota bort bilderna på de monster som gömde sig i mörkret framför dem. Istället viskade han tyst, för att inte i onödan trigga igång en attack.

"Går det att utlösa sprängladdningarna härifrån?"

"Hoppas det. Jag testar."

Den amerikanska soldaten tog fram detonatorn och pressade in avtryckaren. Ett muller rullade genom gruvgången och träffade dem innan ett grå-svart moln av damm följde i mullrets spår.

"Det gick. Spring!"

De vände om och började springa tillbaka genom tunneln. Bakom dem hördes ljudet av sten som slog mot sten, men också de ilskna pipen från råttorna som snabbt tog in på dem.

John aktiverade sin strupmikrofon och ropade att de behövde assistans och löjtnanten svarade direkt att den var på väg.

Fram ur mörkret klev två amerikanska soldater med eldkastarna redo. När Zander passerade dem hörde han det karakteristiska ljudet från flytande bränsle som genom högt tryck sköt ut genom ett munstycke där en öppen låga antände det och lyste upp mörkret. Flammorna bildade en effektiv spärr av eld och gas som inte ens råttorna tog sig igenom.

Flera ilskna pip och skrik från råttorna kunde höras. Deras pälsar brann nu som facklor där elden förtärde köttet över benen i de muterade kropparna. Soldaterna med eldkastarna visade ingen nåd.

Sakta avancerade de och kvastar av eld flödade med jämna mellanrum ut ur munstyckena. Zander slogs av den tidigare liknelsen med Dantes färd ner genom Helvetets kretsar. Han hade aldrig läst *Den Gudomliga komedin,* men visste på ett ungefär vad den gick ut på och funderade över vilken nivå i Helvetet som bäst beskrev den nuvarande situationen med eld under jorden som de nyss skapat.

Resten av styrkan mötte dem och de vandrade fram i spåren av den stinkande och våldsamma död som eldkastarna skapade. Zander fann det för bäst att sätta på sig masken och öppna syretillförseln. De övriga följde hans exempel. Ett svagt pysande och en torr luft som drog över hans ansikte vittnade om att gasen var påkopplad. Han drog flera djupa andetag för att vädra ur den stank av död och brinnande kött som fyllt hans lungor.

Sakta avancerade de fram genom gruvan där lågorna dansade framför dem och återspeglade deras skuggor som förvridna modeller ur en post-modern skräckmålning.

Förkolnade råttkroppar låg på golvet. En del fortfarande brinnande och samtliga förvridna i döden när muskler drogs ihop och förtärdes av lågorna, men Zander kände ingen sympati för odjuren, bara kall tillfredsställelse.

Passagen var verkligen röjd. Explosionen hade effektivt pulveriserat de större stenblocken och spridit de mindre stenarna så att det utan större problem gick att ta sig fram genom raset.

Innan Zander gick igenom, granskade han nervöst klippan ovanför passagen och petade ner några lösa stenar innan han gick in.

Klaustrofobin hotade att bemäktiga sig av honom när stenmassorna trängde sig på i den smala passagen. Hans undermedvetna tyckte sig höra hur berget jämrade sig och hotade att störta in och begrava honom på samma sätt som det en gång begravt de stackars gruvarbetarna på samma ställe. Han förväntade sig nästan att se de gamla gulnade benen sticka fram ur rasmassorna, men det förskonades han åtminstone ifrån.

Till slut var han igenom och på andra sidan kunde han vagt förnimma en vind som tycktes blåsa från tunneln framför dem för att sedan sugas ut någonstans bakom dem. Ett klart bevis på att det fanns minst en öppning längre fram.

De två soldater som tagit täten med sina eldkastare byttes nu ut mot två nya som hade fyllda tankar innan sällskapet åter satte sig i rörelse.

Efter femtio meter kom de ut i en större kammare och i ljuset från ficklamporna kunde Zander se små stråk av röd kopparmalm som tittade fram. Han förstod att kammaren en gång hade tillkommit när man stött på en större åder i den annars ganska kopparfattiga gruvan.

När han svepte med blicken över utrymmet såg han också ett trettiotal gamla ståltunnor som stod uppradade mot en vägg. Dödskallesymbolen, som ännu syntes på några av tunnorna, talade sitt tydliga språk och han vände sig nervöst om mot en korpral som bar en geigermätare.

"Någon förhöjd strålning?"

"En Millisievert. Ungefär som vid en röntgenundersökning, men visst, den är förhöjd. Vi ska nog hålla oss borta från den där skiten." Mannen nickade mot tunnorna och Zander drog sig omedvetet något bakåt.

Efter en snabb undersökning av kammaren kom de fram till att där fanns mycket spillning, samt rester efter ett gammalt bo som nu var övergivet. Fukten dröp från väggarna och det gamla boets halm var stadd i upplösning av förruttnelse. Spillningen ledde mot ännu en ort i kammarens andra vägg och de gick in där, glada att få berg mellan sig själva och de radioaktiva tunnorna.

De hade kommit ett tiotal meter in i den nya tunneln när attacken kom, inte framifrån utan bakifrån. Någonstans på vägen hade de passerat råttorna utan att se dem.

Det var den fänrik som höll kön som anfölls först. En gigantisk råtta, stor som en månadsgammal schäfervalp, bet sig fast i mannens smalben och började tugga genom det skyddande kevlartyget. Mannen skrek av skräck och smärta när nästa råtta kom skuttande genom tunneln och landade på hans rygg, vilket fick honom att falla framåt. I fallet kröktes fingret runt avtryckaren och två skott brann av, varav minst ett träffade tanken till eldkastaren på den framförvarande soldaten.

Den under tryck utströmmande, fotogenblandade brännoljan antändes och soldaten med eldkastaren omvälvdes av flammande lågor på ett ögonblick. Vrålande slängde han sig på golvet, men ingen kom till undsättning när råttorna strömmade till och skottlossningen började.

Zander ställde sig med ryggen mot en bergvägg, höjde vapnet och sköt en råtta som styrda mot honom som en målsökande missil. Kulen trängde igenom skallen och slog omkull monstret som rullade över golvet. En andra råtta kom skuttande genom mörkret och John sköt igen.

Råttorna trängde på och människorna var i hopplöst underläge, samtidigt som luften fylldes av stanken från bränt krut och det ringande ekot från skottlossningen.

29

Dörren slog igen bakom honom sekunden innan en av de svarta bestarna dunsade in i den så att glasrutan skallrade. Den vimmelkantiga råttan ruskade på sig och sniffade på glaset innan den vände sina gula ögon mot människorna som stod på andra sidan den osynliga barriären.

De överdimensionerade gnagartänderna lyste elfenbensvita i strålkastarljuset och förebådade en grym död för den som kom i deras väg.

Monstret högg mot glaset, men den armerade rutan höll och råttan tycktes dra slutsatsen att människorna framför den var onåbara. Istället vände den sig om och försvann tillbaka till den ojämna striden utanför på gatan.

Rydh tryckte den skadade handen mot bröstet och tittade förfärat på hur de kämpande människorna omslöts av en cirkel av svarta monster som långsamt drog sig allt närmare och minskade cirkelns diameter. Så fort en råtta träffades av en skottsalva tog två nya dess plats och han förstod att de som befann sig inne i cirkeln inte hade en chans.

Han lät ögonen fara över scenen, samtidigt som hjärnan snurrade på högvarv för att hitta en lösning. Till slut föll blicken på en låda i entrén och han fick en idé.

"Har du eld?" frågade han polisen vid sin sida och denna nickade. "Då ska vi hetta upp det lite till. Du kastar, jag tänder."

Rydh halade upp en molotovcocktail ur den gamla äppellådan som stod innanför entrén och som han nyss fått syn på. Han räckte brandbomben till kollegan som gav honom en tändare tillbaka. Utan att ödsla tid på onödiga instruktioner tände han stubinen och mannen öppnade dörren, sprang tre steg ut på trappan innan han hivade iväg glasflaskan som seglade genom luften och krossades mot asfalten strax bakom ringen av råttor.

Brinnande bensin stänkte på svarta pälsar och tre råttor pep högt av smärta när elden brände dem. Rydh kom ut med ännu en bensinbomb och tände luntan efter att polismannen tagit emot den.

Än en gång for en flaska med bensin genom luften och slog ner mitt bland råttorna som pipande vek undan. Plötsligt fanns en tillfällig spricka i muren. Kaptenen, som Rydh tidigare uppmanat till reträtt, såg öppningen och skrek åt sina kvarvarande trupper att skynda sig innan bräschen åter slöts.

Soldaterna och de få kvarvarande poliserna riktade sina vapen mot de brinnande råttorna och sprang mot hålet i dödscirkeln. De flesta tog sig igenom, men alla hade inte samma tur.

Två soldater övermannades av råttorna och slogs till marken där de attackerades av massan. I samma stund upphörde cirkeln av odjur att existera och istället flödade monstren ut som en flodvåg efter de flyende människorna. Rydh ställde sig vid dörren och höll upp den, medan kollegan satte i sitt sista magasin i AK-5:an och öppnade patronvis eld mot de främsta råttorna.

En best, stor som ett litet lodjur, kom skuttande och tog ett jättesprång och landade på en mans rygg. Den plötsliga tyngden fick mannen att stappla innan han förlorade balansen och föll till marken. Inom två sekunder var hans kropp täckt av myllrande odjur och Rydh skulle aldrig glömma de skräckfyllda tjuten innan råttorna högg in på strupen och tystade honom.

Soldaterna kastade sig in genom dörren och när råttorna nådde fram till trappan slängde Rydh igen porten som träffades av den svarta tsunamin av slingrande kroppar.

Ett kort tag fruktade han att dörren inte skulle klara trycket, men det gjorde den. Med sin oskadade vänsterhand hivade han fram nyckelknippan och låste.

Visserligen trodde han inte att råttorna skulle kunna öppna dörren, men handlingen skänkte ändå en skenbar trygghetskänsla när han sakta backade bort från glaset och fascinerat tittade på den myllrande massan på andra sidan.

"Vi måste barrikadera och förstärka den där dörren." Jägarkaptenen kom upp intill honom och tittade på den levande murbräckan. Nu var hela planen framför polishusets entré täckt av råttor som i storlek rörde sig mellan tre decimeter till upp emot fem decimeter, eller i enstaka fall mer.

Kaptenen skiftade fokus och tittade ner på Rydhs skadade han som han fortfarande höll tryckt mot bröstet och där blodet levrade sig mot stridsvästens tyg.

"Du måste dessutom få en stelkrampsspruta och antibiotika." Kaptenen nickade menande mot den skadade handen.

Rydh tittade ner på den. Bortsett från det kraftigt blödande såret från råttans tänder, hade handen svält upp och skinnet började redan visa tecken på infektion. Han tog ett vingligt steg åt sidan och fångades upp av kaptenen som ledde honom till en soffa.

Rydh kände sig illamående.

Nu när den omedelbara adrenalinchocken efter striden började lägga sig, kände han smärtan som pulserade ut från skadan. En brinnande känsla spred sig från handen och upp längs armen. Han flämtade och sjönk ner på soffan.

En armésjukvårdare kom springande efter att kaptenen kallat på honom med hög röst. En spruta gjordes i ordning och stacks in i hans arm. Rydh kände en brännande smärta när medicinen sprutades in i hans blod innan nålen drogs ut och sjukvårdaren satte fast en bit kirurgisk tejp över sprutmärket.

Mannen plockade upp ett piller ur sin väska och stoppade in gelatintabletten mellan hans läppar.

"Har tyvärr inget att skölja ned med, men du måste svälja den. Okej?"

"Inga problem", mumlade Rydh mellan sammanpressade käkar, tog sats och svalde. Pillret kändes som en knytnävsstor sten som tvingades ner i svalget och han hostade skrällande.

Sjukvårdaren log och kollade Rydhs puls innan han reste sig och skyndade vidare. Rydh såg efter honom. Vad det än var som hade tagit sig in i hans blod via bettet, så spred det sig snabbt. Han kunde nästan känna infektionens fyra ryttare som galopperade genom hans vener och han ville bara luta sig bakåt och sova.

Den dunkande känslan i handen började sakta ge med sig och när han tittade ner såg han till sin förvåning att han hade ett bandage på handen. Han mindes inte hur det kommit dit. Ett par fingrar under hans haka tvingade upp huvudet några centimeter och han fann sig stirrandes in i kaptenens ögon.

"Hör du kompis. Är du med oss fortfarande? Du tuppade av ett tag medan jag tvättade skadan och förband den."

Rydh försökte samla sig, men tankarna ville annorlunda och det bästa han kunde prestera var ett fånigt flin och en vaggande rörelse med huvudet. Kaptenen höll upp två fingrar framför honom och frågade hur många det var. Rydh ryckte på axlarna. Varför skulle han svara på en så dum fråga för? Han ville sova. Ögonen vändes in i huvudet och mörkret sänkte sig över honom.

Kaptenen kände efter pulsen, hittade den och konstaterade att den visserligen slog sakta, men åtminstone stadigt, vilket betydde att mannen som förmodligen hjälpt till att rädde deras liv, nu sov djupt.

Han la försiktigt ner Rydh på soffan och la upp fötterna så att han skulle ligga något sånär bekvämt. Sedan tittade han på polisen några sekunder innan han vände sig bort och började hjälpa till med att förstärka glaspartierna så att monstren inte skulle kunna ta sig in den vägen.

***

"Raticus kommer. Hjälp oss!"

Den skräckslagna och vädjande rösten ekade i de tomma ödemarker som var Robert Rydhs sinne. Förvirrat såg han sig omkring. Han var på en främmande plats. En plats som stank av död och grymhet.

Det tog honom några sekunder att inse att han låg ner på en strand bestående av flata, svarta stenar som sträckte sig över en milsvidd stor bukt. Ett oändligt svart hav slog rytmiskt mot klapperstenen på stranden och en sjukt grön-svart himmel, utan annat ljus än en gulblek måne, ramade in sceneriet som verkade höra hemma som utsmyckning i ett gotiskt tempel, tillägnat någon hednisk, främmande dödsgud.

När han vände blicken in mot land såg han de svarta stenarna som längre bort från stranden övergick till en svart, bränd jord utan några andra livstecken än tovor av grått gräs. På avstånd såg han svarta klippor som likt en gigantisk

177

urtidsvarelses trasiga tänder, strävade mot himlen. Rösten hördes igen.

"Det är *Raticus*, åh min gud. Hjälp mig."

Han ruskade på huvudet, blundade och hoppades att när han öppnade ögonen igen skulle detta landskap ha försvunnit, men det fanns fortfarande där när han åter tittade.

I luften hängde en tung odör av ozon som blandades med stanken av ruttet kött, vilket slog mot hans sinne som en slägga.

På det undermedvetna planet förstod han att han drömde, men han hade aldrig någonsin tidigare i sitt liv drömt en mardröm med en sådan detaljskärpa. Klumpigt kom han på fötter. Rösten som skrek om *Raticus* hördes igen, men nu verkade det som om den avlägsnade sig och han bestämde sig för att följa efter, inåt land, mot de svarta bergen.

Han tog några prövande steg och hörde rasslet från stenar som skavde mot varandra när han lade sin tyngd på dem. Sakta började Rydh röra sig in över land på jakt efter ägaren till den förtvivlade rösten.

Det kändes som om han travat på i en evighet innan han till slut nådde fram till de svarta klipporna. En reva i berget, en canyon, öppnade sig och han klev in i den klaustrofobiska passagen. Rösten ekade mellan klippväggarna, mycket närmare nu och han tog ut på stegen. Canyonen delade sig i ett Y och där, precis i delningen såg han en människa, ett barn insåg han.

Det var en pojke i tolvårsåldern och Rydh tyckte att han kände igen honom. När pojken vände sig om insåg han att det var Kevin Zander. Pojken tittade på honom med allvarliga ögon, samtidigt som han sträckte ut sin högra arm och pekade på Rydh.

"*Raticus* kommer. Det finns ingenstans att fly!"

Ur skuggorna bakom Kevin kom svärtan till liv i form av en gigantisk, hårlös råtta som med hatiskt gula ögon kastade sig över dem.

Rydh vaknade med ett ryck och satte sig upp. Han kände stanken av sin egen sura svett, samtidigt som ett bortdöende skrik vissnade på hans läppar.

"Åh, fy fan", muttrade han och såg upp från golvet som han fram till nu stirrat ner i.

Foajén var tom, sånär som på honom själv och två soldater i spräckliga kamouflageuniformer som vaktade bottenvåningen. Båda männen stod och tittade intresserat på honom. Den ena frågade.

"Vad fan är en *Raticus* för något? Du upprepade det ordet om och om igen och till slut skrek du rakt ut så hastigt att Boris här nästan sket på sig", mannen flinade medan Boris tittade förebrående på honom.

"*Raticus*?" Rydh var tvungen att samla tankarna och minnas drömmens tydliga textur. Sedan sa han. "*Raticus* är den demon som jagar oss genom mörkret och nu väntar den på att hämta våra själar och föra dem till färjkarlens båt."

30

Döden var absolut inget okänt begrepp för Kevin.

Han hade sett massor av död i sina spel där hela världar utplånades av galna vetenskapsmän, makthungriga magiker och dreglande, köttstinna zombier.

I spelens värld var ett liv värt precis så mycket som krävdes för att hålla spelarens intresse på en hög och jämn nivå. En hjälte som överlevde en series första spel behövde inte nödvändigtvis överleva uppföljaren och så vidare.

Därför förstod Kevin vad det var som hände framför hans ögon, men han saknade rätt sorts kontakt med sina djupare känslor för att känna annat än fascination. Han hade aldrig sett en död människa i verkligheten.

I dödsögonblicket, när inga livsuppbehållande åtgärder längre gav resultat, kunde han på ett högre plan ana hur mannens själ lämnade kroppen, som nu endast var ett tomt skal och en bit kallnande kött. Med ett felplacerat leende i ansiktet följde hans blick den tänkta färdvägen som själen tog. Det var då hans mor kom fram till honom.

"Snälla Kevin. Det där borde du inte behöva se."

"Varför inte? Han är död nu. Då har han inte ont längre. Det har du sagt när tant Kerstin dog."

"Det stämmer gubben min. När själen lämnar kroppen för den högre existensen, då upphör all den smärta och alla de bekymmer som vi samlar på oss i den här världen. Men det betyder inte att jag vill att du ska se mer än nödvändigt av det. Okej?"

"Det är okej mamma. Jag behöver lite mer av min medicin. Jag kan inte sova och…"

Kevin tystnade och blicken blev frånvarande. Sara Zander kände sin annorlunda son så pass bra att hon visste bättre än att störa honom i hans korta stunder av försvinnande. Tålmodigt väntade hon på att han skulle återvända.

***

Dimmorna skingrades och Kevin såg genom pappas ögon. Pappa var djupt under marken och allt var svart. Svart golv, svart vägg och svart tak.

Svärtan lystes upp av fladdrande, hoppande lågor och pojken insåg att det som pappa såg var en människa som brann. Kroppen föll ihop på golvet, men pappa försökte inte hjälpa människan som brann, istället sköt han med ett vapen och Kevin såg de svarta monstren som kom skuttande genom den mörka gruvgången.

Pappa siktade på en skugga och skuggan föll undan. Pappa riktade om vapnet och sköt igen, samtidigt som han drog sig bakåt. Råttorna kom närmare. Kevin förstod att pappa inte skulle klara sig. Han måste hjälpa till.

Han knep ihop ögonen och koncentrerade sig och där var den, bärvågen in i råttornas medvetande. Han hade omedelbart hittat frekvensen. För några ögonblick blev han lite distraherad av en ovidkommande bild som visade ett svart hav som slog mot en strand av svarta klapperstenar som tronade under en svart, stjärnlös himmel. Han sköt undan bilden och koncentrerade sig på det närstående hotet.

Råttorna var där och vad värre var - de visste även att han var där. Kevin sände en signal genom sitt medvetande att de skulle vika av. Att återvända till varifrån de kom. Bestarna stannande upp, nosade i luften för att försöka bestämma ursprunget till den Kraft som sa åt dem att backa undan.

Kevin uppammade allt han hade och skrek rakt ut i tystnaden av sitt sjätte sinne att de skulle lämna hans pappa ifred. Råttorna darrade, men började motvilligt lyda. Sakta drog de sig undan.

Under trettio långa sekunder behöll Kevin den psykiska länken uppe, sedan slog han upp ögonen. Tårarna rann längs hans kinder.

"Pappa", viskade han tyst och föll i sin mors famn.

***

Det okända var tillbaka.

Fladdrande stänglar av psykisk energi slog mot honan och hon kved på sin bädd.

Först hade hon följt en länk som börjat på en svart strand och som lett in i ett bergmassiv, men just som hon skulle gå till anfall hade den psykiska attacken kommit som ett hammarslag.

Honan grep tag i spåret och började sniffande följa det bakåt till källan. Dallrande vågor av energi motade bort hennes avkomma från människorna som hon lurat i fällan. Något högst verkligt hot hade trängt sig in i hennes värld och det måste elimineras.

Någonstans längs den psykiska motorvägen fanns källan till hotet och hon styrde mot det, men innan hon nådde ända fram bröts kontakten.

Med ett ilsket pip såg hon hotet lösas upp framför henne. Hon hade inte kunnat se källan, men nu visste hon riktningen. Med nosen mot taket skickade hon ut en order till de av sina mördare som befann sig närmast källan.

"Pappa", flämtade sonen och föll i hennes famn. Sara smekte honom över håret och höll varligt om honom med sin fria arm. Kevin grät mot hennes axel, något som var verkligt ovanligt. Hon undrade vad det var som fått honom till tårar.

Musklerna i låren började protestera mot den obekväma ställningen och försiktigt reste hon sig upp och ledde pojken fram till en stol. Hon satte sig och Kevin satte sig i hennes knä.

"Vad hände?" undrade hon tyst.

Kevin dröjde med svaret, men sa sedan.

"Pappa var i fara. Råttorna kom från alla håll, men jag gav honom en chans. Jag beordrade *Raticus* soldater att dra sig undan."

Sara tittade på honom. När Kevin var yngre hade han talat om något som han kallade för fjärrsyn. Som sjuåring hade han beskrivit det som att han kunde kliva in bakom ögonen på en annan människa och se det som den personen såg. När de inte förstod och trodde att han skojade, hade Kevin slutit sig i sitt skal och aldrig pratat om fjärrsynen igen, men förvånansvärt ofta hade han vetat saker om platser han aldrig besökt eller händelser som ingen berättat om. När Johns äldre syster Kerstin dött i cancer tre år tidigare, hade Kevin berättat att hon dött, långt innan de fått samtalet.

Hon tittade allvarligt på sin äldsta son som var så annorlunda mot andra tolvåriga pojkar och frågade.

"Såg du pappa i en fjärrsyn?"

Han mötte hennes blick och för en sekund såg hon kampen. Skulle han berätta sanningen eller skulle han släta över det hela? Sanningen vann.

"Ja, nere i gruvan. *Raticus* lurade in dem i ett bakhåll. Det var flera som dog mamma."

"Pappa…?" Sara kunde ha bitit tungan av sig, men det var
försent. Orden hade redan lämnat läpparna och hängde nu
tunga i luften mellan dem. Kevin ruskade på huvudet.

"Inte pappa. Inte än."

"Kevin. Finns det något sätt som du kan sända ett
meddelande till pappa genom fjärrsynen?"

"Jag kan försöka. Vet inte om det går. Funkar bäst när den
man ska kontakta sover, är avslappnad. Pappa är inte
avslappnad."

"Försök."

***

Där var hotet igen.

*Honan kände på nytt den psykiska energin strömma
genom etern. Hon kopplade greppet på de fladdrande
trådarna och började följa dem bakåt - mot källan.*

*Hon såg träd och sedan de där lådorna som innehöll de
Tvåbenta. De vita trådarna av energislingor fladdrade
genom gatorna och hon följde dem, bakåt, bakåt.*

*Trådarna ledde mot en ansamling av lådor och gled
genom genomskinliga öppningar. Honan gled efter. Nu såg
hon de Tvåbenta. En kropp höll på att kallna. En död
Tvåbening. En fiende mindre. Hon vände på huvudet och såg
de vita trådarna försvinna in i en unge.*

*Nu visste hon. Nu hade hon sett ursprunget, källan till
hotet.*

***

"Raticus!"

Kevin skrek rakt ut och spärrade upp ögonen och stirrade
vilt omkring sig. *"Raticus* är här mamma. Här i skolan. Vi är
inte säkra."

184

Sara kunde inte hjälpa det. Nackhåren reste sig bak på hennes huvud och hon såg sig omkring, men inga råttor syntes – ännu! Hon vände tillbaka sin uppmärksamhet till Kevin.

"Berätta. Vad såg du?"

Kevin Zander berättade och när han var klar kände hon kalla, likstela fingrar som sakta drogs längs ryggraden. Trots att de nu rörde sig i det övernaturligas gränstrakter och med gigantiska kliv steg över den knappt märkbara linjen mellan förnuft och galenskap, trodde hon på vartenda ord som hennes förstfödda son berättade.

Om han hade rätt, vilket hon på något märkligt vis var övertygad om att han hade, var råttorna på väg de fem milen mellan Brunna och Bråda. Fem mil på fyra ben. Hon undrade hur lång tid det skulle ta.

"Vi måste varna alla", sa hon.

Kevin höjde huvudet och mötte hennes blick. Ansiktsuttrycket avslöjade en stor uppgivenhet och med slokande axlar sa han.

"Det är för sent. De är redan här och vi har ingenstans att fly."

31

Råttorna stannade upp och fullföljde inte anfallet. Förvirrade stod de och sniffade i luften och sedan drog de sig motvilligt undan och försvann in i skuggorna. Några av dem morrade och väste mot en osynlig fiende, som att en okänd ande motade bort dem.

Zander drog ett djupt andetag och kämpade undan en vilja att gå ner på alla fyra för att vända ut och in på magen. Svetten lackade och klädlagret närmast kroppen var genomsurt. Den korta respit de fått skulle bara göra att slutet försköts framåt i tiden. Ammunitionen var på upphällningen och deras grupp hade fått ta höga förluster under striden.

Tio amerikanska soldater hade följt med ner i gruvan, plus John, Karl Schmidt och dennes assistent Jörgen Krantz. De svenska militärerna hade bestått av två befäl och femton soldater.

Totalt trettio man.

Nu var de tjugotvå kvar. Han skulle just vända sig till det kvarvarande svenska befälet när den där krypande, obehagliga känslan kom över honom för tredje gången. Som ekot av en röst som ropade över en avgrund av avstånd, hörde han Kevin. Pojken skrek att de måste ta sig ut, för

Raticus var på väg tillbaka och han skulle inte kunna hindra dem igen.

"Nu, pappa!"

De krävande orden ekade genom hans undermedvetna och klingade sakta av. Zander ruskade på huvudet och gned sig i nacken innan han vände sig mot fänriken.

"Vi måste upp till ytan. Råttorna har oss på halstret här och vilken sekund som helst är de tillbaka. Vi kan inte ta striden just nu."

"Du har rätt." Fänriken skruvade besvärat på sig. "Vi har inte en chans här nere. Jag ger order om tillbakadragande."

Sällskapet behövde inte någon ytterligare övertalning. De trånga tunnlarna och det närvarande dödshotet från en fiende som verkade märkligt väl koordinerad för att vara ett djur, drev dem mot ytan lika effektivt som löftet om helgledigt drev arbetare till stämpelklockan en fredagseftermiddag.

Att ta sig igenom den sprängda tunneln i motsatt riktning kändes inte lika klaustrofobiskt som det gjort första gången. Kanske för att hela gruvan utstrålade klaustrofobi nu. Zander i det närmaste flög genom hålet och ut i tunneln på andra sidan. Tätt följd av övrig personal.

***

Honan kände de Tvåbentas skräck. Fem av de förhatliga Tvåbenta hade fått sätta livet till och nu flydde resten genom tunnlarna som till helt nyligen även hade varit hennes hem. Ett hem som hon tvingats överge när betingelserna ändrades.

Flytten hade varit besvärlig. Hennes kropp var för tung för de smala benen och hennes ungar hade varit tvungna att dra henne på en bädd av ris och gammal gräs, men tillslut hade de funnit ett nytt hem.

Hon skulle just ge en order till sin avkomma att döda fienden när den där ungen åter var framme och blockerade henne. Ilsket väste hon åt honom, men han gled undan. Ett ord ekade i tystnaden. Ett ord som inte sa honan någonting, men ändå kändes märkligt rätt – Raticus!

Den Tvåbenta ungen var förvånansvärt stark. Honan hade aldrig mött en Tvåbent med samma krafter som hon själv. Krafter som utvecklats efter att hon ätit sina föräldrar och sedan vilat i boet, uppsvälld av deras kött.

Hatet mot de Tvåbenta hade hon ärvt. I generationer, hundratals generationer, kanske till och med tusentals, hade hennes sort fruktat de Tvåbenta. De Tvåbenta hade alltid jagat dem med fällor, vapen och andra fyrbenta djur med vassa huggtänder. Skräcken... och hatet hade förts vidare från generation till generation. Nu var det deras tur att jaga och hon tänkte inte låta sig stoppas av en unge. Hon sträckte sig ut för att nå förbi den psykiska barriären som ungen reste runt henne. Hon attackerade och sakta vek det Tvåbenta ynglet undan. Barriären rasade och hon gav order: Attackera!

***

Rasslet av ludna kroppar, kala svansar och kloförsedda tassar mot stengolvet hördes runt omkring dem. Eldkastarna lös upp gången och förskräckta pip hördes från råttorna som vek undan från elden. Eld var ett hot som alla djur, inklusive människan, fruktade. Det var bara människan som lyckats tämja elden till sin tjänare.

Zander befann sig i kön och backade under korta, koncisa skottsalvor. Intill honom befann sig en eldkastare, men soldaten meddelade att han började få ont om bränsle och ville spara det sista till en verklig kris. John tyckte det var klokt, samtidigt som han kände den uteblivna tyngden av blyfyllda magasin i sin stridsväst. Bara ett magasin kvar.

Vapnet klickade i sistaskottspärren. Han tryckte ut det förbrukade magasinet. Ner med det i magdumpen och i med det sista, de resterande trettio kulorna. Han undrade om han skulle använda tjugonio av dem mot råttorna och det trettionde mot sig själv.

Det kom fram till schaktet. En råtta skuttade förbi John så snabbt att han inte hann skjuta. Besten kastade sig upp på den svenska fänrikens rygg. Den oväntade samman-drabbningen och tyngden från monstret fick mannen att snubbla till och stappla framåt. Med ett skräckfyllt vrål försvann han över kanten till schaktet och uppslukades av mörkret.

Det var närmare 150 meter till botten – kanske tjugo meter till grundvattennivån. Ett fall som var snabbt avklarat, men som ändå skulle hinna generera många tankar. Tjugo meter och sedan tvärstopp mot vattenytan.

Zander knep ihop ögonen i samma stund som han gissade att mannen slog i vattnet. Han tyckte sig känna hur revbenen krossades och inälvorna trycktes ihop när fallet bromsades in från åttio kilometer i timmen till noll på en mikrosekund. Vatten är inte bara mjukt och skönt att bad i. Vatten kan vara som betong under rätt – eller fel – omständigheter.

Två råttor tog sikte på Zander och kom farande som kanonkulor ut ur skuggorna. Han sköt patronvis eld och träffade första råttan i språnget och kroppen tumlade runt i luften som om en jätte svept ut med handen och slagit till odjuret.

Den andra råttan sveddes av en kula, men behöll sin position och Zander höjde karbinen till skydd framför sig. Råttan dunsade in i vapenkroppen och han kände hur armarna darrade under tyngden från monstret. Med en höftknyck snodde han runt och dängde odjuret i klippväggen. Varelsen släppte taget om vapnet och han satte den grova sulan på kängan över dess huvud och tryckte till. Det lät som när man krossar ett ägg och den sprattlande kroppen blev stilla.

"Kom nu Zander!"

Karl Schmidt ropade på honom medan han backade mot schaktet. De andra hade redan klättrat upp och nu återstod Zander och den sista amerikanska soldaten med eldkastaren. John slängde en blick på behållaren på mannens rygg.

"Om man sätter en kula eller två i den där borde den väl explodera?"

"Du såg ju vad som hände tidigare."

"Ja, det var det jag menade. Om du slänger ifrån dig den där så sätter jag ett par skott i den. Borde skapa en eldridå som ger oss en chans på repet."

Soldaten tittade på honom och visade upp två bländvita tandrader.

"Jag gillar hur du tänker, svensken."

Han drog av sig tanken och slängde iväg den. De backade den sista metern innan Zander tog sikte och sköt. En dov explosion, en blomma av förtärande eld som slog upp och slukade en råtta som just tog ett skutt mot dem. Zander slängde karbinen på ryggen, grep repet och kastade sig ut över den svarta avgrunden och började klättra.

32

Alla patienter samt större delen av personalen hade redan evakuerats, men Timothy Blank hade stannat kvar tillsammans med ytterligare en läkare och en sjuksköterska. Nu försökte de efter bästa förmåga att ta hand om de människor – mestadels soldater och poliser - som kommit in skadade till den numera nästan tomma kliniken.

Timothy tittade över kanten på glasögonen medan han försökte läsa etiketten på en burk. Tillslut insåg han det hopplösa i försöket och började känna igenom den vita rockens fickor i jakt på läsglasögonen. Han hittade ett stetoskop, ett recept, tre pennor och en halstablett innan han fick tag på läsglasögonen längst ner i innerfickan på läkarrocken. Muttrande sköt han upp det andra paret i pannan och satte glasögonen på plats.

Den lilla texten på burken förvandlades från ett antal suddiga, parallella svarta streck, till något som faktiskt gick att läsa och han skulle just föreslå en dosering till den otåligt väntande sjuksköterskan när de avbröts av ett ljud som inte tycktes höra hemma där.

Ljudet kom från taket.

Det lät som om någon försiktigt trampade fram på ovansidan av de bullerabsorberande plattorna i innertaket.

Timothy vände blicken uppåt i samma stund som plattan rakt ovanför hans huvud lossnade och träffade hans panna. Instinktivt satt han upp händerna till skydd och kände en ilande smärta i vänstra handen, i det känsliga skinnet mellan tummen och pekfingret. Sköterskan skrek rakt ut, vände om och sprang. Timothy tittade dumt på handen där en drygt decimeterstor råtta, plus svansen, hängde och dinglade.

Tassarna klöste i luften för att få grepp om hans ärm. Något landade på hans axel och en plötsligt tyngd på ryggen skvallrade om ännu en objuden gäst. En ny, blixtrande smärta i nacken och sidan av halsen fick honom att flämta.

Timothy började flaxa vilt med armarna för att försöka göra sig kvitt råttorna, men dessa hade nu klängt sig fast ordentligt och hade inga planer på att släppa taget. Råttan på hans axel sniffade med nosen mot halspulsådern och sekunden innan tänderna sjönk in i köttet förstod Timothy vad den var ute efter.

En klarröd stråle blod sprutade ur den uppslitna pulsådern där råttan gjorde sitt bästa för att svälja den varma vätskan som sköljde över den. Försöket misslyckades och råttan storknade under mängden och gled ner på hans bröst där den klängde sig fast med sina rakbladsvassa klor.

Timothy skrek rakt ut i smärta och skräck, tog några kraftlösa steg framåt, halkade i blodet på golvet och föll omkull. Betongen som gömde sig under plastmattan träffade hans bakhuvud och det svartnade för hans ögon. Han var endast vagt medveten om att fler råttor strömmade ner genom hålet i taket och började äta på honom. Döden kom som en befriare när Timothy Blank gled bort på evighetens hav för att aldrig mer återkomma.

De här råttorna var unga och oerfarna. När de större artfränderna hade attackerat människorna ute i det fria, hade dessa valt att avvakta och istället ta sig in i husen. Till en början hade de tvekat med att ta sig in på läkarstationen.

Doften av kemikalier skrämde dem, men när nya skadade började strömma in hade doften av blod och varmt kött övertrumfat kemikalierna och råttorna hade letat sig in genom hål som redan fanns, men som människorna missat. Nu hade de smakat blodet från sitt första offer och ville ha mer – mycket mer.

De var ett hundratal som nu strömmade ner genom korridoren. En svart, oljig massa som förtärde allt i sin väg. Deras hunger fick magarna att knorra och käftarna att dregla. Känsliga nosar vädrade färskt blod och massan rörde sig som en individ mot den ljuvliga doften.

***

Sussie Sairanen vaggade sitt nyfödda barn i famnen och smekte de små kinderna samtidigt som hon kände en enorm förundran över det underverk som inträffat.

"Självklart valde du att komma mitt under den värsta katastrof som vi sett i modern tid." Hon log mot sitt barn och fortsatte. "Jag är övertygad om att du är menad för storhet när du växer upp." Sussie höjde huvudet och tittade på Mika, barnets far, som stod bredvid sängen och log. Just som de skulle evakueras hade vattnet gått och värkarna hade satt in nästan direkt. Det hade heller inte varit vilka värkar som helst. Sussie hade aldrig upplevt något som tillnärmelsevis kunde jämföras med de värkarna. Det var som att någon hade kört in glödgade spett i buken på henne och vridit om. Knäna vek sig och hon skulle ha fallit som en kägla om inte Mika fångat upp henne.

I detta då hade Sussie insett att evakuering inte var någon bra idé och vägrat kliva ombord på bussen. När Mika hade försökt övertala henne hade hon motiverat sin vägran med att hon inte tänkte föda sitt barn i mittgången på en turistbuss med femtio panikslagna medresenärer som hängde över henne och följde varje steg i förlossningen. Det hade inte hjälpt vad än Mika sagt och bussen hade fått åka utan dem.

Istället hade de lagt in sig själva på vårdcentralen där självaste överläkaren hade förlöst henne, endast assisterad av en sjuksyster som kom och gick eftersom hon även måste se till andra patienter som kom in under tiden förlossningen pågick.

När lilla Mia väl var född hade Timothy Blank lagt henne på Sussies mage innan han brett ut en filt över mor och dotter. Sedan hade han ursäktat sig med att han måste se till att en annan patient fick antibiotika.

Ett skräckslaget skrik ute i korridoren, följt av ljudet från springande fötter, fick Sussie att titta upp. Mika följde oroligt hennes blick, gick fram till dörren och tittade ut i korridoren. Två sekunder senare slängde han igen dörrbladet och vände sig om med uppspärrade ögon.

"Råttorna är här."

Hon tittade oförstående på honom. Hormonerna gjorde att den vanliga skärpan i tankarna nu mattats betydligt och hon förstod inte vad Mika menade. Hur kunde det finnas råttor här? Sjukhuset hade ju förklarats som säkrat. Det verkade orimligt och sjukt ologiskt att råttorna tagit sig in.

Ett nytt tjut från korridoren ekade mellan väggarna och något tungt slog emot utsidan av dörren som Mika nu försökte blockera från insidan. Ännu en duns hördes och sedan skrapandet av klor… och något mer. Något gnagde. Något som försökte ta sig in.

Mika välte ett skåp i metall mot dörren och vände sig om – det fanns inget mer än britsen som Sussie låg på i det lilla undersökningsrummet som dessutom saknade fönster.

Gnagandet tilltog i styrka och snart skulle råttorna ha tagit sig in. Sussie hade hört att det bara behövdes ett hål motsvarande en enkrona för att en normal råtta skulle kunna tränga sig igenom. För dessa råttor borde diametern vara lite större, men det var inget som skulle fälla något positivt avgörande till deras fördel.

"De känner blodlukten." Mika nickade mot blodet och moderkakan som provisoriskt samlats upp i ett metallbäcken.

"Men gör dig av med det då." Nu började hon känna hur den första, fladdrande paniken grep tag i henne. Mika snodde runt och fäste sedan blicken på henne.

"Var? Det finns ju inte ens ett handfat i det här förbannade rummet."

Något i dörren bröts sönder och en spricka uppenbarade sig. Den var inte stor, bara lika bred som ett hårstrå, men den växte och det gjorde även ljuden från gnagarna på andra sidan.

Sussie tittade ner på lilla Mia, hennes barn och mirakel. Råttorna ville ha det lilla knytet och hon kunde inte göra mycket för att hindra dem. Ett nytt ljudligt knak från dörren och sprickan rämnade till en skåra, inte tillräckligt för att släppa in en råtta, men i Sussies ögon var den lika bred som Grand Canyon.

"Jag älskar dig Sus", sa Mika och kysste henne. Hon sjönk in i hans famn och med sina kroppar försökte de skydda sitt barn när råttorna slutligen var igenom dörren. Deras bortdöende skrik ekade genom undersökningsrummet. Slutet kom barmhärtigt fort.

33

Rydh kände det som att drömmen hade varit betydelsefull på något sätt. Ett sätt för hans undermedvetna att delge honom information som han snappat upp, men inte registrerat medvetet.

Djupt inom honom vilade svaret. När sömnen bemäktigat sig honom hade hjärnans avslappnade tillstånd fört upp till ytan det som tidigare hade varit dolt.

Trots att han nu varit vaken i flera minuter dröjde sig minnet av drömmen kvar lika knivskarpt som ett betydelsefullt minne av en verklig händelse. Den svarta stranden, himlen och havet som gick i samma nyans av mörker, tillsammans med canyonen bland klipporna. Han hade sett Kevin Zander där, lika tydligt som om pojken stått framför honom nu. *"Raticus* kommer. Det finns ingenstans att fly!"* hade varit pojkens ord.

Rydh slöt ögonen och tänkte tillbaka på råttan som i drömmen hade kastat sig över dem. Den hade nästan helt saknat hår, endast några få svarta tussar av päls hade vuxit på den uppsvällda och deformerade kroppen och storleken... han svalde. Höjden över marken hade varit nästan i nivå med Kevins – inte en chans att en råtta kunde växa sig så enorm.

Monstrets gula ögon hade varit fyllda av hat, men också något mer. Han kunde svära på att han sett ett stråk av osäkerhet, kanske till och med rädsla i allt det där hatet, men hur var det möjligt? Då måste råttan vara självmedveten och drivas av något mer än bara hunger och jaktinstinkt. Kunde den tillskrivas någon form av primitiv intelligens? Ett medvetande som på något plan kunde jämföras med det mänskliga?

Frustrerat reste han sig upp och började vanka runt i foajén. Den skadade handen höll han tryckt mot bröstet utan att närmare titta på den. Dunkandet i handen hade nu övergått till en dov, molande smärta som strålade upp i armen och vidare till bröstet.

Platsen där han varit i drömmen påminde honom om en beskrivning av Dödsriket Hades så som de avlidnas själar uppfattade det när Karon släppt av dem på stranden efter att ha fört dem över Acheron. Kunde det vara en ledtråd till var råttornas herre – *Raticus* – höll till? Om det var så tycktes inte den gamla gruvan vara det hetaste tipset, även om allt det svarta nog stämde överens med mörkret djupt nere i jorden.

Rydhs polisinstinkt hade vaknat, även om han på ett djupare plan funderade på om han höll på att bli galen som utredde en dröm. Tankarna återvände till Kevin Zander – vad spelade pojken för roll i allt detta? Hur hade han kunnat tränga in i hans dröm och lämna den sista pusselbiten i pusslet?

Det var något som inte stämde och därför måste kontrolleras. Rydh plockade fram sin Samsungtelefon och kollade snabbt upp Sara Zanders telefonnummer innan han slog det och väntade medan signalerna gick fram.

På femte signalen svarade en uppjagad röst och han ställde rent intuitivt kontrollfrågan som han alltid inledde alla samtal med där han var den som ringde upp – oftast ett vittne eller någon annan som satt inne med betydande kunskap om det han för tillfället utredde.

"Hej, det är kommissarie Rydh på polisen. Är det Sara Zander jag talar med?"

Rösten i andra ändan bekräftade att han talade med rätt person och därefter ställde han sina frågor. Sara berättade. Det var en formlig störtflod av information som strömmades genom etern till honom. När han lade på visste han var de skulle leta. Han visste dock inte när letandet kunde inledas då råttorna svärmade utanför och solen inte skulle gå upp än på flera timmar.

Dessutom var all tillgänglig personal trött, på gränsen till utmattad och måste tillåtas att vila innan man kunde belasta dem ytterligare.

Han höll upp den skadade handen framför ansiktet och studerade den eftertänksamt. Fingrarna som stack ut ur bandaget påminde honom om knubbiga prinskorvar och det i sin tur påminde honom om att han inte ätit på väldigt många timmar. Magen kurrade och han bestämde sig för att gå till den lilla mässen på våning två. Den var för liten för att på allvar kunna kallas matsal, men samtidigt för välförsedd för att passa under namnet kiosk och därför gick den allmänt under benämningen *mässen* bland polishusets anställda.

Rydh valde trapporna, men ångrade sig så smått när han var halvvägs uppe. Det kändes som att musklerna i benen, framför allt vaderna, hade doppats i frätande syra. Det hade aldrig tidigare varit så jobbigt att gå upp för trapporna. Han bestämde sig för att det var ett utslag av det senaste dygnets händelser och att kroppen var slutkörd.

Mässen var nästan öde när han klev in i salen. Två kamouflageklädda militärer satt i ett hörn och drack kaffe och talade lågmält med varandra. Rydh gick fram till bardisken och plockade åt sig en sandwich och en burk Cola Zero innan han slog sig ner vid ett annat bord intill ett fönster.

Medan han försökte krångla av plasten på mackan slängde han en blick ut på gatan. Många av råttorna hade gett sig av, men tillräckligt många var kvar för att alla försök att lämna byggnaden skulle vara liktydigt med självmord. Han rös när han såg en råtta kila förbi. Med den långa, kala svansen inräknad var råttan över en halvmeter lång. Ofrivilligt mindes han monstret i sin dröm.

Plasten kring mackan gav till slut med sig och han kunde sätta tänderna i innehållet. Metodiskt tuggade han i sig bröd och fyllning och just där och då var det, det godaste som han någonsin ätit.

Den knorrande magen tog tacksamt emot rostbiffen och salladen som tillsammans med brödet letade sig ner genom strupen och långsamt fick han tillbaka kontrollen över sitt blodsocker.

Utan att själv märka det, smackade han belåtet med läpparna så att de två militärerna på andra sidan rummet förvirrat tittade upp för att lokalisera källan till ljudet. När de såg Rydh sänkte de åter sina huvuden och fortsatte sin tysta diskussion. Det var då telefonen ringde och när han tittade på displayen såg han att samtalet var från John Zander. Han svarade.

"Rydh."

"De djävla råttorna lurade oss i ett bakhåll!"

34

Att han var en sådan hejare på att klättra upp för ett rep var mer än han visste själv, men John hade formligen flugit uppför den lina som förband honom med den fiktiva tryggheten i den övre gruvorten.

Under honom fanns hundrafemtio meter tomrum, oaktat var grundvattennivån befann sig, men han tänkte aldrig på det. Väl uppe över kanten kände han elden i sina muskler som nu tappert försökte bränna bort mjölksyran för att kunna börja fungera normalt igen.

En soldat grep tag i Zander och hjälpte honom få fast mark under fötterna innan den sista soldaten kom uppför repet. Zander såg sig omkring, fick syn på Karl Schmidt som stod lutad mot den skrovliga bergväggen och hämtade andan. Han gick fram till skadedjursutrotaren som mötte honom med tvivel i blicken.

"De förbannade bestarna visste att vi skulle komma och de gillrade en fälla som vi gick rakt in i. Hur fan är det möjligt?" Han ruskade på huvudet som för att förneka sina egna ord.

"De måste ha kommunicerat på något sätt. Det är inte ovanligt i djurvärlden. Till och med så små krabater som myror och bin klarar av det", sa John lugnt.

"Ja, men inte att smida planer, att medvetet vänta till dess vi kommit djupt in i deras revir. Det krävs en högre form av medvetande för det än vad råttor har. Jag har aldrig under mina år stött på det beteendet."

"Du har aldrig stött på nästan meterlånga råttor heller. En större kropp fodrar en större hjärna."

"Inte nödvändigtvis. Stegosaurus blev cirka tio meter lång och vägde upp till tre ton, men hade en hjärna stor som en valnöt."

"Inte konstigt att den är utdöd då. Vad menar du med att de här råttorna har ett högre medvetande?"

"Enkelt uttryck. Alla djur, inklusive människan, strävar efter att uppfylla sina basbehov. De behöver äta, sova och föröka sig. Sedan finns det ett antal arter som kan planera och samordna sig och dit hör vi som toppen i kedjan, men det gör inte råttor. De är flockdjur och rör sig i grupp och om något hotar gruppen tar de till flykt. Det finns inte ett uns av flyktbeteende i de här monstren. De angriper och offrar sig själva för att andra ska ta sig igenom, som soldater i en strid. Elden skrämde inte bort dem. Den fick dem att börja leta efter luckor i försvaret och när de fann luckorna, då kommunicerade de det till de andra flockmedlemmarna på något vis. Strålningen har muterat dem på mer än ett sätt. Frågan är hur *mycket* de muterat."

"Godzillaråttor", mumlade Zander tyst. "Hur mycket kan de växa?"

"Jag är ingen expert på det området, men jag tvivlar starkt på att vi kommer möta några bestar på arton meter. Det finns en gräns för hur mycket tyngd deras ben kan bära. Även tillgången på mat är en begränsning, men jag tror att det någonstans finns ett mindre antal råttor som är större än de vi sett hittills. *Mycket* större." Schmidt suckade och letade efter orden. Det som de just hade varit med om stred verkligen emot alla kända fakta som han lärt sig under sina år inom branschen. De här råttorna var nästa nivå på gnagarnas evolutionsstege och de såg helt klart människorna som sin största fiende. Om de var medvetna, kunde planera, så stod människan troligen överst på deras *kill-list*. John klappade Schmidt uppmuntrande på axeln och tittade sedan upp när gruppchefen kom fram till dem. Mannen såg på dem båda och sa sedan med lugn röst att det var dags att gruppen rörde på sig. Man måste hitta en säker väg tillbaka upp till ytan för att omorganisera hela operationen. Soldater och civila satte sig i rörelse och styrde tillbaka till den första bergsalen. Ljuskäglorna från deras lampor dansade över väggarna och det tog bara en minut att komma till salen.

När de klev ut från orten och in i den större salen stannade Zander. Något kändes med ens fel och den här gången var det hans egen intuition som slog larm, inte den där krälande och påträngande känslan av ett annat sinne som trängde in i hans tankar.

Han höll upp en knuten hand, samtidigt som han backade tillbaka in i orten. Schmidt, som gick närmast honom, stannade i steget, gjorde som Zander och backade tillbaka. John skulle just säga till kaptenen att stanna när han gjorde det självmant. Han stod nu fem steg framför den övriga gruppen.

Mannens blick fokuserades mot en punkt i mörkret framför honom. John kunde se två gula punkter ett par decimeter över det skrovliga golvet som reflekterade ljuset från kaptenens lampa när den lyste på råttan som väntade på dem.

Fram ur skuggorna klev ett monster. Råttan var lätt sjuttio centimeter från nos till bakdel och med en skär, nästan hårlös kropp med fula, varande svulster. Monstret väste och fram ur andra djupa skuggor klev fem andra monsterråttor, något mindre än den som de först sett, men fortfarande jättar.

Råttorna hade strategiskt placerat sig så att de bildade en mur runt gruvorten. Utrymmet mellan dem var tillräckligt stort för att det skulle vara svårt att fälla mer än en råtta med en skottsalva, men samtidigt så litet att ingen skulle kunna springa mellan och klara sig.

Kaptenen drog sig sakta bakåt, men innan någon hunnit reagera hoppade en av de mindre jättarna fram. Den här råttan hade mer päls och mindre skär hud än de övriga, men däremot ett gigantiskt gap.

Käftarna slog ihop runt kaptenens hals. Ett rejält knyck med nacken och mannens struphuvudet slets upp. Blodet sprutade, kaptenen tog två steg bakåt och föll sedan ihop. Råttan drog sig undan.

En soldat höjde sitt vapen, men Zander stoppade honom med en nekande handrörelse.

"Skjuter du kommer de att kasta sig över oss direkt. Få fram våra återstående eldkastare istället."

Ordern gick tyst bakåt i ledet och soldaterna med eldkastarna klev försiktigt fram och gjorde vapnen redo. Zander slängde en blick på Schmidt.

"Godzillaråttor?"

Skadedjursutrotaren nickade omärkligt. "Fast det här är inte drottningen. Hon gömmer sig någonstans och är förmodligen ännu större."

Eldkastarna ställde sig i position och Zander la sig ner på marken mellan soldaterna som nu tog upp hela ortens bredd. Han tog noggrant sikte med sin AK5. I rödpunkten fick han in råttan som dödat kaptenen och han frågade om alla var redo. Svaret var jakande.

"När jag kramar in avtryckaren kommer de att kasta sig fram. Var beredd på att grilla dem då."

Soldaterna grymtade till svar. Zander tog ett djupt andetag och släppte sedan sakta ut luften genom munnen innan han pressade in avtryckaren.

Skottet ekade mellan de kala stenväggarna. Kulan träffade sitt mål och råttan slogs omkull, vilket blev anfallssignal till de kvarvarande bestarna. Med förvånansvärd hastighet, sina otympliga kroppar till trots, anföll de. Två flammor flödade mot fienden och två råttor fattade eld, men fortsatte trots detta sitt anfall.

Zander sköt på nytt. Den närmaste råttan träffades och föll till marken. Den andra kastade sig mot munstycket med öppen käft. Den brinnande brännoljan forsade in i dess svalg och brände sönder råttan inifrån och ut. Monstret tappade kraften i anfallet och föll död ner, men bakom den fallna kom en oskadd råtta som varit i skydd av kroppen på den fallne. Dess käftar slöts om soldatens handled och skilde handen från armen.

Mannen vrålade och höll upp den blodiga stumpen framför sig, samtidigt som munstycket föll till golvet. John såg vad som var på väg och kastade sig undan i sista stund. Eldkvasten missade honom med endast centimeter till godo och han kände hur hårstråna på armarna krullade sig i hettan.

Munstycket rycktes kors och tvärs över golvet, men när ingen längre höll in avtryckaren, var det endast gaslågan som brann. Bakom honom var det någon som sköt och skotten träffade ett hårlöst monster som hoppade över en brinnande kamrat för att nå fram till Zander.

Den skadade soldaten hade angripits på nytt och låg nu på marken. Råttan högg mannen över nacken, rakt i skyddsvästens halskrage och John sköt besten i sidan med tre skott som punkterade flera av varbölderna som spydde ut gul-grönt illaluktande var samtidigt som råttan föll.

Nu var det bara den största råttan kvar, men när Zander spanade efter den kunde han inte se den. Monstret hade dragit sig undan i mörkret och John visste inte hur lång respit de skulle komma att få. Med hög röst vrålade han till de soldater som fanns kvar.

"Mot markytan. Med språng!"

Ingen var sen att efterkomma uppmaningen och så fort som det bara var möjligt förflyttade de sig uppåt. När de klev ut i natten och plötsligt hade en oändlig natthimmel över huvudet istället för den klaustrofobiska grottans tak, föll de ihop i mossan, flämtande efter luft. Zander smällde igen järngallret för öppningen och klickade fast hänglåset innan han slet upp mobiltelefonen och slog Rydhs nummer. När polismannen svarade vrålade Zander.

"De djävla råttorna lurade oss i ett bakhåll!"

35

Det var mörker och det var skog. Ledarråttan kunde känna doften av byte och ett hungrigt begär spred sig i kroppen, men då var signalen från Moder där. Signalen som visade dem mot målet och råttan övergav tanken på jakt. Den hade en annan jakt att leda.

Råttan vände sig om och sniffade i luften. Bakom honom kom mer än tvåhundra av hans artfränder och de följde honom villigt. Precis som Moder var den här råttan nästan hårlös och mycket större än dem han ledde. Första och andra generationen var de som ledde flocken. De Hårlösa besatt krafter som senare generationer med päls till största delen saknade. Den psykiska länken till Moder var bara en stilla fläkt att jämföra med De Hårlösas orkan. Moder såg genom deras ögon, hörde genom deras öron och gav order genom dem och nu var ordern att de skulle följa de Tvåbentas doftspår som hon markerade. De skulle leta efter en unge och döda ungen och alla som försökte skydda honom. När det var gjort var jakten på de Tvåbenta fri.

Råttan fortsatte framåt. Den längtade efter blod och varmt kött. Vagt mindes den många år tidigare då de första gången smakat köttet från de Tvåbenta. Den mindes skräcken som bytet utsöndrat när den satte sina tänder i det och den mindes sötman i det varma blodet.

Råttan tog ut stegen och ökade omedvetet takten, samtidigt som den sände ut en psykisk signal till de senare kullarna. "Framåt. Framåt."

Flocken drog fram genom undervegetationen och inom en radie av flera hundra meter flydde skogens djur i skräck och panik. Råttan kände begäret, men Moders order var starkare. De närmade sig målet. De närmade sig nästa måltid. I söder ljusnade himlen där de Tvåbenta hade sina bon. Där framme väntade bytet som dragit på sig Moders ilska. Den slickade sig om sina svullna läppar. Snart... snart...

36

För Sara Zander hade moderskapet varit både en välsignelse och en plåga. Först hade de försökt bli med barn i nästan ett år utan framgång. När sedan mensen uteblivit hade hon inte vågat tro att det var sant. Därför hade hon inget sagt till John, för att inte ge honom falska förhoppningar. Graviditetstestet hade undanröjt alla tvivel. När hon berättade hade han vrålat rakt ut och lyft upp henne i sina armar och snurrat runt i en glädjedans. Sedan hade han varligt kysst henne och sagt hur mycket han älskade henne och hur lycklig hon gjorde honom.

Graviditeten hade varit svår. Sara hade mått illa och spytt konstant i flera månader. Foglossningen ville hon inte ens tala om. Det hade känts som att bäckenet skulle dela sig och att hon aldrig skulle kunna gå igen. När de nio månaderna var över och Kevin förlöstes hade hon gråtit och inte endast av lycka över sonen. Det fanns även en lycka över att kroppen nu skulle återgå till det normala.

Glädjen över Kevin hade snart överskuggats av vissheten om att barnet de fått inte var som alla andra barn. När Emma och Victor kom blev skillnaden ännu mer tydlig.

Kevin hade fått sin diagnos när han var sju år gammal och för familjen Zander hade det varit en lättnad att få ett kvitto på att deras barn hade ett handikapp och inget annat. Skolan hade informerats och stödåtgärder hade satts in.

Kevin hade tidigt uppvisat sina speciella förmågor. När han var fem år gammal började han lära sig engelska. Inte för att han kände att han ville resa utan för att dialogen i de spel han älskade var på engelska. Han var helt enkelt en autodidakt som inte behövde någon formell yttre undervisning för att förstå sammanhangen. På vanlig svenska betydde det att han var självlärd och Sara var enormt stolt över sin son för det.

När han var tio hade han ett större ordförråd än vad hon själv hade när det kom till engelskan. Även matematik var enkelt för Kevin, även om han inte var intresserad av att räkna. Formlerna i skolundervisningen som orsakat henne själv sådana problem många år tidigare när hon gick i samma årskurs, löste Kevin utan att blinka. Nu när han var tolv år insåg hon att hon inte längre kunde hjälpa honom med läxorna.

Hennes son var helt enkelt ett geni på vissa områden, men hopplöst efter på andra. Att umgås med människor var ett sådant område och hon var förvånad över att han klarat det så bra hittills, men allt som har en början har också ett slut.

Kevin var nu mentalt utmattad. Hon såg tecknen på att han höll på att arbeta sig upp till ett av sina raserianfall. Han slängde ilskna blickar omkring sig när människorna kom honom för nära och hans tjat på henne tilltog. Snart skulle slussportarna rämna, något de gjorde i samma stund som hon tänkte tanken.

En kvinna i m/90 uniform råkade stöta emot honom och Kevin skrek rakt ut med gäll röst.

"Djävla kärring! Varför slår du mig för? Lämna mig ifred din djävla kossa!"

Kvinnan, hon var fänrik såg Sara nu när axelklaffarna visades upp, snodde runt och fäste blicken på Kevin, beredd att läxa upp det ouppfostrade barnet som attackerade henne verbalt. Sara skyndade emellan dem och satte upp händerna.

"Ursäkta min son", sa hon besvärat. "Han har Asperger och vet inte bättre."

Fänriken såg ut att lugna ner sig och log till och med innan hon svarade med en melodisk röst.

"Det är okej. Min bror har svår Asperger, så jag förstår. Jag ber honom om ursäkt. Det var inte meningen att stöta till honom."

Sara besvarade leendet. Fänriken nickade vänligt och skyndade sig sedan vidare. Hon vände sig till Kevin som stod och halvskrek bakom henne.

"Varför slog hon mig för? Jag har inte gjort henne något. Varför slog hon mig?"

Sara drog efter andan. "Det var en olycka", sa hon sedan. "Hon menade inte och bad om ursäkt."

"Hon slog mig. Hon slog mig. Jag ska hämnas."

"Kevin! Vi har inte tid för hämnd nu. Du säger att råttorna är på väg hit och vi ska evakueras igen. Du måste hjälpa mig nu. Jag behöver din hjälp Kevin."

"Hon slog mig. Varför slog hon mig?"

Sara tog några djupa andetag. Asperger var ett komplext handikapp och många med syndromet hade hög sensorisk känslighet vilket gjorde att somliga kunde uppfatta en smekning som ett slag, medan ett verkligt slag överbelastade sinnet och absurt nog gjorde att Aspergaren inte noterade slaget för vad det var.

Hon försökte nu lugnt och metodiskt återberätta händelseförloppet, väl medveten om att Kevin förmodligen var för blockerad för att kunna ta det till sig. Victor, som tillsammans med Emma nu hade återförenats med dem, gick emellan och tittade på sin storebror.

"Nu tycker jag du är dum Kevin. En *Kevinaut* skulle förstå att det inte var med flit och dessutom stötte hon bara till dig. Det var inget slag."

Där Sara inte lyckats nå fram, lyckades nu Victor istället. Kevin tittade tjurigt på sin lillebror och sa sedan med trumpen röst.

"Tyckte i alla fall att hon var dum. Alla här är dumma och snart är *Raticus* här. Vi hinner inte evakuera."

"Det måste vi hinna." Sara tittade på sin son med uppfodrande blick. "Inte kan råttorna hinna fem mil på så kort tid."

"De var redan på väg. De är snart framme."

Någonstans i nattens mörker hördes ett skrik av skräck och smärta, avlöst av en kort salva från ett automatvapen som sedan tystnade. Kevin tittade trotsigt på sin mor.

"Vad var det jag sa."

37

Skriken inifrån vårdcentralen gick inte att ta miste på och Alexander Palm vände sig om för att kunna höra bättre.

Runt vårdcentralen hade betongsuggor ställts upp och de nittio centimeter höga suggorna tjänade som värn för soldaterna som hade all sin uppmärksamhet riktad utåt, ändå tycktes råttorna ha tagit sig förbi dem. Palm såg en vettskrämd sköterska som kom rusande ut i natten genom stora ingången. Över radioenheten ropade han ut:

"Fienden har passerat oss och finns inne i centralen. Första och andra grupp med mig. Tredje och fjärde håller gränsen."

Soldaterna bekräftade och snart rörde sig två grupper om arton man i varje mot ingången till vårdcentralen. Just som första gruppen nådde fram, kom en polis stapplande med uniformen röd av blod och på hans rygg klängde tre råttor som gnagde på honom. Precis innanför dörrarna kollapsade han och blev liggande. Det rådde ingen som helst tvivel om att han var död.

Alexander höjde vapnet och fick in råttorna i sin rödpunkt och sköt genom glaset i dörrarna, ett handlande som kopierades av ytterligare två soldater. Sedan klev de in och möttes av den metalliska doften av blod samt ljudet av förtvivlade människor som skrek i skräck.

Direkt innanför dörrarna gick en korridor till vänster och en till höger, medan en tredje fortsatte rakt fram så att de tillsammans bildade ett upp och nedvänt T.

Palm höll upp tre fingrar och pekade sedan åt vänster och höger. Gesten delade upp gruppen i tre mindre som täckte varsin korridor. Alexander, med grupp ett, fortsatte rakt fram. Varje dörr de passerade öppnades för att kontrollera att inget dolde sig innanför.

Den tredje dörren uppvisade skador efter råttornas gnagande och ett hål tillräckligt stort för att släppa in mördarna fanns i nederkant av dörrbladet. När en av soldaterna drog upp den var det fem råttor som kom utfarande som skjutna ur en kanon.

Blodet i pälsarna vittnade om att de just ätit och när de kastade sig ut från rummet kanade de på golvet vilket gav soldaterna tid att nedkämpa dem.

Råttorna kastades in i den motsatta väggen när kulorna slog in i dem och de var döda innan de hunnit förstå att de stod öga mot öga med en fiende som faktiskt var dem överlägsen. Alexander tittade in i rummet och ångrade i samma stund att han gjort det. Synen skulle förfölja honom för resten av livet.

Han såg resterna av tre kroppar. Två fullvuxna individer och något som inte kunde vara något annat än ett nyfött barn. Föräldrarna hade försökt skydda den lilla med sina egna kroppar, något som inte hindrat råttorna från att nå fram. Bestarna hade gnagt köttet från benen och krossat dem med sina kraftiga käkar så att det inte längre gick att avgöra vem som var pappan och vem som var mamman.

Alexander kände gallan stiga upp genom strupen, men vägrade att spy inför sina män. Med uppbådandet av all sin viljestyrka tryckte han tillbaka behovet av att göra sig av med maginnehållet och stängde dörren, synbarligen vit i ansiktet.

"Fortsätt framåt", sa han med en grimas.

Liket efter en man låg några meter bort i korridoren och enda anledningen till att han kunde avgöra att detta var en man, var på grund av längden samt att resterna av en vit läkarrock och ett stetoskop låg intill kroppen. Alexander hade hastigt träffat överläkaren Timothy Blank och förstod att detta måste vara han.

De fortsatte korridoren ner och hittade fler lik samt några kvardröjande råttor som de snabbt dödade. När korridoren delade sig i ett T, drogs Alexanders blick till tre skyltar som pekade åt höger där det stod *Röntgen, Operation* samt *Bårhus.* Varje ord följdes av en trappsymbol som visade att verksamheten höll till en våning ner.

Gruppen vek till höger och kom fram till ett trapphus med två hissar. Alexander hade ingen lust att bli fångad i en hiss med svärmande råttor och pekade därför mot trapporna och soldaterna tog sig ner i formation.

Han kände hur kallsvetten bröt fram i pannan och varje sekund förväntade han sig att få höra en råtta fräsa som tecken på en förestående attack, men inget sådant hände och några sekunder senare var hela gruppen nere i källarkorridoren.

Källarplanet lystes upp av sterila lysrör som spred ett kallt, vitt ljus och en stickande känsla av formaldehyd träffade honom som en slägga i ansiktet och fick ögonen att tåras. Två skyltar pekade åt höger med texten *Röntgen* och *Operation.* Åt vänster fanns Bårhuset och de delade upp sig i två sexmannagrupper. Alexander gick mot bårhuset och en hastig tanke fladdrade genom hans hjärna: *Är det här det smartaste jag någonsin gjort?*

Korridoren var femton meter lång och hade ena väggen mot marken utanför och saknade därför både dörrar och fönster. Den andra innerväggen hade en dörr och den låg längst ner i korridoren.

När de kom fram såg de att även denna dörr hade gnagts sönder och spillningen på golvet talade sitt tydliga språk. Här hade råttorna varit.

Försiktigt knuffade de upp dörren och tittade in.

Rummet, som var i storleksordningen femtio kvadratmeter, upptogs i mitten av två rostfria bänkar som var höj och sänkbara. Över varje bänk fanns en kraftig lampa och från taket hängde även känsliga mikrofoner för att obducenten skulle kunna göra röstanteckningar medan han eller hon utförde en obduktion.

Längs väggarna stod rostfria skåp med utrusning och i den västra kortvägen fanns nio kylfack för kroppar som avvaktade obduktion eller transport till begravnings-entreprenören.

Normalt skulle allt ha varit skinande rent, men det var det inte här. Istället täcktes golvet av jord och lera samt resterna av minst en människa som låg förvriden mellan de båda obduktionsborden.

Fyra av de nio kylfacken stod öppna och exponerade de renätna resterna av de lik som fyllt upp dem. Även ett par döda råttor syntes på golvet och de låg i anslutning till den mänskliga kroppen. En av dem hade en skalpell inkörd i kraniet och den andra tycktes ha fått ena sidan uppskuren så att inälvorna runnit ut. Uppenbarligen hade den döda människan bjudit motstånd, men besegrats av övermakten.

Försiktigt gick de in och Alexander pekade på golvet där ett tydligt spår av jord och lera ledde mot ett av kylfacken som i sin tur låg mot ytterväggen.

En soldat gick fram mot kylfacket, petade upp dörren med pipan på sin AK5C och tittade in. Sedan backade han undan och vände sig mot Alexander.

"De tog sig in genom väggen här. Hur fan kan de gnaga sig igenom en decimeter betong?"

Han hann aldrig svara för ut ur kylen hoppade en råtta och landade på soldatens rygg, vilket fick honom att stappla framåt. Det spetsiga huvudet höjdes och tänderna sjönk in i den oskyddade nacken mellan hjälm och skyddsväst. Mannen skrek, samtidigt som knäna vek sig på honom.

Alexander slängde upp vapnet mot axeln och sköt. Skottet träffade råttan i sidan i samma stund som ytterligare två bestar hoppade ut ur hålet i väggen och kastade sig över den liggande mannen. Ute i korridoren hördes ljudet av automateld och skrik från soldater.

Råttorna hade dem i fällan.

38

Den svarta nattens svepning suddade ut alla konturer och lämnade bara olika mörka nyanser över till ögat att tolka fritt efter eget bevåg.

John Zander lade på efter att ha talat med Robert Rydh och vände sig om mot Schmidt. De två männen betraktade varandra under några sekunder innan Zander sa.

"Rydh tror sig veta var råttorna har sitt bo, men jag undrar om han förlorat förståndet."

Schmidt ryckte på axlarna och vädrade i vinden som en jakthund innan han med trött röst svarade.

"Jag bryr mig inte om ifall han fått en syn där Dalai Lama stigit ner från ett moln och pekat ut platsen, bara det stämmer. Vad sa han?"

"Han sa att han drömt om Hades och att han där sett min son Kevin och en gigantisk råtta utan päls. På beskrivningen lät det som en större variant av det som vi nyss sprang på nere i gruvan. Det fick honom att bli nyfiken. Därför ringde han till Sara, min fru, som berättade att Kevin... att Kevin fjärrsett råtthonan som är anmoder till den här flocken. Det fick honom att minnas något som jag helt glömt bort eftersom det hände före min tid här. Fram till för cirka tjugo år sedan fanns ett tillhåll här i närheten där man anordnade rejvpartyn. De hade tagit över det gamla gruvkontoret och byggt ut det. Stället var hetaste platsen för rejvare i hela Norrbotten. Vet du vad de kallade stället?"

"Låt mig gissa – Hades?"

"Exakt. Det var i anslutning till stora huvudschaktet. Det gamla gruvkontoret från 1600- talet fanns givetvis inte kvar, men väl en sentida kopia från början av förra århundradet som en gång innehöll den dåvarande skogsstyrelsens kontor.

Runt omkring den byggnaden finns de gamla slagghögarna från när gruvdriften var igång och det är ett område som kan se ut som helvetets förgård om man är lagd åt att tolka syner och tecken.

De där rejvfantasterna blev bortkörda av ordningsmakten efter att någon tonåring som var hög som ett hus gick och drullade ner i schaktet och slog ihjäl sig. Nu har byggnaden stått tom och förfallit sedan dess och Rydh tror att de flyttat boet dit."

"Vi klarar inte mer i natt. Vi måste ha mer eldkraft, fler män", sa Schmidt trött. John nickade och såg på de svarta skuggorna runt omkring dem. Soldaterna hade bildat igelkottsförsvar, men det var tydligt att förlusten hade påverkat dem mentalt och att försöka leda dem i strid efter att de förlorat sina befäl var lönlöst.

"Vi får låta det vara för i natt, men vi kommer tillbaka när vi har dagsljus." John kände att han delade Rydhs övertygelse, även om snacket om syner, drömmar och mytologiska varsel var lite för mycket för hans rationella hjärna. Han skulle just säga att det var dags att röra på sig när hans telefon ringde. I displayen stod det Sara. Han svarade och blev sedan vit i ansiktet.

"Lås in er någonstans där det blir svårt för dem att ta sig in. Jag kommer så fort jag kan." Han avslutade samtalet och tittade på Schmidt. I hans ansikte kunde man avläsa den skräck han kände när han sa.

"Råttorna har tagit sig till Bråda. Jag vet inte hur de tog sig
så långt på så kort tid, men det gjorde de. Jag måste rädda
min familj."

"Jag följer med dig", svarade Schmidt mellan samman-
pressade läppar.

***

Zander saknade sin Cherokee. Den militära *Galten*, eller
Terrängbil 16 som den kallades av försvarsmakten, var
visserligen överlägsen när det gällde att köra i terrängen,
men på landsvägen var den inte helt bekväm. Att den
dessutom vägrade att köra fortare än etthundratjugo
kilometer i timmen, trots en blytung högerfot, var inget som
höjde dess poäng i Johns ögon. Han sneglade på Schmidt
som satt i sätet bredvid honom och lugnt betraktade vägen
som försvann under de grovmönstrade hjulen. Mannen såg
ut att vara förlorad i sina egna tankar och John var fullt
koncentrerad på körningen. Ingen av dem pratade. Tysta var
även de två soldater som befann sig i baksätet och som
propsat på att följa med.

Han betraktade de vita mittstrecken som reflekterade
strålkastarljuset så att de verkade nästan självlysande. Bilen
låg mitt i vägen eftersom Zander kallt räknade med att inte
möta någon vid den här tiden på dygnet. Det gav lite bättre
marginal vid de få kurvtagningar som han gjorde, vilket
innebar att högerfoten aldrig släppte upp pedalen många
millimeter från golvet. Den femväxlade automatlådan
snurrade på med högsta växeln och den sexcylindriga tre-
liters dieselmotorn tjöt under påfrestningen, men Zander
slog inte av på takten. Hans familj behövde honom och
inombords svor han över att evakueringszonen inte var
större. Fem mil hade råttorna tagit sig och det på endast

219

timmar istället för dagar. Monstren drevs av något och om Kevin hade rätt var det honom de var ute efter.

John hade lite svårt att ta till sig talet om fjärrsyn och psykisk kontakt. ESP, eller Extrasensorisk Perception, visste John var en förmodad förmåga att uppfatta information som låg bortom det som kunde uppfattas av de fem sinnena som de facto utgjordes av syn och hörsel, smak, beröring samt lukt.

I dagligt tal kallades det för *sjätte sinnet*, men för John hade allt sådant alltid mest verkat vara trams, avsett att lura mindre begåvade personer på deras pengar. Han hade aldrig spått sig eller besökt ett medium och när Kevin många år tidigare hade pratat om sin fjärrsyn, hade John sagt att han inbillade sig. Nu funderade han på om sonen haft rätt och han fel.

De kalla fingrarna som letat runt i hans hjärna hade känts som en mental våldtäkt, men nu påstod Sara att det var Kevin som varit in för att kontrollera om hans far befann sig i fara. När Kevin upptäckt faran hade han använt sin ESP för att tvinga undan råttorna.

Zander hade med egna ögon sett råttorna tveka och sedan motvilligt vika undan och om det verkligen var Kevin som gjort det, då var han mäkta imponerad av sin son. Att Kevin alltid varit känslig, det visste han ju. Aspergers Syndrom skärpte vissa sinnen och trubbade av andra. I Kevins fall verkade vissa områden i hjärnan ha skärpts utöver det vanliga, vilket fick John att fundera på hjärnans uppbyggnad.

Det påstods att de flesta människor normalt bara använder runt tio procent av sin hjärnas totala kapacitet, vilket lämnar nittio procent outnyttjat. Om det i dessa outnyttjade delar av hjärnan fanns en känslig mottagare som gick att ratta in på rätt frekvens, då skulle den i teorin kunna plocka upp de utsändningar som alla levande varelser gav upphov till. Kunde man ta emot var steget inte långt till att kunna sända ett svar...

Det svindlade för honom. Så vitt han visste var detta bara teorier i en subkultur som aldrig kunnat bevisas seriöst. Det hörde hemma i samma fack som *Ghostbusters* och djävulsutdrivning. Något som kunde göra sig bra på film, men som inte fanns i verkligheten. Nåväl, nu verkade det som om verklighetens gränser hade flyttat på sig och i och med det fick väl även hans eget perspektiv på saken också revideras.

Framför honom lystes himlen upp av ljuset från Bråda samhälle.

"Vi är snart framme", sa han högt.

39

De hade råttor framför sig och de hade råttor bakom sig. Ut ur kylfackets svarta hål strömmade nu gnagarna i en formlig lavin av krypande död.

Alexander noterade att det måste vara en av de senaste generationerna, för ingen råtta var längre än femton centimeter plus den skära svansen, men de närde samma hat och glupskhet som sina äldre och större släktingar.

Den svarta horden kastade sig mot soldaterna som öppnade eld. Kulorna slet sönder kroppar och gjorde golvet smetigt halt av blod, men råttorna fortsatte komma.

"Vi måste försegla hålet om vi ska ha en chans", skrek Alexander över skottsalvorna. En soldat slet fram en handgranat och osäkrade den innan han lobbade iväg den mot hålet.

Då adrenalinet förhöjt sinnesnärvaron, tyckte Alexander att granaten gled genom luften i ultrarapid och han hann tänka att om den missade hålet och studsade mot någon av de stängda luckorna, skulle splitter och tryckverkan i det slutna utrymmet göra jobbet åt råttorna.

Nu var soldaten som tur var en bättre basketspelare än Alexander och granaten studsade mot kanten och in i hålet, samtidigt som någon skrek. "Skydd!"

Detonationen slet sönder luften i rummet och skapade en tryckvåg som fick öronen att ringa som ett klockspel. Under några sekunder hade han dubbelseende innan hjärnan lyckades återställa balansen. Strömmen av råttor från hålet hade upphört och de som redan tagit sig in var ännu mer desorienterade av tryckverkan än människorna var.

Flera av de svarta mördarna sprang runt i cirklar med blödande öron och tycktes jaga sina egna svansar medan andra låg på sidan och flämtade. Alexander höjde vapnet och sökte av rummet genom rödpunktsiktet. Varje gång han fick korn på en råtta lät han en kula göra slut på monstret och de övriga soldaterna följde sin chefs exempel.

Efter tre minuter fanns inga levande råttor kvar i obduktionsrummet. En dödens tystnad hade ersatt stridslarmet. Även ute i korridoren hade det blivit skrämmande stilla.

Trots att de alla hade aktiva hörselkåpor, kände Alexander ett tinnitusliknande tjut i öronen och luften var tung att andas när krutgaserna blandades av stanken från blod, urin och exkrementer. Försiktigt öppnade han dörren ut till korridoren och tog en snabb titt.

Två orörliga soldater låg i korridorens andra ände och bredvid dem fanns en försvarlig mängd döda råttor. Ett oregelbundet blodspår ledde vidare ner genom korridoren, fram till en stängd glasdörr. I dörren syntes ännu resterna av frostat glas, vilket skapade en taggig siluett in mot utrymmet på andra sidan. Han kunde se delar av ännu en uniformsklädd kropp som låg på golvet innanför dörren.

Med en känsla av tomhet i magen vinkade han med sig gruppen och lämnade obduktionsrummet. Innan de fortsatte korridoren ner kontrollerade han magasinet, samtidigt som han förbannade sig själv för att han glömt det tidigare.

Två patroner kvar.

Han slet loss det nästan tomma magasinet och stoppade i ett nytt.

Sakta gick de ner längs korridoren, noga med att täcka alla vinklar som ett anfall kunde komma ifrån. Väl framme vid trappan slängde Alexander en blick uppåt och stelnade till. På trappavsatsen avtecknade sig ett verkligt monster. En enorm råtta satt lugnt och tittade ner på dem - han trodde i alla fall att det var en råtta, trots att den nästan helt saknade päls och var full av knöliga utväxter överallt på kroppen.

Monstret satt upprätt på bakbenen och det spetsiga huvudet vädrade i luften medan de gula ögonen betraktade människorna.

Alexander bedömde att råttan var minst fyrtio till femtio centimeter hög, kanske mer, och satt helt stilla. Det var som att den funderade på vad den skulle göra med de tvåbenta varelser som rörde sig nedanför trappan. När Alexander höjde vapnet vaknade råttan till liv och skuttade upp till nästa våningsplan och försvann utom synhåll.

"Jäger 1 till Jäger 2 och 3. Kom in."

Radion knastrade bara. Etern var död och tom. Han försökte några gånger till, men insåg att ingen fanns kvar att svara. Han svalde. Skulle han leda gruppen djupare in i källaren på jakt efter sin försvunna grupp ett-två, eller skulle de ta sig upp en våning och ansluta till tvåan och trean?

En kort skottsalva bröt tystnaden.

De två skotten hade kommit från andra sidan den trasiga glasdörren och han fattade sitt beslut när gruppen började röra sig framåt.

Alexander sparkade upp dörren med foten. Han försökte låta bli att titta på det sargade liket och riktade istället uppmärksamheten mot det som fanns framför honom.

Till höger var ytterväggen. Till vänster en korridor med en skylt som sa *Röntgen*. När han tittade rakt fram såg han en korridor med flera dörrar där ännu en skylt förkunnade att de nu kommit in på operationsavdelningen.

Allt var stilla.

Alexander räknade till totalt fem dörrar som ledde in till lika många operationssalar. Han tyckte att det var onödigt stor kapacitet för ett så litet samhälle, men visste också varför. Brunna vårdcentral betjänade ett stort område med minst tjugo mil i radie från samhället.

När han riktade blicken mot golvet såg han det blodiga spåret som ledde in mot röntgenavdelningen. Tyst pekade han mot nästa korridor och soldaterna nickade med sammanbitna käkar.

Ännu ett parti glasdörrar med krossat, frostat glas stängde vägen mot röntgen. Splittret krasade under kängornas sulor när de gick fram emot dörren. Glaset på utsidan tydde på att någon stått på insidan och skjutit ut, men inga lik efter skjutna råttor syntes när de försiktigt sköt upp dörrarna och klev in.

På andra sidan fanns en ny korridor och mängder av dörrar. Precis innanför dörrarna fanns ett stort väntrum för rullsängar och ett något mindre väntrum för patienter som tagit sig hit för egen maskin. En obemannad receptionsdisk tronade i ena väggen och dörren dit var öppen.

Han tecknade åt två soldater att kontrollera utrymmet för att de inte skulle lämna blinda fläckar bakom sig som kunde dölja fienden. Soldaterna försvann genom dörren och kom tillbaka efter en minut. Därefter upprepades manövern för varje dörr de passerade vilket gjorde att framryckningen gick erbarmligt långsamt. Inga fler skottsalvor hade hörts.

Till slut återstod bara två dörrar och skyltar förkunnade strålfara på grund av röntgenutrustning. Alexander pekade på den närmaste dörren och två man gick försiktigt fram och sköt upp dörrbladet.

På golvet innanför fanns resterna av två man ur den andra gruppen. Rengnagda ben lyste vita genom sönderslitet uniformstyg, allt marinerat i blod och köttslamsor. Det blev för mycket för en av soldaterna som vände sig bort och spydde ljudligt. När stanken av uppkastningarna nådde Alexanders näsa visste han att det var kört.

Han lyckades att inte spy på sina kängor när han tog stöd mot väggen.

40

Gryning.

Robert Rydh tittade med rödkantade ögon ut genom fönstret, ryckt ur sin dröm av en hand som skakade honom milt.

Han insåg att han somnat över bordet i kafeterian. Klockan på väggen visade 05:22 på morgonen och ute började det ljusna. När han tittade upp mötte han kaptenen som han hjälpt till att rätta under natten. Mannen stod bredvid honom med ett trött leende i mungipan. Rydhs blick drogs till namnbrickan, den hade han inte haft en tanke på tidigare. Där stod det H. Engström.

"Konstapeln har en märklig egenhet att somna på de mest udda ställena", sa Kapten Engström samtidigt som han satte sig framför Rydh.

Rydh kvävde en gäspning. Han hade sovit kanske en timme och var stel i rygg och nacke efter att ha halvlegat över bordsskivan.

"Bäst att passa på när man kan, man vet aldrig när nästa tillfälle yppas. Har det hänt något medan jag var borta?"

Kapten Engström såg uppgiven ut, men samlade sig och svarade sakta.

"Råttorna har hållit sig lugna här, men det kan bero på att de istället angrep läkarstationen och dödade ett okänt antal människor, inklusive en halv pluton jägarsoldater. Den som fick den mest skonsamma döden där var en furir som valde att sätta mynningen på sin AK i munnen och pressa in avtryckaren innan råttorna nådde fram till honom. Hans kropp hittades efter att man upptäckt vad som hänt hans kamrater. Jag tror att väldigt många kommer behöva behandlas för post-traumatisk stress efter det här."

Rydh nickade och kvävde ännu en gäspning, samtidigt som han gned sig om nacken. Musklerna där kändes som stumma rep och ömmade så fort han rörde huvudet. Med en trött blick tittade han åter ut genom fönstret innan han vände sig mot kaptenen och sa.

"Vi måste samla ihop en ny pluton. Jag tror att jag vet var råttorna har sitt bo. Har Zander hört av sig?"

"Skogvaktaren? En del av de soldater som följde med ner i gruvan kom tillbaka för några minuter sedan och de var rejält uppskakade. De hade inte hittat något bo, men däremot ett bakhåll."

"Råttorna har flyttat upp över jord. De lägre gruvgångarna flödades väl över när det började regna och vatten rinner ju nedåt. Jag är helt övertygad om att de flyttat in i Hades."

"Förlåt?"

Rydh drog en komprimerad version om rejvkulten och deras tillfälliga paradis. När han var klar mötte kapten Engström hans blick och sa.

"Om ditt antagande stämmer, är det av högsta vikt att vi angriper fästet. Varför kom du inte till mig med dina misstankar tidigare?"

"Trötthet, hunger, skadan..."

Han höll upp den skadade handen framför sig, slängde en blick på fingrarna och flämtade till. Det som tidigare hade liknat små näpna prinskorvar som stack upp ur bandaget, liknande nu mera en klase chorizos. Den röda huden såg sprickfärdig ut, ändå kände han ingen smärta. Förskräckt drog han upp tröjärmen och såg de svart-röda strecken som strålade upp längs armen, mot axeln. Kaptenen reste sig hastigt när han såg detta.

"För helvete karl, du har ju fått blodförgiftning. Fick du inte antibiotika av sjukvårdaren?"

Rydh kunde inte göra annat än nicka stumt. Stelheten i nacken och de övriga musklerna kom sig nog inte enbart av dåligt liggställning. Ett gift spred sig genom hans kropp och angrep frisk vävnad.

Han kände kallsvetten komma krypande och hörde inte hur kapten Engström kallade på sjukvårdaren. Den svindlande känslan, den markanta tröttheten... allt var orsakat av blodförgiftningen. Han började resa sig, men trycktes tillbaka i stolen av en bestämd hand.

Någonstans ifrån kom en sjukvårdare springande och varliga händer lyfte upp honom på bordet där han försiktigt lades ner innan sjukvårdaren klippte upp bandaget. Rydh försökte se hur det såg ut, men mannen skymde medvetet sikten. Rydh ville knuffa undan honom, men orkade inte.

En värkande trötthet spred sig och med den kom även en känsla av att han brann. Det kändes som att hans blod hade pumpats ur honom och hans ådror istället sakta fylldes av flytande lava.

Med en matthet som han aldrig tidigare känt sjönk Rydhs huvud ner mot bordsskivan och han slöt ögonen. Endast vagt medveten om människorna runt omkring honom kändes det som att alla ljud filtrerades genom ett tjockt lager vad i öronen. Kroppen började krampa och när han blev oförmögen att styra sina muskler gav urinblåsan efter, men då var Robert Rydh redan medvetslös.

Nu såg han Karon som kom, ståendes i sin båt och med luvan på den gamla slitna rocken uppfälld. Akteråran plaskade i vattnet och rörde upp små virvlar som markerade båtens färd över den breda, svarta floden. När stäven skrapade mot land lyfte Karon huvudet. Ansiktet doldes i en svart skugga, men en benig hand sträcktes ut mot honom. Rydh fattade den med en klump i magen och klev i båten. Sekunderna senare lösgjorde sig farkosten från stranden och färden över Acheron påbörjades. Snart hade den gamla stranden försvunnit in i dimmorna och de var ensamma på floden, på alla sidor omgivna av svart, skvalpande vatten.

***

Sjukvårdaren rätade på ryggen och slöt de stirrande ögonen innan han tittade på sin klocka och sa.

"Döden inträffade klockan 05:53. Beklagar kapten."

Kapten Engström tittade på polisen som några timmar tidigare hade räddat hans liv och som precis försett honom med livsviktig information. Han vände sig om mot en furir och sa.

"Samla en grupp. Vi har ett nytt anfallsmål."

41

Solen hade börjat jobba sig upp över horisonten när terräng-
bilen rullade in i Bråda.

Gatorna låg märkligt tomma och inte en enda människa
syntes ute. En gammal tidning fångades av vinden och for
fladdrande över gatan framför dem, men det var också det
enda som rörde sig. De tomma, svarta fönstren i
husfasaderna tyckte John liknade ett grinande kraniums
tomma ögonhålor och han kände en rysning som började i
ryggslutet och spred sig uppför ryggraden.

Något kändes fel.

"Var är målet?" frågade Schmidt tyst, samtidigt som han
nervöst betraktade de öde gatorna.

Det kändes som att jorden råkat ut för en katastrof av
bibliska mått, vilket hade svept undan mänskligheten på ett
ögonblick och bara lämnat dem ovetandes kvar som en sista
rest av ett utdött släkte.

"Bråda skola ligger två kvarter fram", svarade Zander med
illa dold nervositet.

Var, var militären, polisen och alla de evakuerade? Han
spanade in på sidogatorna vartefter som de passerade dem,
men allt han såg var parkerade och övergivna bilar. I ett
fönster fladdrade en gardin till och han tyckte sig skymta ett

vitt ansikte mot den mörka bakgrunden, men ögonblicket var lika kort som en ljusblixt.

John såg den vita vägskylten med de svarta bokstäverna som pekade åt höger. *Bråda Skola* stod det och han följde i pilens riktning.

De första kropparna låg ett hundratal meter ner på gatan. Det såg ut som militärer som försökt upprätthålla en väg-spärr. Han såg några bandfordon, en *Galt* och bortslängda vapen. Männen i baksätet stirrade tyst genom terrängbilens rutor.

Ingen sa ett ord.

Zander undvek att köra på kropparna, samtidigt som en klump av kärnis växte sig allt större i hans mage. Vad hade hänt här? Hade Sara och barnen klarat sig?

Han körde in på skolgården och parkerade vid en lägre expeditionsbyggnad som låg avskild från själva den större skolan som bredde ut sig i en kantig hästskoform. Han visste sedan tidigare att de flesta undervisningssalarna låg till höger i den västra flygeln. Rakt fram fanns matsalen och i östra flygeln låg gymnastiksalen ihop med slöjdsalarna.

Utan att öppna vare sig dörrar eller fönster försökte de se sig omkring. Invid gymnastiksalens bortre ände stod en turistbuss där de öppna dörrarna talade sitt tydliga språk. Några bylten som inte kunde vara annat än kroppar låg utanför.

Zander plockade fram mobiltelefonen samtidigt som han bad en tyst bön att Sara skulle svara och meddela att de alla var oskadda och i säkerhet. Han slog fram hennes nummer i telefonboken och tryckte på ikonen som gjorde att numret ringdes upp.

Med sammanbitna tänder förde han luren till örat och väntade medan signalerna gick fram. På sjätte signalen svarade någon.

"John? Var är du? Du måste komma hit omedelbart. De är på väg att ta sig in och Kevin har svimmat. Han kan inte hålla tillbaka dem längre."

"Sara. Jag står utanför expeditionen. Var är ni?"

"Gymnastikhallen, inlåsta i utrustningsförrådet. Har barrikaderat dörren så gott det går, men de är snart igenom. Skynda dig hit."

"Jag kommer med en gång. Håll ut."

Han tryckte bort samtalet, slängde i driven och lät högerfoten sjunka ner över gaspedalen. De grovmönstrade däcken skuttade utan att först få fäste, sedan sköt *Galten* fart, jagade över skolgården och fram mot gymnastiksalen. De rundade flygeln, såg ännu en buss – den här hade stängda dörrar – och hade nu gympahallen på sin vänstra sida. På planen framför dem låg flera döda kroppar.

John hade aldrig varit inne i skolan, men kunde gissa sig till hur det såg ut. När femtiotalets arkitekter designade den nya tidens skolor verkade det som om de haft en gemensam mall att jobba utifrån och aldrig blev det lika tydligt som vid designandet av skolornas gymnastikhallar.

Byggnaden var i två plan och han misstänkte därför att bottenplanet upptogs av fyra omklädningsrum, två för varje kön. Där fanns även ett kontor för lärarna och ett mindre förråd för uteredskap såsom plastkoner, fotbollar med mera. Sedan fanns det förmodligen också ett gym och några pingisbord.

På övervåningen låg själva gymnastiksalen med högt i tak för att rymma ribbstolar, lianer, bommar och annan utrustning som de sadistiska gymnastiklärarna kunde tvinga sina elever att använda. Detta skulle kompletteras av ett eller möjligen två redskapsförråd för madrasser, innebandyklubbor, mål och en miljon andra grejer. I något av dessa förråd hade hans familj alltså tagit sin tillflykt.

Snabbt drog han förutsättningarna för de övriga tre, samtidigt som han ställde sig på bromsen utanför entréerna till omklädningsrummen. Samtliga dörrar var stängda, men klungor av råttor rörde sig framför byggnaden och i ett krossat fönster såg han andra råttor som i siluett avtecknade sig. Deras spetsiga huvuden höjdes när terrängbilen stannade utanför och en av soldaterna i baksätet öppnade flygspanarens lucka och ställde sig upp.

Terrängbilen saknade yttre beväpning, men soldaten tog sikte med sin AK5C och sköt patronvis eld som snabbt dödade fyra råttor och tvingade de andra att dra sig utom synhåll.

Zander slängde upp bildörren och klev ut med vapnet klart. Nu skulle han rädda sin familj och inget fick stå i hans väg.

42

Sara funderade över hur de hamnat i sin nuvarande belägenhet.

När det första skriket hörts eka mellan husen hade Kevin uppgivet slagit ut med armarna och konstaterat att det inte längre fanns tid att varna någon eftersom råttorna redan var framme.

I något som liknat panik hade hon slitit upp telefonen och ringt till John som sagt åt dem att uppsöka en trygg plats och om möjligt låsa in sig i väntan på att han skulle ta sig från Brunna till Bråda.

Med stigande frustration hade hon sett sig omkring och fått syn på turistbussarna som stod på grusplanen utanför gymnastiksalen. Med ett fast grepp tog hon de två yngsta barnen i varsin hand och manade på Kevin att springa bort mot bussen. Han hade varit motvillig och spjärnat emot – något som hade räddat deras liv.

Människorna runt omkring dem hade uppenbarligen också räknat ut vad som var på väg att hända och gruppmentaliteten tog över. Som en mänsklig flodvåg började samtliga att röra sig mot bussarna.

De som kom fram först insåg för sent att dörrarna inte gick att få upp, men innan de hunnit undan hade de klämts fast mellan den panikslagna hoppen och utsidan av bussen.

Det var då som de första råttorna kom skuttande och kastade sig mot det levande buffébordet.

Människor började skrika.

De som var längst bak, och följaktligen var de som först attackerades, utförde osymmetriska krigsdanser för att bli av med de klängande mördarna, något som var dömt att misslyckas.

När Sara såg detta frös hon till för ett ögonblick och tittade på Kevin. Pojken hade slutit ögonen och sträckt ut händerna mot råttorna med handflatorna framåt. Det gick en darrning genom massan av fyrbenta jägare och flera av kräken släppte förvirrat sina byten och började planlöst irra omkring när människomassan skingrades och folk flydde vilt åt vilket håll som helst som ledde bort från råttorna.

De råttor som fanns framför dem föll omkull. Några sparkade hjälplöst med benen i luften, som för att försöka få grepp om ett underlag som inte längre var där.

Kevin ansträngde sig ännu mer. Sara såg hur svettdroppar bröt fram på pojkens panna och han darrade märkbart när en enorm råtta dök upp och stirrade på dem. Den saknade nästan helt päls och var fylld av knölar på den överdimensionerade kroppen.

Råttan satte sig på bakbenen och stirrade hatiskt på Kevin som vacklade till, fann nytt stöd och skrek rakt ut i ilska när han använde all sin kraft mot de kvarvarande råttorna. Den kala jätten tycktes fnysa och Kevin vacklade åter till, men denna gång fann han inget nytt stöd och Sara hann precis ta emot honom när han föll.

När hon såg ner på sin sons ansikte förstod hon att han förlorat medvetandet, samtidigt som de behårade råttorna fann sig själva igen. Några av de som fallit kravlade sig upp medan andra förblev liggande där de fallit.

När jägarna nu närmade sig bytet såg Sara inget annat råd än att släppa Emma och Victor för att istället lyfta upp Kevin i sin famn. Samtidigt skrek hon till de yngre barnen att de skulle springa mot omklädningsrummen, den enda öppning som hon ansåg inte innebar en omedelbar död.

Emma grep sin yngre brors hand och de små benen började pumpa när de sprang för sina liv. Sara följde tätt efter dem, men redan efter några meter trodde hon att armarna skulle lossna från hennes axlar. Hur kunde en spenslig tolvåring vara så tung?

Emma nådde först fram till flickornas omklädningsrum där hon slet upp dörren och kastade sig in, dragandes på Victor. Sara trodde att dörren skulle slå igen i hennes ansikte, men Victor höll upp den när hon kastade sig in, stötte emot väggen mitt emot och nästan tappade Kevin på golvet. Bakom henne slog Victor igen dörren och låste, samtidigt som han lipade genom rutan mot råttorna som samlades utanför. Den nakna jätten satt kvar på baktassarna och betraktade dem med en outgrundlig min.

Kevins tyngd blev till slut för stor och Sara la så försiktigt hon förmådde ner honom på golvet och kände på hans panna. Pojken var sval och kallsvettig. Hon reste sig och tittade ut, samtidigt som hon skakade loss mjölksyran ur sina protesterande muskler.

Istället för att frustrerat kasta sig mot den stängda dörren tycktes en stor del av råttorna istället dra sig undan. Endast en mindre mängd dröjde sig kvar för att vakta på dem och Sara slogs av att det verkade som om djuren styrdes att ett högre medvetande. Den nakna råttan satt inte längre kvar på sin plats och hur mycket hon än försökte kunde hon inte se den.

"Tack gode Gud för moderna aluminiumdörrar med förstärkt glas", suckade hon.

Från någonstans längre in i byggnaden hördes det omisskännliga ljudet av ett fönster som krossades.

"De tar sig in en annan väg", grät Emma.

"Jag är rädd."

Victor plutade med darrande underläpp och tittade på sin mor som på nytt lyfte upp Kevin och sa åt dem att följa henne. Ljudet av det krossade glaset hade kommit från lärarrummet. Sara bad till Gud att dörren ut till korridoren var stängd och låst, något som skulle köpa dem lite tid innan de hade gnagt sig igenom.

Flickornas omklädningsrum luktade mindre svett än killarnas och med en betydligt större blandning av parfymdofter som låg likt en sötsliskig hinna i luften. Från en krok på väggen hängde ett par ensamma trosor som en ljusblå, bortglömd blomma i en öken av gulnat vitt.

De banade sig väg förbi duscharna och ut i korridoren på andra sidan. Den sträckte sig i hela byggnadens längd och hade en utgång åt vardera hållet. Sara sa åt Emma att kolla den ena utgången medan Victor fick pinna iväg för att kontrollera andra sidan. Båda barnen kom tillbaka och meddelade att det fanns förväntansfulla råttor utanför bägge dörrarna.

Från lärarrummet hörde hon ivriga, krafsande ljud och såg att träet i dörren rörde sig. Nu hade de gymmet eller gymnastikhallen att välja på.

Gymmet gick bort. Där fanns inga dörrar och därför styrde hon stegen mot trappan upp till det som skulle ha blivit deras hotellrum.

Kevins tyngd började åter bli ett problem och Sara lovade sig själv att hon skulle börja lyfta tyngder när det här var över, förutsatt att de överlevde.

Barnen skuttade före henne uppför trappan. Högst upp fanns en dörr. Det var även här en enkel trädörr, men bättre än ingen dörr alls. Den skulle förhoppningsvis köpa dem ytterligare lite tid innan monstren hade tagit sig in i hallen.

Hon hoppades att den tiden skulle räcka för att John skulle hinna fram.

Emma slet upp dörren, tätt följd av Victor som snubblade på tröskeln och föll huvudstupa till golvet. Sara var nära att falla över honom, men lyckades i sista stund ta ett kliv åt sidan. Bakom henne slog Emma igen dörren.

Salen var inte helt övergiven. Några skrämda ansikten tittade på dem när de kom infarande som om själva Djävulen var dem i hasorna.

"Råttorna kommer", skrek Sara. "Hjälp mig barrikadera dörrarna."

Hon lade ner Kevin på en madrass och såg sig sedan omkring. Golvet var täckt av en blandning av madrasser och tältsängar, inget som skulle hindra råttorna någon längre stund. Förhoppningsvis fanns det mer utrustning i redskapsförrådet.

När hon slet upp dörren såg hon en språngbräda, en studsmatta och två bockar tillsammans med andra, mindre användbara saker. Utan att fundera över de olika möjligheterna slet hon tag i en av bockarna och började baxa ut den i salen. I dörren mötte hon en man som hon kände till utseendet, men inte till namnet. Han såg på henne och klev åt sidan när hon sa åt honom att komma efter med den andra bocken.

Det fanns två trapphus upp till hallen eftersom den gick att dela av med en skjutvägg och således fanns det även två dörrar. Sara rullade bocken till den bortre dörren och ställde den dikt an mot dörrlisten innan hon fällde upp hjulen och drog fram en madrass som hon knölade in under bockens ena långsida för att ändra vinkeln. Det krävdes fem tunna madrasser innan bocken slöt an mot väggen hela vägen. Under tiden hade några andra personer hjälpt mannen med bock nummer två och barrikaderat den andra dörren på samma sätt.

Sara skulle just säga åt barnen att hämta så mycket saker som möjligt att lägga ovanpå och mot bocken för att göra det så svårt som möjligt för råttorna att ta sig in när något dunsade mot dörren från andra sidan. Nästan genast hördes ljudet av gnagande mot trä.

Nu fanns det snart inte mycket mer tid att vinna.

Barnen kom släpande på madrasser och la mot bocken, men Sara förstod att det var som att försöka stoppa blödningen från en amputation med ett vanligt plåster. Sakta drog hon sig tillbaka mot Kevin som fortfarande låg medvetslös på den madrass som hon lagt honom på när de kom in i hallen.

"Fort in i förrådet", sa hon med hög röst. "Det blir vår sista utpost."

43

De hade knappt tagit sig ut från vårdcentralen där råttorna försvunnit lika hastigt som de dykt upp, förrän ett anrop kom över radion.

Alexander hade lyssnat till ordergivningen, suckat tyst inombords, för att sedan konfirmera att han uppfattat. Därefter samlade han en pluton omkring sig för fortsatt ordergivning.

Det de fått till sig var fåordigt, men precist: *Bege er till Hades och utrota råttorna. Kvittera ut de vapen ni anser er behöva.*

Det hade krävts ett förtydligande när det gällde positioneringen på platsen eftersom Alexander inte var helt övertygad om att han ville följa i Herkules fotspår under dennes resa till underjordens härskare. När han fått kartkoordinaterna kunde han konstatera att målområdet låg ovan jord och alltså var nåbart.

Helst skulle Alexander velat ha några bepansrade stridsfordon att braka in i gröten med, men de fick nöja sig med terrängbilarna. Tack och lov hade åtminstone två av dessa begåvats med takmonterad kulspruta 58 samt skarp ammunition.

Med militärisk perfektion hade personalen fördelats i de fem bilarna och inom några minuter var de på väg. Gryningen hade kommit och i det stilla, grå ljuset betraktade han skogen som trängde sig fram på ömse sidor av vägen.

En väg som dessutom var så smal att den mestadels låg i djup skugga där trädkronorna sträckte sig ut och blockerade solens första, darrande strålar.

I en lång och flack uppförsbacke låg en cykel med skevt framhjul mitt i vägen. Resterna efter vad som förmodligen varit cykelns ägare låg på asfalten framför, men råttorna och andra vilda djur hade inte lämnat mer än några rengnagda, vita ben.

Tröttheten trängde sig på, men han sköt undan den. Om de lyckades med sitt uppdrag där den förra gruppen misslyckats, skulle det bli tid att sova sedan. Just nu behövde han vara vaken.

På kartan syntes avfartsvägen till målet tydligt, men i verkligenheten höll de på att missa den där den smet in under tallarna och granarna.

Föraren ställde sig på bromsen när Alexander, alltför sent, skrek till. De blev tvungna att backa tjugo meter och sedan köra in på en väg som mer träffande kunde betraktas som en kostig.

Efter att knappt ha använts på över tjugo år hade asfalten spruckit och glidit isär. Tovor av gräs och sly hade trängt fram genom sprickorna. Sakta höll naturen på att ta tillbaka det som människan stulit och en vanlig bil hade riskerat att slå sönder underredet.

Nu var inte *Galten* en vanlig bil. Med närmare sju ton och över fyrtio centimeter i markfrigång, gled de fram över bulorna och sprickorna. Fjädringen tog upp det mesta av den destruktiva kraften i det ojämna underlaget, vilket gjorde att de knappt kände av det.

Enligt kartan var kostigen nästan två kilometer lång där den i en mjuk båge letade sig fram genom den täta skogen där mossan växte tjock på stenblocken.

Morgondimman lekte tafatt mellan stammarna och någonstans hördes en gök som gol. Nu fattades bara ett Bauerskt Bergatroll som med träklubban på axeln kom lufsande bland träden för att göra bilden av sagoidyllen komplett. För en sekund glömde han bort de förbannade råttorna och vad de hade ställt till med, men rycktes upp ur sina drömmar när träden gav vika och bilarna svängde ut på ett stort öppet område där skogen skövlats en gång för länge sedan. Återväxten hade hindrats av jättelika slagghögar som bredde ut sig över ett område som motsvarade åtskilliga fotbollsplaner.

Den svarta stenen och den sterila marken ledde onekligen tankarna i en mytologisk riktning. Dysterheten fick sin slutliga finish av ett gammalt förfallet stenhus i tre våningar där taket hade gett upp för åldersstrecket och kollapsat in i byggnaden.

Endast en bruten ryggrad av några murkna stockar och trasiga takpannor stack upp ovanför de smutsgrå murarna. Föraren ställde sig på bromsen och lutade sig fram över ratten när han med hakan på bröstet betraktade scenen.

"Heliga Guds moder och de förbannande änglarna – vilket djävla ställe!"

Alexander var lika tagen av det som de såg framför sig och glömde totalt bort att tillrättavisa mannen för hans osande beskrivning.

De övriga terrängbilarna stannade bredvid dem och under säkert en minut satt samtliga tysta och betraktade det som bredde ut sig där skogen upphörde. Till sist kom Alexander på sig själv, vände halvt om och sa till ett par ben som försvann upp genom luckan i taket.

"Ser skytten något?"

"Svar nej, kapten. Jag ser inte en skugga av liv. Inte ens fåglarna kvittrar här. Det är som att Döden själv har målat tavlan."

"Då så. Ursittning."

Bildörrar öppnades och de fem fordonen spydde ut soldater som höll sina vapen i svettiga händer. Männen var dämpade och tittade sig nervöst omkring, något som även Alexander kom på sig själv med att göra.

***

Tvåbeningarna var här. Boet var hotat.

Honan sniffade i luften medan hennes blinda ögon snurrade i skallen. De Tvåbenta hade hittat dem och det tidigare misslyckandet med att innesluta dem i gångarna under jorden skulle nu spädas på.

Hon sökte av sina trupper, men insåg att det bara fanns ett trettiotal individer från hennes äldre kullar i närheten. Resten av flocken var utspridd i kampen mot de Tvåbenta.

Hon var för tung för att själv kunna flytta sin kropp och var således fast i boet, utan möjlighet att fly. Förtvivlat sände hon ett nödrop till den avkomma som var längre bort.

"Kom till boet. Kom nu!"

De Utvalda hörsammade Moders kall, men det skulle ta tid för dem att nå fram. Hon manade på sina livvakter och de äldre av hennes avkomma, som fått hederuppdraget att vakta över Moder, lämnade boet för att fatta posto och anfalla de Tvåbenta när de kom för nära.

Aldrig tidigare hade de kommit hit till boet efter det att Moder flyttat upp från gångarna under jord för så många månvarv sedan. Aldrig tidigare hade de dödat här, annat än andra djur som snabbt lärde sig att undvika området. Nu för tiden fick jakten bedrivas långt hemifrån, i områden där bytet inte kände sig hotat.

244

Att maten nu kom till dem kanske inte var så illa.

Honan slickade sig om läpparna och visade den mentala bilden av de Tvåbenta för sina trogna kullar.

"Jaga! Döda!"

Jägarna smittades av hennes blodtörst. De väntade. Väntade på att bytet skulle komma till dem. Väntade på den slakt som de skulle få vara med om.

Längtan efter det varma, söta blodet lockade dem.

En svag vind letade sig genom håligheter i väggarna och rörde upp gamla fjolårslöv som rasslade runt innan de åter lade sig till rätta.

De Tvåbenta kom närmare. Jakten kunde börja.

44

För de döda fanns för tillfället inget att göra, det var de levande som var Zanders mål när han klev in genom den nu uppbrutna dörren och trängde vidare in i omklädningsrummet. Schmidt och de två soldaterna följde i hans spår och alla var de på helspänn.

Flickornas omklädningsrum var tomt på både råttor och människor och passerades snabbt på vägen ut till korridoren på andra sidan. Zander öppnade försiktigt dörren och noterade samtidigt att den saknade gnagmärken, vilket betydde att råttorna hittat en annan väg in, troligen genom lärarrummets krossade fönster.

När John försiktigt stack ut huvudet genom dörrhålet såg han den öde korridoren och massor av spillning. Ovanför honom, i trappan, hördes det frasande ljudet av håriga kroppar som gneds mot varandra där råttorna trängdes om platsen för att kunna ta sig in till bytet som gömde sig på andra sidan den stängda dörren.

Utan ett ord pekade han uppåt och de övriga nickade innan de försiktigt slank ut och smög fram till foten av trappan.

Det var en klassisk tvådelad trappa med en avsats halvvägs upp där trappan vände och de kunde därför inte se upp till dörren högst upp. Däremot kunde de tydligt höra pipandet från ivriga råttor som höll på att ta sig in genom den förstörda dörren.

John backade och plockade fram mobilen och slog Saras nummer. Med en klump i magen hoppades han att det inte var för sent. Hon svarade på andra signalen.

"John?"

"Hej älskling. Finns det några levande människor där, förutom du och barnen?"

"Ja, det är fem stycken till här."

"Inga ute i själva salen?"

"Inte några som lever i alla fall."

"Okej. Snart kommer vi att börja skjuta och leva rövare. Stanna kvar där ni är och ducka ifall några vilsekomna kulor skulle leta sig igenom väggarna."

"Det är uppfattat John, men skynda er. Barrikaden håller inte länge till."

Zander stängde av samtalet och lade ner telefonen i fickan. Sedan förklarade han snabbt läget och vad han hade tänkt sig.

De två soldaterna nickade att de förstod den enkla planen, sedan smög de bort till den andra trappan medan John och Karl stannade kvar där de var. John lösgjorde en handgranat från stridsvästen och drog några djupa andetag.

"Nu gäller det", sa han tyst till Schmidt som svarade med en grimas.

John tog den första delen av trappan i tre snabba kliv och kastade upp granaten på nästa avsats. Säkringsbygeln hoppade loss och granaten var armerad i samma stund som den landade på golvet, mitt bland råttorna som trängde på för att ta sig in. Snabbt duckade han i trappan samtidigt som han sakta räknade till fyra.

Explosionen kom i andetaget innan han nådde fram till fyran och ljudet av splitter som slog emot rappad betong fick luften av vibrera. Han hade klokt nog haft munnen öppen för att jämna ut trycket från chockvågen som detonationen medförde i det trånga utrymmet, ändå hamrade kraften mot hans kropp lika obarmhärtigt som en jättes hammarslag.

Med ringande öron rusade han på nytt upp i trappan och höjde vapnet. Några desorienterade råttor vinglade runt bland slamsorna av andra individer som dödats i explosionen och Zander sköt ner dem med lika lätt som om han varit på en skjutbana. Bakom sig kunde han ana Schmidt som följde tätt i hans fotspår.

Det av dörren som överlevt attacken från gnagarna hade inte överlevt handgranaten. Dörrbladet hade slitits loss från sina gångjärn av tryckvågen och låg på golvet inne i hallen. Råttor med förstörda balansorgan vinglade runt i salen och var lätta måltavlor när han störtade in och såg sig omkring.

Ett skrik från högra delen av hallen fick honom att rusa åt det hållet i samma stund som soldaterna forcerade dörren i det andra trapphuset. Ljudet från automatkarbinerna ekade i hans huvud, men ljudet av Saras skrik ekade högre.

***

Ljudet från explosionerna dånade genom gymnastiksalen och fick golv och väggar att skaka. Barnen tryckte sig mot henne och hon höll beskyddande sina armar runt dem, utan att släppa den ännu medvetslösa Kevin med blicken.

Råttorna på andra sidan dörren upphörde tillfälligt med sitt gnagande när flera salvor från automatvapen hördes, men sedan återupptog de attacken med förnyad energi, som om inget skulle tillåtas stoppa dem.

Med ena handen strök Sara Victor över hjässan och försökte få bort hans blick från dörren där en spricka nu växte sig allt större med oroväckande hastighet. Råttorna var snart igenom den tunna dörren.

Råttorna *var* igenom rättade hon sig själv sekunderna senare när ett spetsigt huvud stack fram och träet i dörren gav vika. En hårig best tryckte sig igenom hålet och stirrade hatiskt på dem med sina gula ögon och Sara kunde svära på att de riktade in sig på Kevin. Hon skrek rakt ut i ett sista desperat försök att skrämma och distrahera besten.

Råttan kastade sig fram och gapet öppnades. De vassa tänderna blänkte i lysrörsljuset.

Den siktade på Kevin.

Sara släppte de två yngsta och slängde sig över Kevin för att om möjligt skydda honom med sin kropp. Råttan landade på hennes rygg och hon trycktes ner av tyngden. I ögonvrån såg hon hur ännu en råtta trängde sig in genom hålet och hon rullade över på rygg för att krossa råttan med sin kropp.

Hon kände hur huden på ryggen revs sönder av vassa klor när monstret kämpade för att komma loss. I uppgiven ilska och frustration skrek hon åter rakt ut och skickade iväg en spark mot den andra råttan, en spark som träffade den i sidan, vilket fick den att tumla runt.

Ännu en råtta trängde sig in.

***

Kevin hade vandrat länge genom den labyrintartade canyon som sprängde sin väg genom det svarta bergmassivet. Ljudet av hans steg ekade mellan de nakna klippväggarna medan han letade efter vägen ut.

Han var lite fascinerad över att allt var svart. Marken, stenen runt omkring honom och himlen ovanför hans huvud – allt var svart! Den svavelstinkade luften rev i lungorna och fick ögonen att tåras, men han tänkte inte ge upp. Han skulle visa sig värdig Penelope Greens gillande. Allt han behövde göra var att ta sig igenom den här nivån i spelet och hitta den gömda skatten och han visste att han var på rätt väg. *Raticus* demoner hade tunnat ut, vartefter som han besegrat dem och nu fanns där inte längre några råttor kvar.

Canyonen breddades till en stor öppen plats i vars mitt ett träd växte. Ett fullt normalt träd med brun bark och ett grönt lövverk. Intill stammen stod Penelope Green och väntade på honom. Hon log och höjde handen i en hälsning.

"Du har varit duktig, Kevin" sa hon, "men nu måste du återvända till de dina. De behöver dig."

Han skulle just svara henne när ett skrik fyllt av ilska och frustration skar genom den mörka dalen.

***

Råttan på hennes rygg hade inte bitit henne. Dess huvud hade tryckts fast mot golvet av hennes tyngd och inget utrymme lämnades till att öppna käften och hugga. Sara kände hur livet i råttan sakta ebbade ut, men den segerns sötma gick förlorad när ännu fler råttor trängde sig in och gjorde sig beredda att kasta sig över de livrädda människorna som tryckte sig mot rummets bakre vägg.

En vidrig best på över trettio centimeter plus svans siktade på henne och hon kunde ana blodlusten i dess gula ögon. Sara sparkade mot den, men missade och råttan tog sats för att anfalla och i den stunden kände hon att hon var nära att ge upp. Inget de gjort hade ändrat på utgången och hon fruktade att John skulle hitta hennes lemlästade kropp för sent.

Musklerna i råttans ben spändes. Kroppen darrade av ett vidrigt begär när besten sköt ifrån med bakbenen och lämnade golvet. Monstret kom farande mot henne med öppen käft och Sara förundrades över hur hjärnan i stunder av hög stress och adrenalinpåslag hade en förmåga att sänka hastigheten på den film som den spelade upp.

Vartenda pälsstrå på bestens kropp kunde tydligt ses när den kom emot henne och hon slöt ögonen och väntade på döden, slutet och den sista resan mot Landet Ingenstans.

"Nej!"

Vrålet ekade genom det trånga rummet och hon slog upp ögonen igen. Kevin satt upp med båda händerna utsträckta framför sig med blottade handflator. Av råttan syntes inte ett spår och hon såg sig förvirrat omkring. Utanför dörren hörde hon skottsalvor, men stillheten i rummet var påtaglig. Luften vibrerade faktiskt, noterade hon förvånat. Från Kevins händer strålade vågor av något som bara kunde beskrivas så – synliga vibrationer! Råttorna drog sig undan, några föll ihop på sidan och deras tassar sparkade kraftlöst i luften innan de blev stilla.

Dörren vräktes upp och Zander störtade in. När han såg Kevin sitta där, när han såg den komprimerade vågformen som pulserade ut från barnet, blev han stående, förbluffad och tyst. Kevin tittade på sin far. Vibrationerna upphörde och han sänkte händerna.

"Hej pappa", sa han nästan blygt och började resa sig. Zander sprang fram till sin son och lyfte upp honom. Kevin försökte för ovanlighetens skull inte sätta sig emot att Zander tryckte honom mot sitt bröst i en lång omfamning.

Bakom John dök ännu en man upp och tittade förvånat på scenen av ömhet. Sara reste sig upp och kände hur råttan släppte taget om hennes sargade rygg. En blick på den visade att den var död. Det rann blod från dess öron och ur munnen.

"Är jag så tung?" tänkte hon förvirrat innan hon skyndade fram till Emma och Victor som höll om varandra där de satt på golvet. Ingen av dem kunde släppa Zander och Kevin med blicken och hon föll på knä, slog armarna om barnen och kramade dem hårt ända tills Victor flämtade.

"Jag älskar dig med mamma, men du kväver mig."

Hon släppte dem och kysste Victor på kinden. Pojken gjorde en grimas, men torkade inte bort pussen, något som han skulle ha gjort direkt en vecka tidigare.

De återfördes till verkligenheten av en granatexplosion utifrån hallen, följd av intensiv skottlossning. Zander släppte Kevin och snodde runt. I dörren stod en naken råtta med skärt skinn och stirrade hatiskt på dem. John började höja sitt vapen när råttan tog ett språng in i rummet

45

Om Alexander någonsin haft en föreställning om Helvetet, skulle det ha kunnat se ut så här. Från Bauersk trollskog till Hades utmarker på några hundra meter. Med vapnet höjt rusade han framåt, mot husruinen. Bakom honom följde hans män, precis som de övat så många gånger. Påhängsskyddet över skrevet slog lätt mot översidan av låret, men han märkte det knappt.

Han stannade och gick ner på knä bakom en slagghög och höll upp en knuten hand i luften, vilket fick de andra soldaterna att också stanna och söka skydd. Han var glad över knäskydden för stenen var vass och skar in i oskyddad hud. I kikaren såg han på stenhuset utan att kunna upptäcka några rörelser, ändå visste han intuitivt att det här var platsen för boet. Avsaknaden av allt annat djurliv, inklusive fåglar, var ett tecken så gott som något.

En gammal hopknölad ölburk låg intill hans knä och han kunde ana de urblekta konturerna av Tuborgs logga på sidan. Ett vittne från förr när Hades var ett röjarställe.

Till vänster om dem och bortom ruinen fanns ett svart hål i marken där det öppna schaktet till gruvan gick i dagen. Ett gammalt, rostigt järnstaket märkte ut det farliga området och han memorerade åt vilket håll han inte skulle springa om det var så att han var tvungen att fly hals över huvud.

Att störta mot en säker död var inget han hade planerat för dagen.

Vinden blåste från det håll de kom, vilket innebar att deras lukt troligen redan förvarnat råttorna om deras ankomst. Därmed var överraskningsmomentet överspelat och bara den råa och oretuscherade striden kvarstod.

En grimas drog över hans ansikte vid den tanken. Allt de lärt sig om strid hade handlat om att möta en väl beväpnad fiende med hög motivation – och som gick upprätt på två ben, påminde han sig. En fiende vars taktik man kunde ana, förutsäga och bemöta. Ställda mot en helt okänd fiende, med främmande taktik och okänd motivation, förutom att döda, gjorde dem sårbara.

Han vinkade fram sin sergeant.

"Order följer. Tag fyra man och gå runt huset och anfall från motsatt håll på min signal. Order slut."

"Uppfattat, kapten."

Den unga sergeanten pekade på fyra soldater och sedan försvann de mellan slaggbergen. Alexander pekade ut var han ville ha de kvarvarande soldaterna innan han tittade på klockan. Det hade gått tio minuter. Sergeanten borde vara på plats. Han slog på radion.

"Alla klara? Då går vi in. Försiktigt, men bestämt."

Han reste sig och började röra sig framåt. Det var trettio meter till huset och marken var tillplattad, utan skyddande slagghögar eller större stenar. Skönt att råttorna inte hade handeldvapen, var hans förflugna tanke, något som genast fick honom att le. En bild av en råtta som stod på bakbenen med en Kalaschnikov i framtassarna var komisk. Senast han sett det gamla ryska vapnet hade det varit i händerna på en femtonårig jihadist i Affe. Femtonåringen hade varit död och vapnet låg över det sönderskjutna bröstet. En kula hade krossat kolven efter att först ha trasat sönder en tunn handled.

Alexander hade spytt.

Det var första gången som han dödat någon i strid, dessutom ett barn, och resultatet hade inte varit vackert. Små ilskna 5,56 millimeters kulor kunde ställa till med mycket skada i en ömtålig människokropp.

Minnet var plågsamt och han ruskade det av sig. Den här fienden sköt måhända inte tillbaka, men han hade på nära håll sett vad den kunde ställa till med. Han rös vid tanken på hur hans kamrater hade dött vid vårdcentralen. Den sista soldaten hade använt vapnet mot sig själv innan råttorna hann fram och den döden hade varit mycket mer barmhärtig än att ätas levande.

En kort språngmarsch och sedan kunde han trycka ryggen mot stenhusets vägg. Försiktigt slängde han en blick in genom ett tomt fönsterhål. Delar av våningen ovanför hade rasat ner och belamrade golvet med ruttna stockar, plankor och rester av det som en gång förmodligen varit en bar.

"Ettan på plats vid huset. Läget för tvåan?"

"Tvåan på plats."

"Okej, vi går in."

****

De Tvåbenta kom närmare. Moder kände vibrationerna från deras medvetande pulsera som vågor genom etern. Några av dem var livrädda noterade hon, medan andra var sammanbitet beslutsamma att döda Moder och hennes kullar.

Honan fnös och sände den mentala bilden av de Tvåbentas skräck till sina ungar som ivrigt tog emot den.

Det knastrade i blandningen av grus, betong och gamla löv i olika grad av förruttnelse när de Tvåbenta trängde in genom boets olika öppningar mot världen utanför. Moder sniffade i luften. Vågor av tankar och känslor sändes mot henne och hon badade i det svarta ljuset från deras ångest.

Med målmedvetenhet styrde hon den yngsta ungen från den andra kullen mot en av de Tvåbenta som försiktigt klev in genom resterna av en sedan länge saknad dörr.

Hon sände en order, en känsla, ett begär: Döda!

***

Skriket från soldaten nådde Alexander i samma stund som han försiktigt satte ner kängornas sulor på de grovhuggna plankorna som utgjorde första våningens golv efter att ha klivit in genom fönsterhålet. Skriket åtföljdes av en skottsalva och därefter var det som en darrning gick genom hela byggnaden när skuggorna vaknade till liv och skära, groteska bestar kastade sig över männen.

I ögonvrån såg han en rörelse och insåg att skuggan var snabbare än vad han skulle hinna reagera med att få upp vapnet. Istället kastade sig Alexander på golvet och kände vinddraget när råttan missade honom med endast några centimeter. Den sura doften från dess varande sår svepte in honom i en förlamande dimma när han rullade runt och kom upp i knästående. Vapnet låg an mot axeln i samma stund som han fann balansen och i rödpunktsiktet anade han konturerna av något icke mänskligt som snodde runt i det mörka hörnet av rummet, dit ljuset från fönstret inte nådde.

Lugnt kramade han in avtryckaren.

Skuggan ryckte till och föll på sidan med sprattlande ben. Han reste sig och gick vaksamt fram mot den fallna besten innan han satte en andra kula i det spetsiga huvudet.

Monstrets hjärna skvätte ut över golvet och kroppens spasmodiska ryckningar upphörde. Ett ljud bakom honom fick Alexander att sno runt, men det var bara ännu en soldat som klev in genom fönstret och såg sig om i mörkret. Alexander pekade mot dörren och mannen nickade.

Han tryckte ryggen mot väggen bredvid dörrhålet och väntade till dess soldaten stod i samma position på andra sidan. De tittade på varandra och Alexander pekade först på mannen och sedan på dörren, soldaten nickade igen och gled sedan som en fantom genom hålet.

Exakt tre sekunder senare gled även Alexander genom det mörka gapet, klev åt sidan, gick ner med ett knä i golvet och spanade av rummet. Det var tomt så när som på några trasiga stolar och resterna av en murad eldstad. Bredvid eldstaden låg något som en gång i tiden varit en 80 liters ryggsäck, men som nu reducerats till några multna tygrester som låg bortglömda i smutsen.

Från andra delar av byggnaden hördes spridda skott-salvor, men ingen av männen höjde sina röster. Tyst och effektivt anföll man fienden.

Rummet de befann sig i hade ytterligare två dörrar, bortsett från den de kommit in genom och de låg på varsin sida av eldstaden. Alexander pekade mot den inre dörren och båda männen ryckte fram mot den gapande svarta rektangeln.

Nästa rum var mycket mindre än det de kommit ifrån, det saknade fönster och hade ingen mer dörr. Han fick uppfattningen att detta en gång i tiden varit ett förråd och vände därför och skulle gå ut när ljuset från dörren förmörkades av en kropp. Först trodde han att det var en av hans män som stod där, men insåg sedan att det han såg var en råtta, ett monster på över sjuttio centimeter som satt på bakbenen och stirrade på dem.

Vapnet var fortfarande på väg att svänga över när råttan gick till attack och förvandlades till ett suddigt streck som likt en målstyrd missil brakade in i soldaten intill honom så att båda tumlade runt, in i de djupare skuggorna i förrådsrummets andra hörn.

Med en ljudlig svordom snodde Alexander runt, men kunde inte se vad som var råtta och vad som var människa. Ett gurglande skrik från soldaten klipptes av med ett köttigt ljud som skar genom Alexander och fick honom att rysa av äckel. Två lysande punkter vändes mot honom och nu visste han vad som var vad.

Fyra skott ekade genom rummet och de lysande punkterna släcktes. Han skyndade fram mot sin fallna kollega men kunde snabbt konstatera att det inte fanns något att göra. Det köttiga ljudet som klippte av skriket kom ifrån råttans tänder som huggit genom halsen och sånär skiljt huvudet från resten av kroppen. Han vände sig bort och svalde.

Snabbt lämnade Alexander rummet och tog sig fram till nästa dörr som visade sig leda ut till hallen. Till vänster fanns den stora dubbeldörren som ledde in och till höger låg resterna av en trappa som en gång lett till husets andra våning. Nu hade det mesta av både trappen och våningen ovanför störtat ner i hallen i en massiv röra av ruttna stockar och brutna plankor.

I hallen stod de överlevande soldaterna och väntade. Bekymrat kunde Alexander konstatera att antalet minskat med fem man.

"Samtliga rum på bottenvåningen röjda kapten. Vi har dödat flera monsterråttor, men inte hittat boet."

"Inte jag heller", svarade han och såg sig omkring. I dammet på golvet upptäckte han något och pekade. "Ser ni spåret här? Verkar vara en upptrampad stig mitt i all smuts."

Sergeanten följde hans finger och vände sedan blicken mot bråten vid trappan.

"Det finns en källare under allt det där." Han pekade mot skräphögen.

Alexander nickade och såg nu det som han först missat. Spåret ledde fram till ett hål mellan två stockar, stort nog för ett barn att klämma sig igenom, men för litet för en fullvuxen man. Bakom de nedstörtade resterna fanns en gammal källartrapp som nu täckts av bråte och boet fanns där nere i mörkret och tryggheten.

"Vi spränger oss in. Toft, aptera sprängämnena."

"Uppfattat, kapten", sa en bjässe till karl och klev fram samtidigt som han plockade upp något som liknade en grå degklump ur stridsvästen. De övriga soldaterna backade respektfullt undan medan Toft började jobba med degen.

Alexander hade alltid varit förundrad över att Toft hanterade det plastiska sprängmedlet med sådan lätthet. Kraften i den lilla klump han tagit fram ur sin stridsväst var tillräcklig för att jämna huset med marken, men Toft visste precis hur mycket han skulle använda.

När all deg var på plats anslöt Toft detonatorerna. Nu var allt klart för sprängning.

46

Råttan siktade på Kevin och John klev in framför sin son för att skydda honom med sin kropp när besten anföll.

Monstret for som en projektil genom rummet, men träffades av en hårt svingad gastub som slog ner uppifrån och knäckte ryggraden på den. Råttan dråsade i golvet, tumlade runt och blev liggande framför Johns fötter där den kraftlöst klöste med framtassarna i luften. Han höjde vapnet och satte en kula i huvudet på den innan han tittade upp och mötte Schmidts blick där mannen stod med en av sina gastuber i handen och flinade med hela ansiktet.

"Vilken djävla fullträff", utbrast han glatt. "Jag hann fan inte tänka utan slet bara upp tuben och klippte till. Trodde aldrig att jag skulle få en sådan klockren träff."

"Jag är tacksam för din reaktionsförmåga."

Zander släppte ut luften ur lungorna och insåg att han glömt bort att andas. Försiktigt gick han bort till dörren och tittade ut. De två soldaterna som följt dem hade drivit tillbaka råttorna, men fortfarande fanns det ett tjugotal svarta bestar som strök omkring och försökte hitta luckor i männens försvar. John tog fram sin skyddsmask och sa till Schmidt.

"Räcker gasen till det här utrymmet?"

"En tub fixar femtio kvadratmeter med normal takhöjd. Den här salen är lite för stor."

"Men inte trappan och korridoren där nere."

Schmidt ruskade på huvudet och instämde med att där skulle gasen vara verksam. Han frågade vad Zander tänkt sig och han berättade det.

***

Smärta, förlamning...

Strax innan den Tvåbenta som skyddat ungen klev fram och gjorde slut på lidandet, skickade råttan en mental bild till Moder om sitt misslyckande. Den visade hur nära den varit att avsluta sitt uppdrag, men också att den inte längre förmådde röra sig. Den blev förvirrad av att Moder inte svarade.

Den talande tystnaden ekade genom dess sinne sekunden innan kulan klippte av all kommunikation och mörkret sänkte sig. Det sista som råttan förnam var en bild från bytet. En bild av en Tvåbent hanne som riktade någon form av vapen mot den. Sedan klipptes alla band till världen av och bara tystnad återstod.

***

Med skyddsmasken på huvudet klev Zander ut i hallen. Råttorna höll på att nedkämpas. De sista monstren drog sig motvilligt undan.

Med beslutsamma steg klev han fram till en av salens ingångar och drog ut sprinten till handgranaten som satt tejpad på gastuben innan han hivade ner den i trappan för att sedan upprepa proceduren i det andra trapphuset.

Detonationerna fick byggnaden att skaka och han drog sig undan för att söka av hallen efter fler råttor, men såg bara kropparna av de som redan nedkämpats. Soldaterna hade även de dragit på sig sina skyddsmasker och nu väntade de på att gasen skulle brytas ner. Schmidt hade sagt fem minuter – råttorna skulle vara döda inom två – men Zander avsåg att ta till fem minuters marginal innan han förde sin familj och de övriga ner genom trapphuset och ut till bussen.

Klockan tickade och han kontrollerade åter igen att hålen i dörren tätats så gott det nu gick. Friskluftsintaget i förrådet hade kontrollerats, men det visade sig att kanalen var ansluten till ett rör som gick direkt till intaget på väggen utanför. Ingen förbindelse fanns med trapphuset. Nu skulle bara de verksamma beståndsdelarna i gasen falla sönder innan det var ofarligt att gå ut.

Tio minuter senare drog han av sig masken och tog några prövande andetag av luften. När inget hände öppnade han dörren till förrådet och släppte ut de som väntade där inne. Sara slängde sig runt hans hals och de möttes i en öm kyss som utlovade mer än vad som för tillfället kunde lösas in. De avbröts av Victor som gjorde en grimas och sa.

"Vad ni är äckliga. Sluta ät på varandra. Vi är faktiskt barn och vill inte se sånt där."

De vuxna skrattade och Zander lyfte upp pojken på armen och tillsammans gick de fram till trappan där han lämnade över Victor till Sara.

Försiktigt undersökte de trappan och vinkade sedan till sig sällskapet innan de gick ner. Zander och Schmidt gick först medan soldaterna tog kön för att skydda mot anfall bakifrån ifall de missat några råttor.

John petade undan uppsvällda råttlik med utstående ögon som visade alla tecken på en smärtsam dödskamp under gasens påverkan. Sakta gick de ner för trapporna och stod slutligen i den nedre korridoren som var märkligt stilla.

Ingen sa ett ord när han ledde dem in i flickornas omklädningsrum.

När alla var inne och dörren till korridoren var stängd, bad han dem stanna. Sedan tog han med sig en av soldaterna för att kontrollera gården innan de lyfte undan de döda.

Allt för att skona barnen i möjligaste mån.

Först därefter ledde Zander sin familj ut i det fria och lät dem stiga ombord på bussen.

En av de döda utanför bussen hade varit chauffören och i hans ficka hade John hittat nycklarna. Efter att ha lämnat över *Galtens* nycklar till soldaterna, satte han sig bakom ratten och startade motorn.

När dieselmotorn gick igång lyfte han blicken och tittade ut genom vindrutan. Snett framför bussen stod terrängbilen. Soldaterna var just på väg att kliva in i den när John anade en rörelse i ögonvrån. Det var ett buskage som skilde en grusad gångväg från fotbollsplanen vars grenar rörde sig, trots att ingen annan grönska följde samma mönster. Han skulle just ropa en varning när buskaget särades och något suddigt for ut och kastade sig över den närmaste soldaten, just som denne satte foten i terrängbilen och skulle häva sig på plats i sätet.

Det tog några sekunder innan Zander insåg att det inte var en individ han såg utan flera som utfört en koordinerad attack. Skrikande släpades soldaten ur bilen innan råttorna började slita sönder hans kropp. Nu strömmade fler råttor ut ur buskarna och den kvarvarande soldaten hann aldrig stänga dörrarna till *Galten* innan de tog sig in. Skriken ekade över planen när John tvingade i en växel och fick bussen att börja röra sig framåt, bort från slakten utanför. I backspegel så han hur Sara fick barnen att titta åt andra hållet.

Motorns brummande överröstade skriken, vilket han var tacksam för. Barnen hade redan upplevt tillräckligt med skräck för att räcka en dubbel livstid. De behövde inte mer nu.

Det skrek till i plåten när han tog kurvan i slutet av fotbollsplanen för tvärt och rev ner trådstängslet. Bussen skumpade över en låg jordvall och var sedan nere på gatan. Zander styrde söderut. Nu tänkte han inte chansa utan skulle köra till dess dieseln tog slut. Så långt bort från råttorna som det bara var möjligt.

47

Explosionen dånade och huset skakade under påfrestningen, men höll. När dammet lagt sig gick de in och kontrollerade resultatet.

Bråten hade skingrats så pass att det nu gick att nå fram till det svarta hål som ledde ner i källaren dit dagsljuset aldrig skulle nå. Alexander svor inombords över att det visat sig att Hades trots allt var ingången till underjorden.

Det knakade om konstruktionen när krossade bjälkar fann sin nya position och soldaterna klev olustiga till mods fram till hålet och tittade ner.

I ljuset från hjälmlamporna såg de en gammal sliten stentrappa som ledde ner i mörkret. Båda sidor av trappan ramades in av kraftiga stenblock som murats till solida väggar. Någon ledstång fanns inte, även om hål i blocken skvallrade om att en sådan en gång hade funnits, men nu försvunnit.

Trappan var för smal för två man i bredd, därför fick de gå ner i rad och Alexander tog täten, tätt följd av de övriga. Att de inte hade fått med sig mörkerutrustning var ett stort misstag, men det var så dags att tänka på det nu. Han tog ett djupt andetag när mörkret slöt sig om honom och det endast var lampornas hoppande ljusstrålar som skar genom svärtan och visade var de satte fötterna.

Stegen var våta av kondens och en tunn, vitmelerad mossa växte på vissa av dem och gjorde dem förrädiskt hala. Det sista de behövde var att någon slant och bröt benet. Därför tog de sig ner sakta och kontrollerat.

Trappan var oväntat lång och ledde dem ner åtskilliga meter under huset. Alexander såg kraftiga, murade valvbågar som höll upp taket ovanför dem och när han satte ner kängorna på fast mark igen gjorde han bedömningen att de var minst tio meter ner under markytan.

Väggarna dröp av fukt och en illaluktande sörja täckte golvet och fick honom att försöka andas genom munnen, men insåg att det var lika illa eftersom sörjan inte bara luktade illa – den smakade dessutom minst lika illa!

Istället drog han upp sin shemag för näsan och lät luften filtreras genom det tunna tyget.

Rummet de kommit ner i var stort och det verkade som att det sträckte sig utanför det ovanvarande husets ytterväggar. Han kunde räkna till tre mörka rektangulära öppningar som ledde vidare in i källaren i olika riktningar. Alexander delade snabbt upp gruppen i tre mindre enheter som tog varsin öppning. Själv ledde han sin grupp mot det mittersta av de tre hålen.

De kom in i en bred gång som var strax över två meter mellan väggarna. Taket var välvt och golvet sluttade nedåt och var väldigt halt insåg de efter att en mans fötter gled iväg och han satte sig i den stinkande sörjan till de övrigas munterhet. Mannen svor en svavelosande salva medan han ställde sig upp och kontrollerade att ingen smuts kommit in i vapnet. Sedan fortsatte de, nu mer försiktigt än tidigare.

Gången slutade i en underjordisk kammare som låg gott och väl tjugo meter under marken. Alexander gissade att denna kammare byggts samtidigt som gruvbrytningen pågått och av den anledningen var flera hundra år äldre än det hus som nu stod på platsen ovanför.

Rummet sträckte sig längre bort än vad ljuset från deras lampor nådde och bredden var gott och väl femton meter. De grovt tillhuggna stenblocken som utgjorde väggen bar ännu spår efter stenhuggarens mejsel och på sina ställen fanns murade nischer. En gång hade de säkert haft ett syfte, men nu var de bara svarta, skrämmande hål där en fiende kunde gömma sig.

Med en tilltagande olustkänsla i magen spred han ut männen så att de bildade en rad istället för ett led och sedan gick de sakta djupare in i kammaren.

Råttorna dök upp ur skuggorna när de avverkat tio meter. Det var två enorma monster som trotsade alla naturlagar och bortsett från storleken, påminde de om den skära, uppsvullna råttan som han sett i trappan på vårdcentralen. Den råttan hade flytt när han höjt sitt vapen. Det gjorde inte dessa bestar.

Som två torpeder klöv de lufthavet och sköt fram emot soldaterna som svarade med att avfyra sina vapen. Den ena råttan träffades i huvudet och stöp till marken, medan den andra nådde fram till sitt mål och landade på soldatens bröst där den högg sina tänder i mannens ansikte samtidigt som de båda föll handlöst bakåt. Mannens skrik tystnade tvärt och råttan snodde runt i samma stund som nästa man tömde sitt magasin i sidan på monstret.

Råttan tumlade runt och blev liggande stilla. Rött blod blandades med gul-grönt var som bubblade upp ur de perforerade bölderna och spred en ännu värre stank av förruttnelse än vad som redan var.

Hostande drog de sig undan efter att ha kontrollerat sin fallna kamrat och snabbt konstaterat att det inte fanns något de kunde göra för honom.

Ytterligare tjugo meter in i kammaren kunde de se den motsatta väggen och där, på en bädd av halm, löv och gamla kvistar, låg det mest vedervärdiga monster som de sett hittills.

Den kala kroppen var täckt av lila-gula blåsor och röda, cancerogena bölder. De blinda ögonen lyste vita och de sneda tänderna högg i luften. Råttan var över en och en halv meter från nos till bakdel och sedan var svansen minst lika lång. De alltför klena benen stack hjälplöst ut från den uppsvällda kroppen och det stod klart att detta monster inte kunde röra sig själv.

Runt bädden låg tjocka lager av krossade ben och Alexander såg minst fyra mänskliga kranier med överdelen uppfläkt så att råttan kom åt den delikata hjärnan innanför. Han rös och när han gjorde det riktades de blinda ögonen mot honom.

***

De Tvåbenta hade trängt igenom det sista av Moders försvar. Sorgset kände hon förlusten av samtliga sina vakter som dödat och dödats av de Tvåbenta jägarna som nu stod framför henne.

Hjälplöst försökte hon utmana dem, men utan resultat. Hon kunde se sin egen deformerade kropp genom de Tvåbentas ögon, men hon kom inte åt deras psyke.

En av de Tvåbenta rös och hon riktade in sin uppmärksamhet på hanen som tycktes vara Alfa. Han betraktade henne och hon kände hans äckel, men också jägarens beslutsamhet. Moder förstod att det här var slutet på hennes onaturligt långa existens. Hennes sista handling blev att mana på de råttor som hon kallat på tidigare, men de var ännu för långt borta.

Alfanhanen höjde sitt vapen och riktade det mot Moder. När kulorna slog in i hennes kropp välkomnade hon döden som en befrielse från det liv som påtvingats henne. Mörkret omslöt henne och sinnet släktes.

***

Alexander såg kulorna slita sönder monsterråttans kropp. Det dallrande fläskberget gav till ett sista, desperat pip innan djuret tystnade. Blodet rann i ymniga strömmar genom skadorna och blandades med var i en vidrig sörja.

Han tog ett par steg närmare, fick in det deformerade huvudet i rödpunkten och sköt två enkelskott. Nu var han nöjd. Råttan var död och deras uppdrag slutfört.

På sin väg tillbaka lyfte de upp sin fallna kamrat. Ingen lämnades kvar – vare sig död eller levande.

Det blev inget segertåg utan mer en Karolinsk dödsmarsch på deras väg mot ytan. När man väl hade radiotäckning meddelade Alexander att boet var funnet och råttorna var döda. Sedan lastade man sina fallna kamrater i bilarna och körde i procession tillbaka till samhället.

Striden var för tillfället över. Nu väntade upprensningen. Flera veckor av sökande för att likvidera de sista resterna av kolonin innan man kunde säga att faran var över. Alexander böjde huvudet i vördnad.

Först skulle man vila, återhämta krafterna och sedan skulle man ge sig i kast med nästa uppdrag.

Han längtade inte, men visste att det var nödvändigt.

48

Den första snön hade svept in samhället i ett tjockt täcke som suddade ut alla konturer och gav det hårda och kantiga nya, mjuka former.

Zander log när barnen kastade sig ut för backen i sina nyinköpta pulkor och tjoande for ner för branten. Emma och Victor strålade ikapp när de rullade av pulkorna och började dra upp dem igen för ännu en hisnande färd. Sara lade armen om sin man och viskade i hans öra.

"Det är underbart att se hur snabbt de glömmer."

"Barn är barn och de är ofta mycket bättre rustade att möta världens samlade ondska än vad vi vuxna är", svarade John med viss tvekan i rösten. Kevin var inte med. Han satt hemma och spelade spel, noga övervakad av morfar. John var grymt tacksam för att den gamle mannen inte hade varit hemma när attacken inleddes.

Bengt Teodor Alexandersson hade på gamla dagar funnit en ny kärlek vid namn Emma Nord som bodde i Luleå. Samma morgon som Zander hade hittat sin kollegas döda kropp hade Bengt åkt söderut för att tillbringa några dagar med sin Emma. Ödet höll sin skyddande hand över Kevins morfar.

Efter allt som hänt tre månader tidigare hade Kevin varit tystare än vanligt och inte velat prata om sina upplevelser. På inrådan av barnpsykologen hade de lämnat det så. Kevin skulle förhoppningsvis kunna prata om allt när han själv hade bearbetat det, men John var inte övertygad om den saken. Han hade själv svårt att förstå vilka krafter som hans son besatt. Krafter som hade räddat hans mor och syskon undan en säker död... och även hans far, påminde sig Zander. Utan Kevin hade de med stor sannorlikhet dött nere i gruvan. Det var bara Kevins extrasensoriska perception som räddat dem och gett dem just den chans som de behövde.

Först hade John velat att Kevin skulle undersökas för att få stöd och hjälp för att kunna hantera sina egenskaper, men Kevin hade motsatt sig det. Han kunde sköta sig själv och behövde ingen tant eller farbror som talade om för honom hur han skulle hantera något som bara han själv visste hur det yttrade sig och − det måste John erkänna − det hade Kevin rätt i. Ingen annan än han kunde veta hur det var att bära på krafter som mer hörde hemma i en roman av Stephen King, än i verkligheten.

Rädslan att krafterna skulle ta över och få Kevin att bli lika destruktiv som Carrie White eller Charlie McGee från Kings roman *Eldfödd* hade kommit på skam. Kevin hade återgått till sitt inbundna beteende och tillbringade all sin lediga tid framför datorn och tevespelen, omedveten om att han av sin far betraktades som katastrofens stora och mest sanna hjälte.

När Jägarna hade dödat drottningen hade de övriga råttorna förlorat sin koordinationsförmåga och under de följande veckorna hade en intensiv jakt resulterat i något som de flesta experter ansåg vara en total utrotning. Ingen hade sett några spår av svartråttan på över tre veckor nu, även om John inte var övertygad. Han fruktade för vad som skulle hända när våren kom och snön smälte undan. Dessa tvivel var anledningen till att familjen på väg att flytta. John ville bort från det ställe som han nu bara förknippade med skräck och död. Han ville att barnen skulle kunna växa upp i trygghet och slippa att hela tiden påminnas om det som hänt. Efter jul- och nyårshelgen skulle flyttlasset gå söderut, till Luleå. Det gällde även morfar som gladeligen flyttade närmare kärleken.

Staten hade gått med på att lösa in alla hus som inte kunde säljas eftersom det var fler som resonerade som Zander och vägrade bo kvar på en plats där så mycket ond bråd död hade skett. De som ändå valde att stanna kvar i Brunna försökte istället dra fördel av katastrofturismen som blommade upp så fort som myndigheterna deklarerade att faran var över.

För närvarande kom flera hundra människor i veckan för att se platsen där ett helt samhälle hade utplånats av naturen. John misstänkte att det till våren skulle växa till flera tusen i veckan. Människan var ett konstigt djur.

Han riktade åter sin uppmärksamhet mot de glatt tjoande barnen och sakta bleknade tankarna på katastrofen bort och ersattes av glädjen som barnen smittade honom med.

Författaren vill tacka:

Torbjörn Ahlsén för hjälp med korrektur, provläsning och goda råd som varit till stor hjälp under utvecklingen av denna bok.

Timothy Skagerlund, min son, som stått som förebild för karaktären Kevin Zander. Utan Tim hade mina kunskaper om Aspergers syndrom varit mycket dåliga. Jag hade heller inte haft en aning om vad *Final Fantasy* är för något. Tim är min verkliga hjälte.

Dessutom vill jag rikta ett stort tack till alla som på ett eller annat sätt har varit inblandade i – och berörda av – mitt skrivande. Det är inte alltid helt lätt med en författare i familjen som helt plötsligt får en idé som måste skrivas ner innan den försvinner.

Gå gärna in på min hemsida, www.skagerlundbooks.se för att ta del av min övriga produktion. Jag finns även på Facebook: www.facebook.com/skagerlundbooks samt på Twitter: www.twitter.com/Skagis2 där alla som så önskar är välkomna att gilla och följa.